每个人的故乡都在沦陷

冉云飞 / 著

海峡出版发行集团 | 鹭江出版社
THE STRAITS PUBLISHING & DISTRIBUTING GROUP | LUJIANG PUBLISHING HOUSE
2015年·厦门

奉节，江坝石信号台，2003 年，颜长江摄。

重庆巫山县城，玩耍的少年，2002 年，颜长江摄。

重庆涪陵区蔺市镇，打乒乓球的人们，2003 年，颜长江摄。

重庆忠县曹家乡，冉家祖坟和后人，2003 年，颜长江摄。

重庆长寿区扇沱村，王爷庙后留影的教师夫人，2006 年，颜长江摄。

重庆万州区武陵镇，渡船上，2006 年，颜长江摄。

重庆万州区武陵镇，乡间的小船，坐在地上的是一个走江湖的疯子，2006 年，颜长江摄。

重庆涪陵区李渡镇，2006 年，颜长江摄。

重庆长寿区麻柳嘴镇，原来的王爷庙现在的道观，住持和邻家小子，2006 年，颜长江摄。

重庆奉节旧城，家被拆了的守备后人，2002 年，颜长江摄。

重庆云阳县故陵镇，老年移民，2006 年，颜长江摄。

重庆云阳旧县城，江边拾荒者的孩子们，2003 年，颜长江摄。

重庆巫山县大昌镇，城门前面的大宁河，2003 年，颜长江摄。

淹没前的巫山城，2002 年，颜长江摄。

涪陵城在拆除中，2002 年，颜长江摄。

湖北秭归县江边，一善桥是极少的没拆而入水的古物之一，2003 年，颜长江摄。

湖北秭归，西陵峡打渔人，2002 年，颜长江摄。

重庆巫山县龙溪镇，孩子，2004 年，颜长江摄。

自序

一

先秦典籍中的宋人常被视为蠢货，他地人民以“蠢殷”、“顽民”目之，大约因其为殷人之后，被周人看不起，后又被“守株待兔”之类的故事编排得众人皆知。讲故事的高手庄子是宋人，但他书里的蠢人却也几乎都是宋人。《逍遥游》里长途贩运帽子到炎热越国的蠢货是宋人，贪小钱贱卖祖传护肤秘方的亦为宋人；《山木》里的旅馆老板宋人连姨太太的美丑都分不清；《外物》篇宋国首都全城小贩协助别人哭丧，居然把人哭死一半，完全是无人能及的黑色幽默；《列御寇》篇里，庄子作为国骂大师，将宋人曹商骂作“舔屁眼”的无耻之徒。但好像他这样的写法，并没有激起宋国人大喊其“宋奸”的爱国热情。也就是说，庄子编排了宋人很多故事，也没出什么事故。

四川人也没有少受编排，以柳宗元在《答韦中立论师道书》中编排的“蜀犬吠日”声名最为卓著，“仆往闻庸、蜀之南，恒雨少日，日出则犬吠”。说明这个被编排的故事，他早就听说过了。是不是事实呢？或许并不重要，只要故事足够损人好玩就行。当然这还不算是编排的极致，冠军应属于愚蠢到极点的蜀王。公元前316年秦惠王拿假装能屙金子的石牛，敲开了蜀国的大门，蜀国自此灭亡，蜀王赚得了万年笑柄。

巴蜀之地被编排许多故事，并非没有因由。主要是因巴蜀的地形气候、四围阻隔、交通不便所致，不得已成就了一些自己所独有的东西。后来因这些条件，在巴蜀大地上成就了不少偏安一隅的政权，来了个世所共知的“天下未乱蜀先乱，天下已治蜀后治”的名言流布于世。虽然你可以认为这有点妖魔化巴蜀人民的样子，却挡不住口号和俗语的力量。清末在四川当过官的学者赵藩的武侯祠名联：“能攻心则反侧自消，自古知兵非好战；不审势即宽严皆误，后来治蜀要深思”，也被拿来作为蜀人乐祸贪乱的一种注释。其实早在北宋时，蜀地史学家张唐英就一语道破天机：“朝廷治，则蜀不能乱；朝廷不治，则不唯蜀不顺，其四方藩镇之不顺，亦不下于蜀者。”而南宋蜀人李更则将外来入蜀割据者的“黑名单”十余人罗列出来，竟然只有谯周一名是四川渠县人，以此证明所谓蜀人乐祸贪乱，完全是一种不负责任的抹黑行为。

四川交通的不发达，还成就了它另一种甜美的恐吓——“少不入川”。好像四川完全是个让人丧失进取心的温柔乡，其实四川除成都平原外，很多山地相当贫瘠。或许是为了与“少不入川”相对偶，与此对应的是“老不出蜀”，意思是这里方便养老，老了出川完全是自找苦吃。事实到底有几分可以坐实，那是很难说的，不然清末到尊经书院当山长的王闿运绝不会说，到四川如同到俄国那么遥远而苦寒。

二

被别人编排，其实大可当作小说或者剧本来看，或许你在里面的角色，被他们当作了丑角，大可一笑置之，有则改之，无则加勉。别说一个地方的人可能做糗事，即便做得不算坏，也没有权力制止别人议论的自由。现在不是谁在编排你，而是我们自己参与了一大堆糗事。这糗事的主角当然是某些官员在其间运动或寻租，于是文物被毁、古器被盗、老屋被拆、江河被污、土地被毒、空气难闻、人群被赶，进而造成了几千年来未曾有过的瞬间变样与消失。人们或主动或被动地参与这一场亘古未有的大破坏中，后人看我们这个时期，对这种伤筋动骨的损害，恐怕会找不到词汇来形容。我所写故乡一座古镇的暴亡，只不过是其中的小焉者也。

既然我无法阻止这一切人为的破坏与变迁，我只有参考地下古物、纸上文献、耆旧述忆、自我经历，来建构那过去或即将消失的故乡，聊以慰藉众多像我一样的受伤者。因此这本小书将所写内容区分为“风物”、“故物”、“人物”三部分，包括远古四川的历史、近代文明的冲撞、中外各色人物在四川的所作所为。这本书不妨算作是，我准备用一本专书来细细解剖近现代四川文化历史的一个前奏性演出。此专书就是我曾多次说过的想从雍正时期红薯之入川，对四川人口承载、救荒疗饥、山川河流、森林植被、饮食结构、文化发育等方面进行的延展性研究，其间可以看到以红薯为中心的变化，故名之曰《一种农作物的蝴蝶效应：从红薯角度切入近现代巴蜀变迁》。

再者由于参与三峡的深度文化游活动，使得我看到更多的人进出三峡到达四川各地的原始史料、照片、音乐（如川江号子）、影像、实物、书籍等，让我对从陆游以降的“入蜀记”，不只是文字记载上的熟悉，更算是将来我慢慢写《中外入蜀记》的肇始动因，除记述中外各色人物在四川的生活及游踪轨迹外，还会剖析他们对四川的诸种影响。蜀道固然难，进出均不易，但关于进出四川的各种记述，却也浩若烟海。而很多东西至今没有引起人们足够的重视，即便偶有涉猎，也只不过浮光掠影，或语焉不详，致使那些充满探险、好奇、交流的游历，仿佛消息于天壤间。我在本书里已写了竹添进一郎、王闿运等人物，但事实上这只是一个较好的开端。

末了，我得说一下书名《每个人的故乡都在沦陷》的来历。这个书名不是我的创意，若我没记错的话，应该是我的朋友王怡率先所写文章的标题。我踵武其后写了篇应和之章，进而演变成很多人都以此来写同题文章，大约是心同理同之故，引发了追写同题文章的热潮。2006 年《南方人物周刊》做了一期关于四川的专辑，我与王怡共同替他们取定了“四川人是天下的盐”的名字。这“盐”字于王怡来说是基督徒意义上的做光做盐，于我来说是指四川人有味道。当然这都是对故乡的赞美夸饰，是否过誉那不能由我们来定夺。

我一直相信人要接地气，一定要对自己所居住的地方有相应的关照与热爱，才不至于悬浮失重，不至于使自己与所居地处于油与水的关系，两不相洽。比如我是重庆乡下的人，但由于久居成都，对成都可谓了若指掌，远胜不少成都土著，因之对成都毫无他乡之感，尽管喜欢上这座城市费了十年以上的工夫。一个人正是因为热爱某人某事某物，才对别人的伤害特别敏感难受，对故乡就是因为有这样历久弥深的感情，才受不了其间所受的诸种荼毒。

诗人贾岛一生炼了很久的句子，辛苦得像个高级文字农民工，“知音如不赏，归卧故山秋”。但在每个人的故乡都在出机器的今天，哪里还有什么机会去归卧呢？因我记述的不少不是祖先及他人的、可供旁观的故事，而是我们所身历的事故，有时除了愤怒与悲伤，真没了那份遣词造句的雅兴，或许这是要请读者鉴谅的。

2014 年 6 月 29 ~ 30 日写，7 月 2 日改定于成都

目 录

风物 山河不再，草木伤怀

故物 成渝往事，几度乾坤

人物　入蜀皆客，家国何堪

后记

风物

山河不再
草木伤怀

渝东南人文风俗地图

要一个人来写故乡而客观，既如同要嫖客做坐怀不乱的柳下惠一样可笑，又好比要一个人面临暴客——人多讹为“棒客”，今流沙河先生之考证——的绑架且有被撕票的危险，必须从容不惧一样不可思议。任何人对故乡,都不可能是匆匆过客,要我做“到此一游”的浮表文字，心有不甘。但故乡称奇的人事山川颇不少，割爱实属无奈，兹录一二，权作各位卧游神往之资。

一条河流的简介

“我知道河流像这世界一般古老／比人类血脉中的血流还要久远的河流”，我用美国诗人兰斯顿 · 休斯《黑人诉说河流》的名句，来称颂故乡这条约 1200 里的河流酉水。任何一个民族的定居，在对水源的选择上都是十分慎重而考究的，逐水草而居原非游牧民族之专利。围绕武陵山区而言，对我们土家族来说，鄂西的清江流域、鄂渝湘的酉水流域、湘西的沅江流域、渝黔的乌江流域，其重要性是不言而喻的。

一小股清泉从湖北宣恩将军山流下，沿途纳无数大小溪流而成的酉水河，终汇入沅江而集于洞庭湖，如果仅是寻常模样，就没有记录之必要了。且不必说，它清澈之河水，可作鉴貌之用，其中各色活物，欢快畅游，就是那岸边捣衣扎鞋的土苗妇女，山川风物，吊脚楼寨子，悬崖峭壁之间神秘的悬棺，神奇万状的洞穴，足够令你流连。如果你有兴趣，倚小船唱上一曲，保不准就会有无数的山歌、情歌乃至扯谎歌应和而来，只怪爹妈没给自己生副好歌喉。此情此景，依稀尚可作为文学大师沈从文先生《边城》、《湘行散记》的摹本。若是自助野营，或是二三好友同路，必是令人心仪的选择，因为这地方目前还不是被商业包装出来的时髦货，而是地道的安心洗肺之所。前不久，我回了一趟睽违已久的故乡，故乡的几位好友说，五一长假他们居然在酉水河畔后溪至石堤段裸游、裸吃、狂欢了几日，令我不胜歆羡。只有人迹少至才有此等野营之生趣。

各级公路的缓慢粗通，五十年来与山水风物所做的无所畏惧的古怪斗争，使得如今的河道自然不复往昔繁华盛况。不过繁华与否仅与商业人气相关，并不与探胜揽奇者的心境配套，太过挂怀实属不必。对我来说，要记住的是，仿佛要与这条青幽落寞的水道争宠的，便是四周由喀斯特地貌造成的溶洞天坑，不计其数。当然你会说这比不上甲天下的桂林山水，以及与它相邻的兄弟张家界。不过窃以为，这只是名气伤害人之判断力的又一例证而已。况且酉水流域还有其他地方少有的更为古怪的普遍情状，即河流穿各处大小不等的石洞而出，复又进洞，如是循环，别有情致，“桃花源”景致频现武陵地区，与此不无干系。酉水之从湖北来凤卯洞伏流而出，渝湘交界的八面山之各处支流，无一不是如此。顺河而进洞，由水而出洞，变换角度与各色景致捉迷藏，直取金圣叹之“不亦快哉”。与此同时，这也是整个渝东南以及湘西、鄂西在20世纪四五十年代匪患难绝的外在因素。洞窟甚多，便于藏匿，有时猫在天坑里，或者在那些四处都是绝壁的高山平顶上——土家人俗称“盖”——生活可自给自足。面对此境，像我这种被文化骟掉的人，只会文绉绉地说你其奈我何，而土匪则说，你把我的卵给咬了。不过，这些地方都有一致命缺陷——少盐，必不能久守。何况再顽悍的土匪，也经不住现代热兵器的狂轰滥炸，覆巢之下岂有完卵？看过《湘西剿匪记》、《乌龙山剿匪记》的人，必有相当之感性认识。

酉水河畔的景致，借用沈从文先生《湘行散记》里“一个戴水獭皮帽子的朋友”的话来说：“这野杂种的景致，简直是画！”杂种在外人看来固然是粗话，但在我们那里却不乏褒义，以人来看，土、苗、汉的杂居地，杂交自属不免，就是山川情致也是杂交出来的，秀丽雄奇、宁静狂野原本是你中有我，我中有你，除了赞美这个“野杂种”，我再无二话。

一个名叫酉阳的地方

被人问及故籍，我便告知酉阳。问者皆是善解人意的妙人，心怕我因穷僻之籍里，无人知晓而生窘迫之感：“哦，我晓得，我晓得，就是柳阳嘛。”至此我才知道四川民歌《黄杨扁担》被人讹为“挑一担白米下柳州”的原因。知道柳的人应该比知道酉的人要多些才好，环保意识的加强令人欣慰；知道酒的人应该比知道酉的人多些才对，否则无法拉动疲弱之内需。当然只要具备点常识，酉也是不难认得的，酉阳很长时间属古武陵郡的最西边，从天文地理来看，卯酉圈与地平圈相交的两点，即为该地的东点和西点，亦可从时辰上应对“东”“西”，卯时即太阳东升之时，酉时则是太阳西沉之际，故为“酉”，而辖所刚好坐落在酉水之北，自然名为酉阳。而且更让人记忆深刻的是，酉阳的地缘边界，与渝黔湘鄂三省一市之九县接壤，一不小心就可能捞个全国之最。

由重庆而涪陵，由涪陵沿狂野的乌江溯水而上，说两岸的景致不输于三峡，绝不为过，更非“谁不说我家乡好”的曲意吹捧。事实上，沿江两岸的小镇民风，雄奇山水，实在是养在深山人未识，不属交通要冲，反而少有各色人等蜂拥而至的鄙俗之气。即便是今日的机动船也要倔强地在乌江里做顽强之挣扎，才能到达客船上行的终点龚滩古镇。龚滩古镇历来是酉阳、秀山以及贵州东北部人物进出的聚散之地，是专业“滩师”换班领航的枢纽所在，商业之繁荣倍于他地。往年我读大学路过此地，每每为它险峻的地势、充满古意的街道，尤其是千姿百态的吊脚楼所折服。由于我们民族居住山区，土地有限，吊脚楼作为土家族传统的房屋形式，在整个武陵山区极为普遍。不特如此，遍布武陵地区的过街楼、天街、岸街、风雨桥、关卡、陵墓等建筑，也是不可多得的奇特景观。如果你随身携带一本图文并茂的《武陵土家》（张良皋著，李玉祥摄影），便有如我们土家族传说的夷鱼老师跟在你的旁边，因为据我母亲讲，夷鱼老师在前面开道，河水就跟在后面流淌，就像上帝说要有光，于是就有了光。

在酉阳县城读高中的时候，闲时百无聊赖，大酉洞、二酉洞便成了我们常钻的地方。二酉洞据说是为避秦火而藏了很多书，事实上“二酉藏书”俊朗的石刻，只是武陵地区千百个溶洞中的一个而已。而大酉洞则更为好玩，从洞口进去，通过不大的通道，里面便是一个巨大的天坑，有一片农田，其形颇类陶翁所写之“桃花源”，令我们一行捣蛋的家伙兴奋了一阵。如今洞口石壁上刻上了四川作家马识途所写之“桃花源”，又有流沙河先生的两副对联，其中一联为“有根有据陶令文章，无影无踪渔郎路志”。不过，我意以为，不必铁定此处一定是陶令之桃花源，因为武陵地区此种地形实在太多。虽然想以此邀来游客的苦心可以理解，但以此解陶潜之妙文实在太过胶柱鼓瑟。

不完全美食手册

一方水土养一方人，这话虽然俗了点，却是地地道道的大实话。剑门豆腐、西坝豆腐，号称天下无双，在我的胃口里却不如秀山石堤的豆腐来得舒服，因为酉水更符合我的身体，那些豆子和我身上的土味更合拍。这样说来，便有人要找我打架，不过我并不准备接招。吾友张打田曾胡诌过一句名言：“余遍历诸邦，无有如胃既顽且固者。”其实他连越南都没去过，但我对他的语录却很信服。用花岗岩来形容脑袋，实在是对大脑的冤枉，这项殊荣应该还给冥顽不化的胃。但胃也不是一无是处，无论走遍天涯海角，胃是对母亲和故乡的最好纪念，只要你的胃不坏，你就永远和母亲、故乡在一起。母亲所做的故乡的饮食，从童年开始便给一个人的胃口打了底，一辈子也无法忘记。扎海椒、灌海椒、油茶、荞面、菜豆腐、彭水郁山晶丝粉，就相当于我的鲍鱼和鱼翅。而牛肉汤锅、绿豆粉、秀山石堤的角角鱼炖豆腐，实在好吃之极。或许有人会问，你那顽固的胃怕是饿坏了吧，不必为我担心，我尚有八十岁的母亲在我身边指点一二，另外还有些在成都开得火爆的“川东老家”之馆子，给我解馋。虽然“一条站着的鱼”、“罗腊耳朵”、“不是番茄”作为菜名有点另类，但二毛弄的菜的确地道正宗，他几乎克隆了我家乡的口味，令我大快朵颐，就如读他注定要流传的诗歌《在旧社会》，包括那句“我要拿起二锤打胎”。

美食与民俗之襟联，我忍不住要在这里卖弄一下，那就是土家族姑娘出嫁时，哭嫁歌中除哭三亲六戚外，还要哭安席桌的厨师。现据母亲的背诵特节选《哭嫁歌·厨师篇》如下：“肥肉切成梭子墩，瘦肉切在木瓜心；腰柳切成花蝴蝶，肝子切成龙凤身。橙子花开叶又黄，父母请你进厨房，手提钢刀里面快，银鱼墨鱼笋子菜，黄花耳子和清带，清带要将醋来炒，银耳要掺豆腐汤，黄花要掺火葱汤，灰面藕粉砂糖拌，核桃青果与茴香。只有笋子不好办，薄点切来煮得宽，这些菜什何曾有？都是将来说比方，萝卜白菜莴笋菜，细细切来多多装，一样办出几样菜，把我父母重客六亲待。”这样的饮食文献即便不是很珍贵，也多少有点异类。

路线的指引

在我伟大的旅游路线的指引下，再踵武先贤的脚步，你将在武陵山区如鱼得水，不会像那个捣蛋的鱼郎一样，让你如入迷宫。条条道路通武陵，让我们一路看个够。

北纬 30°，允称神秘，那是因为地球上凡经此纬线者，多高山、荒漠、大泽，武陵山区也很神秘地被北纬30°穿过。你可以由宜昌到长阳，沿鄂西土家族的母亲河清江溯江而上，经恩施，这里有杜甫的足迹，可饱览清江峡谷之奇丽，到利川看腾龙洞之大，观唐崖土司城，游咸丰与黔江交界的小南海；或者由宜昌沿长江到涪陵，溯乌江而上，看武隆芙蓉洞，再到彭水访黄庭坚的绿荫轩，经龚滩可到酉阳所辖的，如今准备申报文化遗产的龙潭古镇，那里有赵庄即赵世炎故居可以一观，有沈从文20世纪20年代初期当兵驻防龙潭时喜欢游玩的龙洞，经秀山而达“边城”蓝本茶洞，到凤凰访沈从文故居，看黄永玉出生地，观180公里的南长城。如果再辟一路，便可由恩施到宣恩，顺酉水河而下，可观四川与湖南的界山八面山，可看贺龙闹革命，能访到过去的匪闻。如果你有暇，可爬上八面山去做几天业余土匪，当然也可学演《湘西剿匪记》。尔后由花垣、保靖、永顺到著名的张家界。当然，买土苗织锦、学跳摆手舞、唱土苗情歌，是必不可少的节目。

如果你乘船前往，真可学沈从文先生写《湘行散记》，仿写《武陵山区纪行》；倘是赶汽车前去，有些路段就会颠簸如摇篮，没坐过山区路段的，沿乌江行进，就会像作家周克芹先生所说没有安全感，其实大多数时候是安全的；设若你乘飞机至张家界，再深入武陵腹地，那是节约行程；若是你徒步旅行，那是看上去很美，也的确很辛苦，但那些走马观花，到此一游者，便不是你的对手，因为武陵风景，终究不会随便示人，不然陶翁之《桃花源记》就算白教育我们了。

2001年11月14～16日于成都

奔向大海的道路：岷江流域闻见录

一条河流的名分

拥有神奇梦幻的阿坝州作为故乡，无论是对人物还是对山川来说，都是值得庆贺和纪念的美事。人物姑且不表，单说山川河流，这里兄弟众多——万峰竞起，姐妹成群——河流密布，不会形只影单，而得众乐之快。大河源于青山雪峰，青山得河流的围绕而更见雄奇妩媚，而人类便生息在这青山绿水间，逐水草而居，傍青山而眠。一年没有绝对无霜期的阿坝州，2000 米以上的平均海拔，草泽风沛的高原地势，奇峰突耸的惊人险要，自然成为长江和黄河水系的分水岭和发源地。阿坝州境内的河流除北面系黄河水系外，东南西三面的河流均以不同的河流名称注入长江，东部的白龙江和涪江入嘉陵江而纳入长江的怀抱；南面的岷江和西面的大渡河在乐山汇合后，直杀金沙江而注入长江的主渠道。

像古人有许多称谓一样，岷江有汶水、汉江、都江、导江、蜀江等名称，它作为长江上游不可或缺的，甚至是创造惊人福祉的主要支流，像不少大河一样都是并行不悖的双源头。东源起于分水岭海拔 3727 米的弓杠岭，是流经著名的川主寺（漳腊）的漳金河；西源则在分水岭海拔 4610 米的郎架岭，为流经黄胜关的羊洞河，在松潘元坝乡虹桥关汇合而向南行进，成为岷江的主源头，穿越阿坝州的崇山峻岭，直奔富庶肥沃的成都平原。可以这样说，整个川西没有这条岷江，就没有泽被千古的都江堰，也就没有物产丰饶、水旱从人的整个川西大平原，没有以三星堆为中心的长江上游奇异瑰丽的远古文明，更不会有繁荣富庶的今天。虽然用母亲河来形容一条河对沿河两岸逐其而居的人民之莫大养育，有俗滥之嫌，但她的惠泽之功，无论怎样表彰都是不过分的。

如果说在阿坝州境内的岷江狂野不羁，河床时有无定，床底砾石乱伏（岷江干流地质主要属于第四系），不听规矩，只能漂木；而出得阿坝州境，岷江便从落差极大的地理环境中解脱出来，加以都江堰的分截之功，水流因季节的不同、灌溉需要之多寡，得内外江分而治之，使得成都而下，灌溉既广，水势平稳，气候温润，人民得天之助，得地之利，甚于他地。于是文化繁盛，蜀风绮靡，民风尚玩，倍于他处，可见岷江之力奇猛，都江堰之功甚大。成都是峡江路的起点站，战国时李冰穿二江以行舟，水路有繁华盛况，汉晋时有“泛舟顺流，舶舻千里”，三国时孔明送费祎出使吴国，于如今的老南门大桥出道别：“万里之行，始于足下。”而在唐宋时期更有“水向金陵”的盛誉。眉山、乐山古有小成都之称，文人辈出，实乃自古而今的川西文化重镇，乐山得川西另一奇倔桀骜之大渡河汇入，水势剧增，咆哮猛烈，于此载人则需大船备乘，直杀宜宾而奔万里长江。岷江至万里长江第一城宜宾，虽名亡而实存，然奔大海之志不移。美国著名黑人诗人兰斯顿·休斯说："我知道河流像这世界一般古老／比人类血脉中的血流还要久远的河流。"这便是岷江的真实写照。

你竟敢如此美丽

似乎这条河流早已埋藏着我生命的种子，这块大地注定了我在她怀抱里的游荡和驰骋，这是一种怎样的前世今生。1989 年至 1990 年，我得以非常的方式游走广阔的岷江流域，一年四季均在这条河流的周围及它的黄金旅游走廊上畅游醉酒、交朋结友，这里的河流走向、人物声口、草木香气、走兽姿态，成为我脑子里大千图像中清晰可鉴的部分，成为某种无法言说的内在力量在我身上翻腾，像我掩藏在湘西和渝东南的小小故乡一样，无论我走到何处，它都护卫着你内心最柔软的部位，有着难以言传的个人隐秘。

一个人的九寨沟

山水自有山水的美丽，不因人而有稍改，这是美的客观论者所伸张的；反之，山水皆因人而设，无人观赏，山水之美何在？我承认自己时常混迹于山水之间，穿行于草木之中，却是个不折不扣的折中主义者，一方面奇山异水的确令我惊叹，另一方面，自认为还算有欣赏美的眼睛，感觉音乐的耳朵，参与了山水的美丽，对这一点的自得，有时与山川风物的惊人之美混杂一起，产生令我陶醉、世界原来如此的"化学"反应。

世人皆知九寨沟在 7、8 月尤其是国庆节前后半月，山川草木在彼时仿佛孔雀开屏，换在初秋来发情，格外卖力地展示自己。绿荫可喜，红叶妖娆，杂花热闹，在秋天却有说不出的春意来，颇有时令倒错之感。除了不小心听到的水声，流水清澈到虚无的境地，有着遥不可及的天堂神意，实在可表，尤其在月夜观水，大有“流水今日，明月前身”之慨。但问题是，在这地球人都知道的旅游旺季，人群蜂拥扎堆，如同在一片森林里赶自由市场，这实在是真正想拥抱大自然、领略山川静谧精气者的忌讳。这也是我多年外出旅游，从不找旅行社，更不与一群陌生人搭伙旅行的真正原因。至于说找一个导游在身边聒噪，那纯属是对自己智商的不信任，好像自己对欣赏自然美景毫无把握，需要一个千篇一律的说客，来给自己上课一样，实在可笑得很。我比别人幸运，四季的九寨沟我都欣赏过，独冬天人少，穿着防滑雪靴，与二三好友一起在森林中穿行，吟诗赏雪，饮酒前行，越往景区深处走，草木畅茂，难免禽兽逼人，于是提着枪为自己壮胆。那时沟中一片银白，真可以洗去尘虑。那时的长海、树正群海，好像上天在林海雪原中思谋留下的镜子；而诺日朗瀑布的喧闹，就像一个调皮的小孩闹到精疲力竭的最后嬉笑，就让它去吧。那多水的夏日，瀑布的伟力，热闹的喧鸣，居然让我想起著名诗人里尔克的诗句：“主啊，夏日曾经很盛大。”

上天的黄龙

同样是上天的儿女，黄龙的景致情状与九寨沟正好相反，如果一条沟内尽展九寨沟风采，那么黄龙便是在山脊上飘舞着的一条长约 7.5 公里，宽 1 ～ 2 公里的彩池之龙。作为岷江和涪江分水岭的黄龙主峰雪宝顶常年积雪不化，雪水里的碳酸钙成为巧夺天工的能手，点化出如梦如幻的五彩池群，如碧玉似玛瑙，尤其是“帘瀑倒挂”

里的“洗身洞”，是我等罪孽深重之人取巧的福音，据说来此洗沐一番，一切灾难和疾病，自是“水到病除”，当然如果说在下占不到这种便宜是因为虔诚不够的话，倒也无话可说，怕的是实话一出，便成为风景杀手，那罪孽就更加深重了。当然如果你也相信来生，或者干脆是借机想看个热闹，那么在每年的农历六月十六日看藏、回、汉各族人民到黄龙寺赶庙会,那么白天帐篷如连营,晚上炉火似繁星，你就会知道人们只不过是把大人物的纪念日当作自己的玩具，或看成是对自己身体及灵魂放假的一场游戏而已。

生物天堂

食铁兽出没于古代西蜀崇山峻岭的记载，古已有之，但要让食铁兽叫猫熊，却要等上一千年。1869 年 3 月法国在四川的传教士让 · 皮埃尔 · 阿德曼 · 大卫在宝兴蜂桶寨发现了一只黑白熊，断定“这可能成为科学上一个有趣的新种”，当大卫的助手及猎手在 1869 年 5 月 4 日捉到一只活的“黑白熊”时，打算运回巴黎，但由于运输的颠簸，不幸死去。于是大卫剥皮将其拿到巴黎博物馆展览，当人们看到圆圆的大白脸及眼圈的黑斑时，人们断定这是一张假皮，世界上根本就没有这种动物。但经博物馆的主任米勒 · 爱德华一番研究后，认为此种动物非猫非熊，是一种与 1827 年在西藏发现的小熊猫相似的大的猫熊，便定名“大猫熊”。20 世纪 40 年代我国生物学界在北碚举办一个动物标本展览,展览分别用中英文书写,当时中文书写从右至左“猫熊”，而人们却因英文书写方式的从左至右，将其误读为“熊猫”，于是大熊猫误得的美名便流传开来。

虽然夸张是诗人的权利，但我还是要说像李白这样纵横文字领域的人物，在说到蜀国的邈远历史时还是比较守规矩的，“蚕丛及鱼凫，开国何茫然”。田野考古和挖掘祖坟的地下发现，固然可以探知一些它们的蛛丝马迹，但终属盲人摸象，仅得一端而已。只有这个上古动物世界的仅存者——大熊猫，或许目睹了古蜀的迁徙流播，竟至衰亡而无迹，但它无言无语，使得这一切曾经发生的翻地覆地的巨变，如此邈不可追，任何复原的企图终究是徒劳。但岷江流域的不凡在于，它以特别的方式如大熊猫在其所处流域的大量（当然大量是相对的）存在，来作为对生活在它周围的人民慎终追远的补偿，因为这一切对研究过往气候及生物状况，甚至上古部落的消亡或许都不无帮助。

四姑娘山和卧龙自然保护区，哪怕是九寨沟、黄龙、牟尼沟、白河乃至王朗自然保护区，它们的声名，并不仅仅是由目前这些对都市“食之无味、弃之可惜”的旅游爱好者鼓噪起来的。这些奇异之地，除了有土著民族常见的足履外，还有来自于那些更早更神秘的脚步：以传教士身份进入这片土地的外国人以及专为这片生物王国而来的标本采集者和研究者。而那些身手不凡、脚力健劲的登山征服者，反倒因四姑娘的山体是由砂岩、板岩、大理石、石灰石和结晶灰岩组成，而却步未进，丧失了与福音传播者和标本研习者齐头并进的时机。这里禽兽繁多似最后的天堂（达七八百种之多），草木袭人如岷江流域的后花园（高等植物在 4000 种以上），瀑布与温泉同在像双子星座，高寒雪域暨亚热带联袂演出四季画卷，洗心养眼，尽涤尘虑，前去一次，恨不得再奔她的怀抱。可是，对这世界上的大多数人来说，得一次亲灸而不能，何来去而复返？此等人类与自然隔离之苦况，其锥心之痛，天耶？人耶？逐水草而居，傍青山而眠，成了前尘旧事，人类注定要在一个妈生的钢筋水泥房中度过大部分的苦痛日子，才能换来鸟语花香的一日之欢，片刻小娱。浮生半日都要偷才得来，何况于大自然中巡回畅游，更非易事。

福音传播者以及生物标本采集者——这些外来的人，看土地的方式或许是以神的旨意，阅读山川的方式多半流连于草木的属科。他们的用意是复杂的，不会像我们的教科书那般简单赤裸，罪恶无赦。对这些人的评价是个艰深的课题，热血沸腾、不知轻重的爱国主义对一个人的智力一定是有害的，曾经发烧或正在发烧是谁都免不了的，但最好不要抽搐。要知道，并非任何人都是心无尘虑、徜徉自适的大自然观赏者。顾炎武自然没有背包客cool，《日知录》也罢，《天下郡国利弊书》也好，都是他用脚丈量出来的学问，究竟是为了革命的需要。有清一代，自兹开始，不独反清复明的革命家注重边疆地理，看到外侮日重，清之中后叶的许多学者如徐松、张穆诸人研习边疆地理、关隘地堡、民情风俗，蔚成风气，至民国而此风不减，不独华西协和大学有边疆地理学会，办杂志搞讲座，就是当时身为四川测绘局普通一员的万县人孙松伟，在1933年叠溪大地震的次月奔赴松潘协理边事，还一丝不苟地、逐日写下了三个月的《松潘西游记》（手稿藏于敝处），细述边地风情、山川风物，并痛感当局者对边疆局势的麻木。我们可以虑及国之不振，作呼天抢地状，但有时不得不痛切地说，我们的生物学家对植物标本的研究与热爱缺乏一点原教旨主义精神，像生物学家方文培那样以峨眉山高山杜鹃研究采集为业的“花痴”，在万千民众中实在是“小概率事件”。

活着的世界奇迹

长城是曾经的辉煌，金字塔是死去的纪念，秦兵马俑是专制的见证——这些世界奇迹多半不是为活人服务，而是为死人增威，依在下私见，这等奇迹少有一些世界会变得更好。虽然我不会愚蠢到鞭古人之尸，正如史学家钱大昕在《廿二史考异》序中所说，“不卜年代，不揆时势，强人所以难行，责人所以难受，陈义甚高，居心过刻，予尤不敢效也”，但说它们并未给民众带来多少福祉，大抵是符合事实的。唯独不朽的都江堰，千载以下依旧泽被黎民百姓，惠及大众苍生，居功至伟，泛览世界，无出其右者。

没有比老子“上善若水”这句话更能体现出水的本质，但水是个狐媚复杂的东西，不得要领者多。虽然造神成了中华民族的常规武器，李冰身上也不免有些神近于妖的成分（借用鲁迅先生评诸葛亮），但就谙熟自然的古怪脾气、摸透至柔至刚的水性来说，李冰的确也算天才绝代，领袖群伦。其实他治理都江堰的路数，并不是其独自臆创，而是承袭自禹的教导，导水之天性，顺陵谷之地势，得其利而去其弊。禹那时自然是一味地泄涝排洪，有某种消极的态度，惹不起就躲，将水引走了事；而李冰则加以综合利用，都江堰的鱼嘴是分流分沙，宝瓶口束口防洪，飞沙堰泄洪排沙，如此一来，水之综合利用便有了切实的保障。常人或许以为对都江堰的伟大功用不必过于夸张，因为在其看来无非沾溉整个川西平原及部分川中丘陵地区而已，但在国家板荡之时、民族危亡之际——南宋抗金、抵御日本侵凌——四川所起的特殊作用里岂能没有都江堰的绝大功劳？

不过问题在于，为什么偌大的中国乃至全世界都只有一个活着的世界奇迹——都江堰呢？岷江水势水位从咆哮迅猛、落差极大的境地迅捷转换到平缓迂回之冲积平原的地理位置，按下不表。最重要的是，它挑选了一座天下最能涤除尘虑、幽深静谧的青城山，作为岷江进入成都平原的依靠。青城山作为道家文化著名的展示场所，与它同处邛崃山脉的道教发源地鹤鸣山，襟连在一起，与另一座同是道教和佛教文化的圣地峨眉山遥相呼应，形成岷江流域的蜀文化中重享受、尚自然的特性。山（青城山、峨眉山、鹤鸣山）水（岷江）相连，亲密拥抱，山为之青幽妩媚，水为之任性自然，两者合起来铸造了四川人个性里及蜀文化中影响深远绵长的核心部分，比如四川历代少齐鲁大地那种“为往圣继绝学、为万世开太平”，以天下为己任的所谓大儒通儒，非学殖之故，实乃山川风物、人文环境影响人之显例。都江堰不仅从物质上养育了千百年来的四川人，更与青城山一起联袂影响了四川人的文化生活，从精神和物质的双重意义上奠定了四川人的根基。

仁者乐山

盛名之下，吟哦者必多，然多未必佳。“蜀国多仙山，峨眉邈难匹”，还是谪仙李太白棋高一着，吟咏峨眉的千古诗句当推此为第一。峨眉之所以为仙山之冠，实乃得天地之精华，集雄、秀、幽、奇、险、灵于一身。于平畴沃野之川西平原惊人突起，临巅俯眺，原野如画，江河如带，心胸为之一放，谓之雄。峨眉的秀丽一如其名字本身，地理学家郦道元称其山中嘉木繁荫（更可参见生物学家方文培先生的《峨眉山植物图说》），满目清秀；唐代诗人元稹则将其与成都之锦江连譬，“锦江滑腻峨眉秀”，滑腻之锦江，使其情人薛涛制出了千古佳绝的薛涛笺，引发了后世无数写作者对特殊书写纸张的狂想，峨眉的清秀，得薛涛笺之描摹，更是双妙绝壁。嘉木垂覆于上，清溪湍流于下，山重水复，忽放忽收，或明或暗，吸纳游人于无形，鸟啭蝉鸣，山寂人空，深得幽妙之趣。云海佛光开凡人俗眼，珍禽异兽长人见识，是谓奇。舍身崖心惊神摇，“一线天”叹鬼斧神工，山道凿于崖下，栈桥架于天堑，险象环生。峰壑云气，佛道齐聚，仙气十足，岂不灵哉！峨眉的雄、秀、幽、奇、险、灵，不特现实人物追慕观光，传说人物、高人名士亦借多种渠道，攀附峨眉，腾播众口，人因山传，山因人显，足证峨眉山魅力之不凡。而峨眉山冬季的滑雪场，则是南方人对北方生活向往及怀想的最佳置换处。

岷江流域的山水，匹配之得体，甚于他地。九寨沟与黄龙、青城山与都江堰、乐山与峨眉山如同双子星座、连体兄弟一样分布在长达 600 公里的岷江流域沿岸，这是世界上所有河流都没有的奇特景观，是上天赐予所有人的福分。智者乐水，仁者乐山，是对乐山与峨眉山绝配的最好注脚。早有古人说过："天下山水之观在蜀，蜀之胜曰嘉州"，而乐山之子苏东坡就更狂热地赞美道："生不愿封万户侯，亦不愿识韩荆州。但愿身为汉嘉守，载酒时作凌云游。"剔除苏轼对家乡的过分偏爱而引致的赞美，乐山的惊人之美亦可想而知。如果说南安是乐山的乳名（秦灭蜀后，乐山隶属蜀，在成都之南），嘉州是它的别号，乐山就是它的学名，沿用至今而至众人皆知。自古以来，乐山"山川秀发，商贾喧阗"，文化繁盛，光耀千古的眉山三苏父子、毁誉参半的郭沫若，均是此地的杰出代表。

如果说，一座城市要选一个人文标志，那么雄踞岷江、青衣江、大渡河三江汇合处的凌云乐山大佛，应当之无愧地属于乐山的标志。以个人的私见，观看大佛应以观佛楼为最佳角度，从观佛楼向北眺望，可见以凌云山为首，复以乌尤山为身，再以马鞍山为足的天然卧佛。佛身利用凌云山西壁凿成，大佛稳坐江岸，佛身通高达 71 米，然比例协调，"人夫竞力，千锤竞奋"，垂 90 年而始成，令人惊叹。大佛旁边的凌云寺和乌尤寺，自有尔雅台、东坡读书楼等风雅去处，注《尔雅》的郭舍人和写"一蓑烟雨任平生"的东坡先生，是否真的到此做出过这等让后来者仰慕的举动，我自己是没有把握的。但 20 世纪 30 年代刊刻的一册线装书《乌尤寺》倒是记述了近代著名诗人陈衍、赵熙诸先生一干人前往乌尤寺、凌云寺吟诗作对的雅事来，游大佛诸寺除事关风景，满足他们对内典遗迹的热爱外，我想郭舍人和东坡诸人的传说也是吸引他们的因由吧。

养眼的大海

蔚蓝色的大海是养眼怡心的，但现在这样的去处是如此的稀少，以至于我们会认为那是曾经的美好。不过现在在万里长江第一城宜宾的江安、长宁两县漫坡遍野、修篁茂竹丛生，万顷碧波，拥翠泻青，覆荫着 500 多个山丘，总面积达 40 平方公里。任何绝佳的风景名胜均系上天给生息在那方人民的福祉，亦是大自然造化的神奇伟力所致，蜀南竹海处于 600 ~ 1000 米的低海拔地区，冬暖（不低于 0℃）夏凉（不超过 30℃），雨量丰沛，土质酸性，氮、铁含量高，使得竹子生长迅捷而茂密。

古称戎州的宜宾，不只是美酒五粮液的故乡，更是以悬棺葬闻名于世的僰人曾经生养的地方。作为峡江水路必经之地，时有诗人过路盘桓流连，吟咏佳句自不待言，还有像黄庭坚这样的大诗人贬谪该地，用自己的痛苦客观上为宜宾的文化添加了风采，黄庭坚行至蜀南竹海时,眼见竹林浩瀚,脱口而出“壮哉！竹海万里”,并以“万里箐”为竹海命名,一直沿用至今。7 万余亩各种竹子组成绿色海洋，丛生竹、散生竹、混生竹毗邻而居，楠竹、人面竹、凹竹、算盘竹、刺方竹、筇竹等新老品种联袂生长，登高而望，澎湃的碧波绿浪，气势阔大，堪与万顷松涛媲美。景区内不特有观云亭、落魂台瀑布等著名景点，更有 1345 种高等动植物，尤以桫椤、红豆、云豹、金雕等动植物最为珍贵，如今已成为全国第一个以竹类生态系统为主体的国家级自然保护区。

水湄之城不完全饮食清单

岷江流域古蜀文明创造者中的核心人物，无论是大禹、鳖灵，还是李冰等，无不以善治水而著称，西蜀文明与水的天然联系于斯可见一斑。岷江像一本书的核心线索及主题贯穿每一个傍它而聚的城市，闲散惬意的成都、清秀美丽的乐山、雅雨氤氲的雅安、酒香阵阵的宜宾，在在可表。兹简述一二，以尝鼎一脔。

作为2000多年来城址没有多少变动的城市，成都得岷江的便利、都江堰之沾溉尤多，受水害之少，则是众多滨水大城市之最（参见郭涛著《四川城市水利史》）。成都的繁荣富庶固离不开水的绝大功能，花木繁盛，赏花为成都之传统，无温润之气候，得体的水源，又岂能实现？就是驰名中外的川酒，哪里离得开川中之水包括岷江的独特功劳？单说成都人须臾不可离开的茶馆，得山水之助甚多。成都茶馆是成都人生活必不可少的聚会场所，小到凡有空地，必有几张竹子桌椅，供二三位客人品茗，大到像大慈寺这种可以满足几百人上千人同时饮茶的露天茶舍，再到今日四处遍布的有空调的茶楼，茶馆之多甚至要超越三步一岗五步一哨的饭馆，这是全国任何一座城市所没有的景观。虽然我对成都所产著名的茉莉花茶没有好感，但丝毫无损山川对它的特殊滋润，不少人品着花茶，逍遥永日，民风殊异他地。可以这样说，到了成都不到像大慈寺这样市声喧嚣的茶馆小坐一会儿，哪怕你到了杜甫草堂、武侯祠等名胜，也等于没到成都。因为茶馆里既可以听评书，亦可以看川戏，也可看人赌博，还可谈生意、擦皮鞋、掏耳朵、搞按摩，喝茶后还可以在此享受家常川菜，或者就近品尝众所周知的成都小吃，总之一切不需掩盖的东西，均可拿到此地来言说和办理，完全是一幅活生生的社会生活风俗画卷。而在咫尺之遥的地方便是成都繁华之地，西南有名的步行街春熙路商圈，号称成都的 CBD 中央商务区，这一切是如此水乳交融，显示了成都对现代生活井水不犯河水的包纳力。

当然，并不是所有的地方都像成都一样，茶馆遍地开花，譬如以盛产蒙山茶著称的、地处川西平原与青藏高原交接处的雅安就是另一番情景。由于二郎山、夹金山、大相岭等的围堵，只有一面有缺口，故雅安冷暖气流时常交汇，因此雅安多雨而少晴天，古有“雅州天漏”之说，这一“漏”不打紧，惹得古往今来的文人墨客吟咏不已，于是“雅雨”美名不胫而走。地理之于气候，气候之于物产，都是极其重要的前定条件，多雨的天气，“雅笋”和“雅鱼”，格外鲜美细腻，尤其是“雅鱼”（又称“丙穴鱼”，青衣江只在雅安地区有一小段产此种鱼）成为雅安区别于其他川菜的招牌菜。至于说去领略宝兴大熊猫（中国第一只大熊猫于此发现）自然保护区以及新开辟的碧峰峡的美景，自是题中应有之义。雅安像岷江流域所有的城市一样，曾经作为南方丝绸之路重要的驿站，处在少数民族与汉族的交会地——或者说历史上如此,故而形成了今日的文化风貌——成为民族走廊，秀美中不乏狂野，现代蕴含质朴。

青衣江由雅安而下，走到它名声的尽头，便是乐山。乐山作为文化重镇，在四川历来有着任何一座城市都不可替代的地位。众所周知，文化的繁盛、人才辈出必须要有相应的物质基础作保证，这一切乐山都不缺乏。从南安的小名到嘉州的别号，再到乐山的学名，乐山名字的历史无不与美好富足有关，美景与美食的匹配，历来是旅游城市吸引游客的得力招数，而乐山是得二者鼎力相助的城市。随举两例。乐山汉阳坝的棒棒鸡，又名“乐山棒棒鸡”，将当地产的汉阳鸡煮熟，再用木棒把鸡肉捶松后食用，这与农学家贾思勰的《齐民要术》中所记载用木棒敲打结实的名馔“白脯”，用途正好相反。首先煮鸡要妙，煮前要用麻绳缠上腿翅，肉厚处用竹扦打眼，使汤水充分渗透，以文火徐徐煮沸；复次以特制的木棒将煮熟的鸡肉拍松，撕成粗丝入盘，利于调料入味；三是以众多调料调成的味汁，浇于鸡丝上，使鸡丝分外鲜美香嫩，有浓郁的麻辣味。再者，乐山风光无限，游完大佛乃至郭沫若曾经生活过的沙湾后，西坝镇的桫椤沟值得单独前往，一来桫椤作为恐龙食物，可作历史见证来看，二来其形状颇类椰树、棕榈及散尾葵之结合物，看上去爽心悦目。更为重要的是，与驰誉天下的剑门豆腐、天回豆腐齐名的西坝豆腐就盛产于西坝镇。西坝镇特产有三：米酒、嫩姜和西坝豆腐，米酒香甜醇厚，至于西坝豆腐，品种多达几十种，常见的香油豆腐、水浒豆腐、口袋豆腐，都是难得的口福之乐。

作为长江之名的起点，金沙江和岷江的汇合处，万里长江第一城的宜宾，处于川黔滇三省的结合部，素有“西南半壁古戎州”之称。其旅游一直有三绝：一为蜀南竹海、二为石海洞乡、三为僰人悬棺。而从其美食小吃上看，私心以为亦有三绝：其一是与“涪陵榨菜”、“南充冬菜”、“内江大头菜”齐名的四川四大腌菜之一，始创于1838年前后的“叙府芽菜”。“叙府芽菜”以鲜青菜剖丝，晾至余叶渐枯，再配以作料腌制而成，其香、脆、甜、嫩，堪称佐餐佳品，既可以做油酥鸭、烧白（扣肉）、燃面等食品的佐料，亦可作熬汤不可缺少的配料。其二是宜宾燃面，创始于清光绪年间，此小吃选用本地优质水面条为主料，以宜宾黄芽菜、小磨麻油、鲜板化油、八角、山柰、芝麻、花生、核桃、金条辣椒、上等花椒、味精以及香葱、豌豆尖或菠菜叶等为辅料，将面煮熟，捞起甩干，去除碱味，再按传统工艺加油佐料即成，香味扑鼻，味美爽口。其三为鸡丝豆腐脑。豆腐脑是由黄豆浆过滤、去渣、烧开，倒入放有一定比例石膏水的缸内轻轻搅拌，逐渐形成的。食用时，另加入用金钩墨鱼等调成的鲜汤，再加上鸡丝等佐料即成鸡丝豆腐脑。若放醋少许，则既开胃又增食欲。

奔向大海的道路、深厚的历史文化之舟

岷江流域作为孕育古蜀乃至中国长江文明的核心地带，其文化形态大致有三,一是以水为中心所形成的城市文明及生活文化，四川人之喜欢喝茶坐茶馆，川人喜饮的川酒及喜食的川菜，以及顺乎自然的个性，无不与四川的水包岷江有深切的关联，水文化深入先人们的生活，亦深刻地泽惠着当今的后人。中国的治水英雄始祖大禹，古蜀国善治水的帝王鳖灵、开明，治水能臣李冰，无不表明着岷江作为中国治水中心的重要性，以及对后继者的启迪作用。其二为民族交合所形成的异质文明。岷江流域这条民族走廊，有藏、羌、回、氐、彝、僰、满、蒙古等少数民族包括国外文明时相摩荡、常相交融，使得岷江流域的文明活跃多于死板，在中国传统文化亦算纷然杂陈。如奇瑰怪异的三星堆，所发掘来的超乎我们想象的出土文物，如三星堆的金面罩青铜人头像、大型青铜立人像等，其造型之夸张变异，在中国绝无仅有，至今无法清晰地判断曾使用过这批文物的先民来自何处，他们为何在如此雷同的国度里显得如此卓异不群，他们因何消息于天壤间而不见诸任何文献记载，或许这都是永远无法解开的秘密。而民族的融合交流，在今日的岷江流域依旧畅旺，就像高山与河谷交替、平原与高原相连所带来的地理落差一样，能量十足而不板滞。三是在儒家强势文明无所不在的影响之外，岷江流域的文明核心更为宗奉道教和佛教，因为僻处西南边陲，加之“天下未乱蜀先乱，天下已治蜀后治”

的地理情形，以及民风尚玩、文人好文讥刺的个性，使得它不像齐鲁大地那样几乎被儒教文明统治得缝隙较少，而这也正好说明四川人在古代都奢靡尚玩，在主张大一统的家庭氛围里喜欢“别财异居”的深刻因由。青城山、鹤鸣山是道教最为重要的活动依托，而峨眉山与五台山、九华山、普陀山一起担当佛教活动和传播场所的重责。这些其来有自的人文风景与岷江流域的自然风景往往是合二为一的，形成人文与自然的混合体，向我们展示着它们持久的魅力。

岷江作为古代峡江水道的重要河流，是联结成都与外界的重要桥梁，平日用于人物交流、商业运输，很多文人如李白、杜甫、张祜、陈子昂、张说、岑参、孟郊、白居易、刘禹锡、杨炯、范成大、陆游等都是经峡江水道出川，而岑参在768年罢官东归南阳时就因宜宾水道被群盗所阻，被迫“淹泊戎州”(《阻泸戎群盗》)。至于战时则更是事关军事物资运输的兵家必争之地，尤其是在国家板荡之如宋抗元军、抗战时抵御日本凌侵，都显示了不可替代的作用。岷江沿岸城市，由于其地利，文化亦呈沿江串联的迹象，南宋蜀学的东移，抗战后成都、乐山、宜宾的大学及文化机构的东迁，峡江水道其力至伟。像宜宾的李庄古镇就是梁思成、林徽因二先生与一帮知识分子在抗战时研究中国建筑的地方，于追怀中国建筑研究的历史来说，实在是难得的孑遗。不特如此，岷江流域所留存的一些古镇如双流黄龙溪、洪雅柳江镇、犍为罗城镇、邛崃平乐镇、雅安上里镇、江安夕佳山庄（全国重点文物保护单位）等，都是岷江流域不可多得的人文旅游资源，它们与九寨沟、黄龙、都江堰、峨眉山、蜀南竹海一起，尽情展示了四川大地不朽的丰饶美丽。

2003年8月5日于成都，8月11日改于成都

每个人的故乡都在沦陷

没有故乡的人是不幸的，有故乡而又不幸遭遇人为的失去，这是一种双重的不幸。我自己便是这样双重不幸的人群中的一个。作为中国人文及自然资源多样性展示得最为完备的后花园，广袤的西部是如此的神秘多姿、秀丽雄奇、狂野粗犷，令人难以忘怀。不过遗憾的是，这些令人难以忘怀的人间爱物，正在逐渐消失于我们视野之中，真有追之莫及的伤怀之痛。可以毫不夸张地说，中国没有作为人文和自然资源庞大宝库的西部，她的魅力将会锐减而流于平庸。

一

对于一个长期生活在西部的人来说，我老家掩藏在渝东南邈远的角落，那里便成了我内心最柔软的部分，是异于他地的安心洗肺之所，是我个人莫大的安慰。作为神秘的北纬 30° 穿过的武陵地区，用山清水秀来形容她肯定平庸俗烂，不过说她雄奇秀野或许庶几近之。虽经全民抽风、大炼钢铁的无情破坏，但小时放羊看牛打猪草时，不经意便与众多野物做伴，简直是动物的天堂，锦鸡、豺狼、豺狗、野猪、刺猪、䴆狗、菜花蛇等，小河里各种各样的鱼儿，则应有尽有。但于今回家，这些早已绝迹，仿佛前尘旧事，能不让人伤怀？作为一个现代人，我并不反对过现代的生活，但我反对为了过现代的生活，而将先人的审美趣味、民族文化、古迹旧踪当作牺牲品的做法，这种你死我活、不破不立、破旧立新的斗争哲学，实在是伤害我们对先人纪念、传承文化孑遗的怀旧情感。这种揪人心肺的哀伤，在梁思成先生对北京古建恐悲苦无告的求诉五十年后，依然屡屡发生，如此人祸是我们整个民族绵绵不绝的巨大创伤。

龚滩是故乡一座拥有 1700 年历史的古镇，这里蕴藏着土家族的许多精神及物质文明，举凡年深久远的冉家院子、西秦会馆及不少寺庙等等，都是难得的活着的文物。整个镇上的房屋，大多是缘山而筑，凿石为基、垒石为础的木质结构的吊脚楼，凭眺江水，观望风景，把酒临风，快何如哉！而乌江及其支流阿蓬江的环抱绕膝，可收乐山乐水的双重功效。就是这样一座“活着的土家族的物质博物馆”，竟然被在下游修的一座弊大于利的电站给淹没了，他们的借口是发展经济并且古镇能整体搬迁，一座活生生的、拥有 1700 年历史的古镇能整体搬迁，这样骗人的鬼话，能让真正的有识之士信服吗？你能搬走她在 1000 多年里累积起来的文化积淀和神韵么？

二

美丽无匹的阿坝，可谓得上苍独厚，神奇的九寨沟、上天的黄龙、醉人的米亚罗、自然之子牟尼沟、生物天堂卧龙、雪山女儿四姑娘、赏心悦目的黄龙大草原、“羌族生活博物馆”桃坪羌寨等，无不闪耀着令人称奇的魅力。

1990 年我得以以一种异样的方式行走阿坝各地，饱览令人心醉的风光，让我此生不忘，这是一种怎样的前世今生，从此我把阿坝视为自己的第二故乡。前年冬天为了拍片，到达九寨沟，沟口再也不是从前那样简单清净的所在，而是绵延几里到处都是宾馆、饭店，河边的山坡树木被砍伐得厉害，景色已大不如前。幸好冬天人少，不然在九寨沟真可以看见到处都有的扎人堆的盛况。如此对旅游的过度开发和利用，在西部真可谓举目皆是，让人伤心，以至于各地不少主管旅游的政府官员几乎成了毁我山川的“旅游疯子”。

不特如此，像黄龙大草原、执尔大坝、红原大草原这等在整个阿坝州都享有盛名的大草原，不仅面临过度放牧、严重沙化、鼠害严重的危险，更令人忧心的是，每年 7、8 月游人密集到毁坏草原植被、垃圾污染草原的地步，满目疮痍。这种竭泽而渔的方式被普遍推广到西部大开发的许多方面，将会使西部的人文地理、山川风物、民族风情、宗教文物的多样性和丰富性，遭受慢慢地侵蚀而至逐渐消亡，绝非危言耸听。20 年后，西部广阔土地上这些上天的恩赐、人间的爱物，将是以一种什么样的面貌呈现在世人面前，让人真是没有想象的勇气。

三

贫穷是勒在西部人民身上的绳索，但要去掉绳索，不是随意乱剪绳索的某个地方，而是剪掉绳索本身打结甚至是死结之处。但剪掉贫穷这根绳索的死结，不是为了让西部的人民在吃饱饭后，丧失掉自己祖祖辈辈赖以立足的精神和物质的故乡，而是天然地利用现有环境，进行科学而适度的开发，而非全盘仿效东部发达地区，更不是某些官员为了自己的政绩，而搞这种人人都可以看得见的所谓经济大跃进。贵州省沿河县土地坳镇的一幅大标语便是这种心态的典型体现：逼民致富无罪。原来当地政府强行发展烤烟，农民种了，而收购时中间机构盘剥压级压价（这本身就是政府机构一些人与中间机构的勾结），后来农民便不种了，于是就动用武力命令农民种烤烟，故有“逼民致富无罪”的荒唐逻辑。而故乡酉阳亦有极其令人不解的标语：学生要上学，烤烟甩不脱。也是用类似上述方法将老师与烤烟纠连起来，政府某些部门规定，如果老师催促不力，而农民不种，那么老师的工资便不能发放。老师的工资不能发放，便要下乡督促农民完成烤烟任务，从而导致学生亦不能上学。如此西部乱开发，就我目力所见，并非单一事件。

我们常常可以看到，那些“养在深闺人未识”的美妙景色，一经所谓的开发后，便被糟践得一塌糊涂的残酷现实。同理，对现实条件不尊重，包括政府的过度介入，必将产生许多荒唐的事件，如在风景区修电站，包括得出“逼民致富无罪”的荒唐口号来。一生都想做官的田园诗人孟浩然面对岘山旧迹不无感叹地写道：“人事有代谢，往来成古今。江山留胜迹，我辈复登临”（节录自《与诸子登岘山》），像这样不注意保护、无度地乱开发下去，多一些“与地斗其乐无穷”的妄人，我敢说后人永远不会有“我辈复登临”的游赏雅兴，因为无处可去，这才是对他们快乐和生存权的真正剥夺。

2004 年 5 月 30 ~ 31 日于成都

行者演义：神游成都记

第一回　成都序言

一位行者，如何进入成都，虽不是哈姆雷特那般伤脑筋，但稍作思虑，还是蛮有必要的。司马相如一样高车驷马，昂首入城，固然容易引起追捧的轰动，但他的出位表演，历来得到的多是酷评。深怕锦衣夜行而回乡示威，注定了这不是成都人热爱的方式。当然，这不是说成都人不乐于看稀奇，而是在看得心满意足后，还要说你装神弄鬼，顺便奉上一顶遍地都是的本地特产旅行遮阳帽，上面用各体书法写着“假打”。你戴着它出没于味道江湖，行走在僻街小巷，泡身于茶馆之中，混迹在小馆酒肆，打望养眼的美女，访古迹、寻旧书，这行为自然是很艺术的，一例会被成都人视为有幽默感。成都人对他人的最高奖赏，概莫逾此。

成都非海上，不是冒险家的乐园。一夜暴富、陡然赤贫的奇迹，都是无限趋近于零的小概率事件。成都人平日里像一滴水珠，悠游于世俗的江海，真可谓“万人如海一身藏”，绝无出头领衔主演的念想。当然，在国家板荡的非常时期，偶尔显山露水还是有的，搞垮清朝的导火索——保路运动，出川抗战的浴血玩命，都是平日里看上去血性全无、以玩为要务的人弄出来的动静。换言之，不到万不得已，成都人不会抛妻别子，他们要尽情享受世俗生活的乐趣，没有什么比那些不着边际的空话，更让成都人警惕的了。

一家人大多是急性子，唯独家里贪玩的那小子不是。他看你们在那里劳碌疲累，抽风瞎折腾，无头苍蝇样东奔西跑，就笑得四仰八叉，肆无忌惮。全中国不缺乏瞎操心和浮躁的城市，但像成都这样慢性子的城市，却是少见。倘若你是个风风火火的人，以折腾和所谓的进取为乐趣，我劝你在退休之前，最好别来成都——尚有“少不入川”的戒律横亘于前——没玩好不说，指不定还气出你一身的毛病来。这贪玩的小子，让大家见了，都自以为可以变成掌握人生真谛的、有优越感的老师，激发出诸位教育他的本能。他笑嘻嘻地应承着，并不反驳，但照玩不误。玩开心了，他还学着笑星的声口来回应你的苦口婆心：老师，您接着教。

一个急匆匆的人，是无法领略成都的魅力的。到了成都，你要本着既来之则安之的态度，悠游地玩，尽量向成都人民学习他们的娱乐精神。来时模仿日本鬼子的样子：悄悄地进村，打枪的不要。去时按照徐志摩同志的指示：挥一挥衣袖，不带走一片云彩。

第二回　行者的读物

一般泛滥的成都指南，包括旅游地图，书摊邮亭俯拾即是，用了即可像一次性使用品一样，委弃不顾。要知晓成都的前世今生，在这座城市活得滋润新鲜，哪怕你只是小憩几天，阅读相应的书籍是必不可少的。关于成都的书籍，不说车载斗量，也可谓细数无暇。而且关于成都非常有趣的书籍，我自己收藏得不少，譬如有张大千结拜兄弟张目寒，送给川剧名丑周企何的线装书《蜀中纪游》，向尚等著《西南旅行杂写》（民国版，中华书局），陈宗棠著《四川乡土常识》（建设日报印，1949年六月版），中隐楼主著《蜀伶选粹初编》（线装书，新印刷工业社代印，1937年版，事涉不少成都川剧演员），周芷颖编《新成都》（民国版，成都复兴书局），周家驹编著的《灌县导游》（灌县务本堂，1940年版），青城山天师洞辑刊《青城山指南》（民国版，线装）等，其他尚有舒新城、罗庸等先生的书，一时半会儿无法找到，真可谓难以尽述。这里随意介绍几本我认为值得一读的书籍，虽挂一漏万，然不妨直说，有趣且有分量的都在这份书单里了。

一：《李劼人说成都》（四川文艺出版社2001年3月版），曾智中、尤德彦编。成都这座城市不宣传并深深铭感李劼人先生，是我一直耿耿于怀的事情。李先生对成都各方面的熟稔和热爱，在20世纪以降的四川作家中首屈一指，文章之高妙，议论之透辟，举证之充分，悬疑之冰释，研究之深入，概莫出其右者。他著文阐发川菜的精细微妙之余，还开小雅来充分实践其关于川菜的理论，俊彦硕学，文人雅士，时常光顾，名噪一时。不特如此，李劼人还是20世纪了不起的长篇小说家之一，远超早被御评的那些所谓大师，他的小说《死水微澜》等对成都风物人情之描绘，可作20世纪初成都的人文风俗地图。要了解成都，不读李劼人的著作，几乎是不可能的。

二：《老成都·芙蓉秋梦》（江苏美术出版社2004年3月第一版），

流沙河著。流沙河先生是除李劼人先生之外，另一位对成都有深切了解和十分热爱的作家。《老成都·芙蓉秋梦》对他所经历的成都世俗生活、文事沧桑、个人历练，娓娓道来，全由细节编织而成，活脱脱再现了他眼中所观、笔下所写的成都风致。

三:《文化人视野中的老成都》(四川文艺出版社1999年12月版)，曾智中、尤德彦编。这本书按十年为一个时段，以诸多名家如郭沫若、李劼人、罗念生、叶圣陶、张恨水、老舍、朱自清、黄裳、谢国桢、艾芜、车辐、唐振常等人的文章，贯穿起来，或议论风俗，或指涉人情，或寻书访友，或巡游城郊，或听戏品茗，或饮酒作乐，或品评美食，应有尽有，使人们得读妙文的同时，对20世纪的成都生活有一个轮廓式的印象。

四:《川菜杂谈》(三联书店2004年1月版)，车辐著。我与车老、沙河先生同住一院，时得登门请益之乐，可谓人生快事。于今车老不良于行，蜗居家中，虽九十有二，然精神极佳，勤于创作。早岁脚力甚健，我得追随左右，叨陪末座，与老人家一起吃了不少川中美食。自今思之，不可再得，怅惘久之。鼓吹和发扬川菜，文人出力甚巨，前有李劼人，中有车辐，近有石光华（著有《我的川菜生活》)，网友愚人（此君出身理工科，深通文史，深谙吾蜀风俗，网上所谈四川美食文章，无出其右者，我主编之《2004网络写作》收有多篇)，皆卓然成家。车老于川菜之热爱，其著述之勤谨，不劳小子饶舌。小子口福不浅，吃得老人家亲手所做之麻酱凤尾，以及所温之七十五度花雕，至今仍回味无穷。遍吃今之大小餐馆，无逾此味。

五:《四川特产风味指南》(四川人民出版社1984年9月出版)，游仲文等撰文，张德重等摄影。书分“特产”和“风味”两大部分。

“特产”分为“工艺美术品”、“中药”、“名酒·名茶·晒烟”、“农副产品”、“水果及其他”五大类，而“风味”分为“川菜·名餐厅”、“名小吃”、“蜜饯·糕点”三大类。介绍虽嫌粗疏，然川中特产风味大备于此，也是极难得的资料。

六：《老成都》（成都皇城老妈酒店有限公司 1997 年印），代树良图，王泽华文，流沙河序。此书囊括了成都上百种风俗、美食、职业等，图文并茂，文章的资料和史实，在一些过筋过脉的细部，得到过流沙河的修正补订，印制精美，搁置枕边，有常翻常新之感。

七：《百谣图》、《百戏图》（成都时代出版社 2003 年 8 月版），季风图文。前者收录民间老童谣 180 则，依图录文；后者收老游戏 100 则，左文右图，文字为该款游戏玩法介绍、游戏源流资料、盛行期的有关情形等，并就稍为生僻的方言，加有小注，印制精美。两册书，让人窥到成都人童年生活之一斑。

八：《四川近百年诗话》（《文史杂志》1993 年增刊），朱寄尧、王淡芳撰。据说朱、王二先生于近年相继仙去，非常可惜。二位都是深谙四川、成都掌故的前辈，我曾读过他们的一些书，如朱寄尧先生自印本《两松庵杂记》，沈祖棻先生写给王淡芳先生书信两通，同时收有他们的书法，虽缘悭一面，亦深感前辈凋零物故之痛。《四川近百年诗话》一书，几乎将近现代稍有名声的人物网罗殆尽，从他们的诗作，谈及四川包括成都沿革兴废、风物人情等，是极佳之抒怀遣兴的读物。

九：《四川老照片》（四川省人民政府外事办公室 2002 年印），（德）弗里茨·魏司摄影，向素珍、钟庆成文。这本书的照片都是 1904 年至 1915 年德国驻川领事魏司拍摄的，共收 177 张照片，基本上囊括了除川北、川东南以外的所有四川地区，其中一部分就是关涉成都地区的，有较高的史料价值。

第三回　行者去处之一：带病的景观

成都的去处，旅行者似乎都得到了统一指令，那就是导游们的指挥。说实在的，我出行这么多年，从来没用过导游，将来也不准备用。书读得比他们多，路走得比他们多，自己有眼睛，有头脑，不必他人代劳。我宁愿麻烦点，也一定要自己亲力亲为，拿自己的眼光看，用自己的脚来丈量，这便是我的旅行哲学。这旅行哲学虽有断人财路的嫌疑，但因为不是发人阴私，我会继续坚持下去。

成都这几年的改造，毁坏了好东西实在是不少的。我们曾多方呼吁作有限的保留，可执权柄者认为，按我们保守的要求去做，无法使经济迅速发展。我们小老百姓除了痛心疾首，还能做什么呢？念在不少人是第一次来成都，我这个在成都生活了20多年的外乡人，对成都的前世今生都还算有些了解，用我的眼光介绍几个去处，希望各位不要太受那些寻常名声的左右。而且有几处，是大家必须只争朝夕前往看望的，否则物非原貌。

一、最后的孤儿：我认为宽、窄巷子，是成都最后的孤儿。这孤儿作为有百年多历史的满城孑遗，是如此沧桑多难、身历数朝，愈发显其不可多得的风致。人们行走其间，旧日风物，人物掌故，联袂而来，动人心怀。可是这最后的孤儿也被狠心的父母给典当、卖掉而拆毁了。趁现在余韵尚在，我劝大家赶快去凭吊一番，否则尸骨无存。如果能约二三好友在此品茗聊天，度过一个无须着急的下午，或者一个懒得理会的雨天，那无疑是人生一大快事。

二、遭遇劫持的杜甫：杜甫自759年冬天从甘肃同谷抵达成都，与成都发生瓜葛以来，除了老家巩县外，恐怕就数成都的“亲戚”最多，渊源最深了。老杜是个北方佬，第一次看见繁华的成都，冬天里还有绿树，“层层填华屋，季冬树木苍”，或许心下便有了卜居成都的打算。一个逃难的穷人，虽得当时掌成都要员严武的扶助，也只有离市中心远点，于是在浣花溪筑茅屋数间，遂胎生了今日草堂。老杜在浣花溪写下了他穷愁一生中最快乐的诗篇，如《客至》、《南邻》等，成都真是他的安慰。我知道草堂里有不少好东西，如李一氓老先生所捐之半部宋本杜诗，扃藏深屋，一般人是无法寓目的。这些东西不得见也就罢了，只是门票愈来愈贵了；门票愈来愈贵也就罢了，只是草堂愈来愈豪华；草堂愈来愈豪华也就罢了，只是准备在草堂里建一商业地产名之曰“草堂二号”，拿穷人杜甫开涮，让他在瑟瑟秋风里看他人的万千广厦，还看着别人数钞票耍，这事多少有些不地道了吧。要去的话，你便赶快去吧，不然到时无法看到更好的草堂了。

三、在城市的心脏里烧香：究竟有多少人履迹过大慈寺，已无从知晓。但它是杜甫逃难到川的第一站，陆游与范成大等人也登临，真是“人事有代谢，往来成古今”。远的不说，1963年著名明清史专家、藏书家谢国桢先生曾与著名学者蒙文通、徐中舒诸先生观临大慈寺，记下游赏之乐（见谢国桢《锦城游记》）。再近一点，车辐、流沙河诸先生与全国来的许多文化人如吴祖光、丁聪、邵燕祥等先生时常品茗于此。小子侧身于旁，叨陪末座，常受教益，怎能不感激大慈寺的好呢？何况我自从出得社会，20年来一直生活古大慈寺的范围内，熏染它的世俗烟火，及身之情，那些感动过我的一切，怎能忘怀？

可大慈寺的命运也不比其他那些有历史的人文景观好多少。“文革”时拆毁的很多东西，就不去说了吧，连拆毁东西花了多少钱的票据，都流落到了我手上。后来宗教局从文化局，也就是寺庙从博物馆手中拿回了它，作了一番整修，仿佛金碧辉煌了，但世俗的人气哪里去了呢？连老百姓喝茶都只有偏居在塑料搭起的厕所旁了。以前那种在树荫下喝茶的享受，难道真是违碍寺僧的修行了吗？对此我大惑不解。老百姓到大慈寺喝茶业已成了一个传统，应该得到相应的维持——顺便说一句，我是一个对不少传统都有好感的人，而且自认不应该破坏，哪怕只是个喝茶的传统——一座城市正是由于这些东西，才让人纪念的。我曾说过，没有到大慈寺喝过茶，就不能真正算到了成都。可是现在只残存一点味道了，还没到过的人，真是应该到此感受一番。

第四回　行者去处之二：淘书圣地

淘书购碟、观画买古玩，是不是你到一个城市的目的之一呢？对于那些志在行走、时刻不忘在路上的人来说，把这当成是到一个城市的目的，未免奢侈。但你要真正对一个城市有切入骨髓的了解和体认，没有对该地文化生成的原因有直接的感受，便不能算对该城市有真正的切入。何况真正上品位的行者，是把旅行当作生活的享受，作为身体的放松和心灵的假期来对待的，而不是将其作为自己行程里数的记录。倘若你像航空公司的金鹰里程对你机票的折扣那样，来计算旅行得失，便失去了旅行悠闲自在、增广见闻的意义。

作为北京、上海之外全国第三大旧书流动市场，成都的旧书买卖有着极为悠久的历史。大书法家柳公权的侄孙柳玭，隋唐僖宗逃到成都后，883年还撰文说到今学道街一带有不少旧书肆的故事。1949年前成都的旧书店有170多家，而90年代的新旧书店大约有644家，今日的数目大致也应该差不离吧。自从1983年到成都上大学，我便行走于大街小巷，穷搜各类我喜欢的旧书，淘宝成瘾，可以说在成都做旧书生意稍微上点年月的人，没有不认识我的。淘书时的贪婪，和一个收荒匠没有什么区别，以至于老威说我见带有字的纸都要收。混迹社会近20年，我接待全国各路江湖朋友无数，不过最多的还是喜欢书的朋友，我觉得他们旅行成都的目的，大多是为书而来。固然这是因为我喜欢淘书的缘故，但淘旧书，买小古玩，购些民间工艺品，何尝不是旅游当中越来越令人瞩目的项目呢？

买新书的地方，大家都知道，没必要介绍。淘旧书的地方可以说成都的东南西北都有，只是有些地方找起来甚为不便，书的量也不大。偶尔有好书，也为书贾的老友携去，他人并不得见。于是择几处要紧的说。星期三、星期天上午的草堂书市，但要去得早，冬夏都应该在6点半左右到达，才可能觅得好书。外地书友若来，尽量能找到本地书友作为向导，自是最佳选择。倘若你是旅行前来，别无友朋，也没关系，上午12时之前来，说不定也会有收获。在这里看后，你还可以步行到送仙桥河边的古玩市场和旧书摊，当然能否寻得好东西，除了眼光，运气占主要成分。旧书尤其是线装书是不可再生资源（有些无法重版，或重版反无旧版舒服），有些可能只有独本，不可能像新书一样，大家都能同时买到手。另外尚有些散摊如五块石、厂北路、四马路、望江宾馆旁等地，到这些地方寻旧书，非有朋友做向导不可，不然外地人是很难找到的。

成都做旧书生意最久的当数淘书斋莫属，淘书斋的规模可谓全国私营旧书业的老大。我在淘书斋买了近20年的书，老板蒋德森惠我实多。毫不夸张地说，我出的书与花纳税人的钱建起来的图书馆没什么关系，却与在他处所搜的旧书有很深的瓜葛。淘书斋的总店在梨花街四川书市四楼，而他的分店有草堂店、送仙桥店、上海路店，书籍之多，实为其他旧书店难以望其项背。自从2002年孔夫子旧书网开办以来，几十家成都旧书店如缥缃书局、毛边书局、芥子书屋、琅環书屋、西苑书屋、全蜀艺文史书局等如雨后春笋般纷集于该网站，和全国千多家旧书店一起形成了全球最大的中文旧书网站，汇聚了百万册各种各样的书籍，使得成都和全国的旧书资源得到了有效的整合与互补，让我这样的书虫过足了淘书瘾。当然，这并不是说，网上淘书就能完全代替到地摊的淘书之乐，因为网站上比地摊要昂贵得多，而且品相和多久能够阅读到，都不是自己能够掌握的。

从搜书的时间跨度、爱书的程度、坚持不懈的韧性来看，在成都，真正与我匹配的书虫只有一个，那就是新文学版本研究专家龚明德兄。他家中关于新文学的书籍之多，是可以当风景来看的。不过，能否看到，这要看你的运气和缘分了。

第五回　行者去处之三：泡茶馆，说闲话

牛饮自是不必择场所，说粗话也不必选地方。不必把牛饮及说粗话，都拔高到率性而为的地步，因为这是一种本能。当然也不必把品茗谈天，看得多么高雅，这门槛并不高，需要的只是一点闲暇和一点微不足道的钱。但对于不少都市里的人来说，似乎陷入一种两难困境之中，有钱的没闲，有闲的没钱。而成都似乎有效地解决了这道难题，因为无论从茶馆的数量还是从茶客的人数，都可谓为全国首屈一指。

坐茶馆绝不是地道的成都人的说法，而是说：走，泡茶馆去！我仔细寻思了一番，凡是汉字中关涉到“泡”字的，不管内涵有多么不同，但有一点却无一例外，那就是“泡”字是时间的天敌。“泡”是扼杀时光的经典方式，换一种说法，就是“泡”是很费时间的。“泡妞”、“泡澡”、“泡温泉”、“泡病号”、“泡蘑菇”、“泡菜”等等，莫不如是。一个“泡”字把全身放松、通体舒泰、怡然自得的情状暴露无遗，泡茶馆的绝大功效便在这里。我泡茶馆最喜当枕泉临流、树荫浓密的地方，看着那些忙碌的人来来往往，心中的满足感油然而生。泡茶馆不是物质匮乏时泡大澡堂子，不管谁来便一起泡，而是与二三好友笑谈闲扯，才是人生大快事。我曾在《中国给世界的安慰：以〈茶经〉为日课》的长文里谈到“良朋雅舍”对喝茶的重要，雅舍有时都不必计较，但所谈非人，似遇人不淑，若对牛弹琴，不仅没能带来享受，反而寻来苦恼，便失却了泡茶馆的美好初衷。

高档茶楼如圣淘沙、顺兴老茶馆等，坐起看上去很洋盘，但无法有泡的滋味，更无泡的快意。且茶楼总是不能和真正的自然结合在一起，无论怎样的高档，都将自然的光亮和景物，以及忙碌的世俗烟火味道隔离了，同时使你的视野受阻，打望美女的计划泡汤，可谓坏处多多。但那些策划于密室的商业勾当、情感抓扯，当然不能拿到太阳底下来暴晒，所以茶楼自有茶楼存在的道理。但如果你是位行者，自是没必要进茶楼玩这些勾当吧，因为你处于“在路上”的休息状态，要勾当待返乡后也不迟。这样一来，我就把没有露天位置的茶楼扫地出门了，只留下了完全的露天茶馆以及带有露天位置的茶楼，除了大慈寺、宽巷子、人民公园老鹤鸣茶馆、成都画院院坝内、滨江路、彩虹桥、新东门、草堂、浣花溪、送仙桥等常喝茶的老地方外，我推荐两个去处，位置绝佳，风景尤其是视野都不坏的地方。

首选安顺廊桥露台。安顺廊桥我去开过会，在房子里喝茶，也吃过它价格不菲的饭菜，但印象始终平平。忽一日，一位朋友约我至该处喝茶，因我先到，对在茶楼里喝茶很不安分，便从它二楼的一侧门上到露台，那里有两张桌子。没有人坐，看来他们很少介绍客人到此。其实这里凭栏望去，九眼桥一带的景致尽收眼底，街上左右两端的人流，包括旁边那些酒吧，也一并在你打望的射程之内。向晚时分，夕阳耍赖一样不想落下去的慵懒尤其美妙，就像你一直想在这里泡到老，不想挪窝一样。而夜晚四周的灯光，又使整个河面有点波光粼粼的鬼魅味道，辅以有一搭没一搭的闲谈，是赏夜的最佳佐品。

次选北门大桥下面的明居茶楼。我的朋友高兄是位从江西倒插门过来的女婿，可见川妹子的魅力是如何的了得。第一次他与夫人请我们在大世界吃了巴西烤肉后，又带到明居茶楼来喝茶吃晚饭。一月份的天气，只有屈服在茶楼里，不敢外出活动，尚不知道这里的美妙。今年夏天，他曾有两次请我们到此喝茶，坐在一株覆盖面积甚大的老黄桷树下，与杨、刘诸兄这样的老搭子，一边临河斗地主，一边喝酒吃肉，一边说些不着五六的话，听着河水哗哗流过，享受晚风的清凉，直至夜半方休。

第六回　行者去处之四：小吃大得

大凡白酒业发达的地区，必是粮食丰饶之区，贫瘠的地方，尚且食不果腹，绝无余粮来酿酒。粮食饶有余裕，也未必多酿酒，江南便是如此，大抵需有一分刚猛之野性，才可能嗜酒如命。也就是说，一地的习俗，得有多方因素综合而成。同理，美食发达的地区，必是物产丰饶之区。单如此，还不足以产生精美之小吃，那地区的人民还需有稍多的余暇才行。余暇多了，人们才弄些花样来吃喝玩乐。成都便是个将丰饶的物产和民众的闲暇集于一身的城市，小吃等美食之发达,可谓得天独厚,渊源有自。当然我这里所说的“小吃”并非完全只是小吃，而蕴含着只对美食“小吃”一回，浅尝辄止的意思。因为作为一位行者，你不可能像一位川菜老饕那样逐一品来，只能按别人的推荐来取舍和选择。

靠比较良好的商业竞争所获得的美食市场的繁荣，在 1949 年后遭到了不小的打击。1955 年公私合营后，成都 3000 家餐馆经过合并、搬迁、撤销，砍削 90%，剩下大约 300 家形成成都餐饮格局，直至 20 世纪 80 年代初此种格局才有所变化［参见愚人《建国时期的川菜(1949—1979)》］。餐饮的国有化，使得大批的餐饮缺乏有效的竞争，餐饮业者不思保持传统的口味，更不思改进创新，使得整个川菜出现一种不应有的断裂和停滞。很多美食和小吃，在这样断裂和停顿的局面下，不少夭亡无救，从此退出人们的饮食视野。少部分则变味倒退，与人们相尚的传统口味、习好的基本吃法，相差不可以道里计。即便 80 年代重新恢复出山者，成功的例子也非常鲜见，因为中国饮食像中医，需要一些重师承、尚门派的不传之秘诀。你可以从西餐的科学化、标准化、营养搭配诸方面，来指陈中国饮食之疵，但你无法一步改变中国人自古及今的一些口味习惯，尤其是中国菜系之首的川菜对川人口味的熏沐，使得他哪怕走遍天涯也有个故乡的胃。

饮食公私合营后的几十年，有多少美食消泯，或者遭改装，至今没有人统计过，这是川菜，也是我们胃口多么大的一个伤痛啊。到了 80 年代，商业渐兴，又缺少相应的商业规矩和保护措施，使得不少正宗的东西又遭到“李鬼”的仿冒，伪劣产品充斥而驱逐正宗的产品，很多东西不再“真概”，这又是不少美食和传统调料的倒霉之秋。加之没有规划地拆除有味道的所谓穷街陋巷，老百姓真正喜欢的美食往往隐藏在其中，这种无节制的拆城翻城，成了新近对川菜小吃的入骨伤害。200 多种精美的小食，现在只剩下 60 多种在苦苦支撑了。不要说担担面的老母鸡汤了，也不要说新繁何泡菜的鱼泡菜之弄鱼香肉丝了，也不要说竹林小餐的白肉之失传了，单一个回锅肉的蒜苗的采择，甜水面里的自贡朝天椒，都没有人去坚持原料的地道了。再者，火候、刀工、烹制没有规矩，所以弄出来表面上丰富无比，似乎各种美食应接不暇，其实与垂之久远的传统菜肴相比，这味道除了怪异外，似乎无法让你感觉得出它的好来。

在这样的情形下，你还是得吃，不能学伯夷、叔齐二位那样，自绝于人民，不爱惜生命。于是你就只有退而求其次，在矮子中拔高子，在走样的菜肴中，挑选尚存几分旧日味道且符合自己胃口的菜，来满足自己的食欲。所推荐的全是符合我自己胃口的菜，合不合你的胃口，因为我不是你肚里的蛔虫，因此不能打包票。你吃了，要骂我的嘴巴为什么与你不是“口之味有同嗜焉”，那也等于贬了自己，因为你没能与我“有同嗜焉”嘛。很多高档菜，按我这平民的胃，觉得实在徒有其表。在这高档菜中，当数上南大街谭府菜中的鲍鱼翅——无论是红闷鱼翅、酸辣鱼翅还是南瓜鱼翅——的味道最好，不过这好像不属于传统川菜。但如果你所在城市里没有谭府菜的分店，而你又有钱，不妨去品尝一番。至于吃火锅，我强烈推荐百寿路的红景天火锅，地方虽然不起眼，但可以说这是我与许多朋友如王怡等人的窝子，虽然老板并不认识我们。火锅的辣味自不必说是很地道的，其中的卤品如卤鸭舌鸭脚等非常好吃。我很少吃鸡肉，因为我觉得一般鸡肉与蜡烛、橡皮没有什么两样。除了乡下土鸡，以及朋友雨樵的夫人小马凉拌的鸡肉我要吃外，就红景天这火锅鸡了。鱼我也不爱吃，但祥和里的三只耳冷锅鱼，我上次请一帮外地和本地网友来吃，他们大呼过瘾，鱼好吃，卤鸭舌也地道。

像那些太过著名的吃食，在网络一查就知晓，我就不再饶舌。何况其中有些名小吃如龙抄手、韩包子之类，和普通的吃食已无甚差别。至于其他美食，我随便挑自己吃过的几样东西来说吧。羊西线南台月夜宵品种很多，味道也好，实在是不错。原来坝坝筵火锅店在小关庙的时候，还有三炮响，味道不错，响声也好听，还可自己去参与，不知到西延线后还有这道小吃否？琴台的武陵世家和倪家桥路川东老家（可惜此家已移至北京），都是我老家的风味，自然是非常爱吃的，其中的渣海椒回锅肉、菜豆腐、荞面、晶丝粉等都非常绝，而武陵世家的菌子种类非常多，汤清鲜。鼎鼎有名的二姐兔丁自不必说，红星兔丁在大慈寺路就有分号，我家常吃，其中的兔丁、兔头都是佳品。当然，啃得最多的还是双流的老妈兔头。对于美食之城的成都美食，我不能无限制地开列下去，只有就此打住。

第七回　行者去处之五：特产之选购

工业革命的诞生，机械化大规模生产，极大地满足了人们的物质欲望和需要。既然是大规模生产，雷同就是不可避免的，雷同便使得商品的偏好价值下降，即使商品的使用者的个人身份无法区别开来。这就使得许多手工业，在大规模生产机器的时代，依旧有着不可替代的价值。手工产品的时兴，在这个时代是不争的事实，如意大利手工皮鞋。尤其是一些传统工艺品和民间器物，大规模生产是它们真正的敌人，而精致的小作坊式的手工艺品和传统民间器物，是这个时代崇尚个性的人们的癖好。

成都手工业历史素来发达，汉、唐时期的繁荣——如汉代是除了洛阳之外的大城市，唐代是“扬一益二”——手工业在其间起着居功至伟的作用。从汉代时设置管理织锦的官吏，到诸葛亮统领的蜀国，南征北伐所耗用的财政，大半靠的就是蜀锦，蜀锦的渊源极其久远，蜀锦花样众多，款式繁复，如落花流水锦、浣花锦、对花锦、散花锦都极为有名。与蜀锦同样有名的便是蜀绣，《华阳国志》的作者、东晋史学家常璩将蜀锦、蜀绣共称为“蜀中之宝”。在2000多年的累积中，蜀绣累计有百种以上的针法绣技，如双面异色异形异针绣、绣画合一的线条绣、五彩缤纷的衣锦纹满绣等，真可谓美不胜收。现在的蜀绣、蜀锦可在不少旅游的地方买，也可在一些私家店里购，如可在倪家桥路五号的锦绣宜家购买，这里品种比较齐全。还有一绝便是成都瓷胎竹编，瓷胎当然来自景德镇，而竹编则由邛崃山脉中两年青的慈竹，节距在两尺以上，无花伤斑迹，经过十几道工序，制成均匀粗细一致、色泽光亮的竹丝，经过巧手编织而成。而每100斤原竹只能取竹丝8两，可见用料之讲究，原材料耗损之大。成都瓷胎竹编工艺厂在解放北路1段12号有个门市部，可供多种门类的货。

成都的物产丰饶带来了不少器物上的工艺品，同时也产生与文化密切相关的小工艺品，如蜀笺即是此中代表。蜀笺的名字非常繁多，仿佛它像人一样有小名，有学名，有字，有号，有绰号等等，于是又名鸾笺、十色笺、谢公笺、薛涛笺。在雕版印刷的婴儿时代——唐代，蜀笺便因精美的木刻彩印，而名动全国，所以有“西来万里浣花笺，舒卷云霞照手鲜”的美誉。蜀笺发展到近代，诞生以“诗婢家”精制的“郑笺诗谱”，可与朵云轩、西泠印社、荣宝斋所制的笺谱媲美，可惜后来基本失传。我曾搜得半册民国的“诗婢家”笺谱，其精美程度、手感及视觉上的享受，不可名状。现在的蜀笺，只能算是聊胜于无吧，唉，岂独成都，岂止四川？在这个人人争先恐后的浮躁时代，整个中国，哪里有真正的传统被持之以恒地传承下来呢？至于说来成都关于吃的土特产，当以“二金条”辣椒和郫县豆瓣最为著名。“二金条”辣椒以红油鲜亮、香辣回甜著称，是川菜、名小吃、榨菜不可缺少的调料。而郫县豆瓣更是名冠天下，它鲜红油润、回味香甜，可谓色、香、味俱全，不少川菜缺了它，便失去了灵魂。但现在的假货也颇多，识别不易，非内行不能得其真。

第八回　行者的驿站

要谈行者的驿站，我无意细细向你推荐成都的旅舍和宾馆，因为我没拿他们的回扣。我想说，成都的宾馆和你们所居住的城市里的宾馆一样，没有什么区别。要寻找它们的特点，好比要太监说床第之欢一样困难。无论高档宾馆，还是中低档旅舍，大多在网络上可以查，何况还有那么多虎视眈眈的旅行社，等着为你效劳，不必我来饶舌。最实际的问题是，多数时候你还是乐于从众扎堆的跟团旅行，你选择的权利早已被剥夺，介绍又有何用？

但成都稍有特点的旅舍还是值得一说的。遍布全世界的青年旅舍，据我所知，在成都陕西街和宽巷子，都有它的分号，尤以宽巷子的环境最为惬意，我有许多外地朋友来成都，都曾住此。但现在是否已经随着对宽巷子的瞎折腾而消失，我不敢打包票，这实在是令人遗憾的。陕西街相对说来，也还算僻静，住那里的青年旅舍，方便在市中心浏览购物。复次，你若是想在成都待几天浏览市景并且探访名胜古迹的话，那么名胜古迹附近的宾舍也是比较好的选择，那里的环境比较清幽，如大成宾馆。当然若能找到临河的旅舍，枕江而眠，也是惬意的享受，如东临琴台路、西靠百花潭的浣花山庄就是个不错的选择，花木扶疏，古色古香，虽然那里只有一条聊胜于无的小水沟。

从四川丰富到令人目不暇接的整体旅游资源来看，成都从来都只是作为旅行中转站，亦即古之驿站而存在的。古往今来的人，要么把成都当作在巴蜀大地上奔波的枢纽，要么将它视作小憩身心的驿站。无论是杜甫草堂、武侯祠，还是文殊院、大慈寺，与峨眉山、乐山大佛、九寨沟、黄龙、海螺沟、四姑娘山、蜀南竹海、青城山等名动天下的旅游项目相比，其吸引力都比较逊色。虽然成都自有其可爱之处，但我们不能不承认上述诸多四川旅游景点的特殊魅力。如果往蜀南竹海走，则可住五桂桥或者双桥子附近的旅舍，比较方便；倘是往海螺沟走的话，最好选择武侯祠附近甘孜州政府经营的宾馆；设若往九寨沟、黄龙、四姑娘山走的话，那么西门车站附近的宾馆是比较好的选择；而往乐山大佛、峨眉山则可住新南门汽车站附近如交通宾馆。

成都的自然景观，虽不如以上名动天下的风景那般吸引人，但成都之所以作为行者必不可少的驿站，自然不仅在于它地理位置的特别、宜人的气候、丰饶的物产。这里放逸的世俗氛围，游赏娱乐之风盛行，令人垂涎欲滴的美味佳肴，不错的文化氛围和人文景观，均可谓玩家的天堂，有让人勾连留恋的充分理由。世人谓成都人有七宗罪：好吃，贪玩，喜热闹，怪脾气，嗜麻，俗气，闲散。在我这个久居成都的外地人看来，完全是一种不折不扣的表扬，因为这里透出一种不可阻挡的、对自己生活的自主，而非他人的指使与安排。

2005年9月上旬于成都

今朝纵目弄芳菲

再穷的四川人，无论身当通都大邑，还是僻居乡野，有两样东西几乎是不成条文的惯例，他们是必备然后才可称之为有家的。一是有几个泡菜罐，老泡菜、洗澡泡菜等，不一而足。请允许自我爱护一把,那鲜脆不是韩国泡菜可比。二是房前屋后,要么有几窝竹子，要么种几棵树，要么阳台上有自家护养的花草。小时家贫，先母独力支撑苦寒之家，但这两样东西，却从来没有缺少过。泡菜的可口自是不必说，就是门前所种的月月红也是常开不败，艳丽无比，在苦寒中给人一种身心愉悦之感,得到一种精神慰藉。这样的情景——泡菜可谓物质，花草树木事关精神——并不是我家的特例，而是四川人的普遍情状。正所谓“家家习为俗，人人迷不悟”。

养花莳草，栽树种竹，是四川人的普遍情状，并非始自今日，而是从古至今，其来有自。四川特别是成都平原的土壤气候，可谓非常适宜花草树木的生长，单是沿岷江流域几百公里长的大地上，有九寨沟、黄龙、青城山、峨眉山等世界自然文化遗产，还有四姑娘山、卧龙、牟尼沟、蜀南竹海等生物天堂，这是世界其他地方所没有的独特景观。邈远的上古，《山海经 · 海内经》便说“都广之野……百谷自生”,“都广”便是今之双流,百谷自生,草木也当欣荣。古蜀国十数个世纪以来，建都于许多地方，但自从进入成都平原后，从来没有离开过。大抵除了低洼沮洳之地外，便是树木森森、花草繁荣的景象，令古时的人民就地取材，欢喜自如。降及中古之世，各类文献及文人文章里，频繁出现描绘四川花木盛况的篇什。扬雄谓成都“百花投春，隆隐芬芳”（《蜀都赋》）；山东人左思则在与扬雄同名的赋文里，用“绿菱红莲”、“陂池满布”形容成都的花草繁茂的盛况；而常璩的《华阳国志》里更是不无自豪地说：“园囿瓜果，四节代熟。”（《蜀志》）得天独厚的自然条件，催生了四川地区植物花卉，品种多样，花期交替，四时未曾间断。

公元 759 年冬天，一个河南人从甘肃同谷，领着一家老小，随着逃难的人群，第一次到达成都。他惊讶于严寒的冬天，成都尚有绿色植物的事实，所谓“曾城填华屋，季冬树木苍”，这人便是大名鼎鼎的诗圣杜甫。上天待苦命的杜甫最厚的地方，不仅有成都要员严武的支持帮助，而且还有浣花溪、草堂这样花木繁盛、溪水潺潺的地方让他及家人暂时卜居，让他充满伤痛的内心，得以喘息疗养。伤春悲秋、孤苦无依、愤世嫉俗、忧国忧民，是杜甫诗作的基调，但他在成都所写的 200 多首诗里，除了少数直刺现实的诗篇以外，大多是赞美山水花木之盛的诗章，所谓“花径不曾缘客扫”、“晓看红湿处，花重锦官城”的佳作，比比皆是。杜甫卜居浣花溪草堂时，他的邻居朱山人、吴大鼻子、陶瘸子、黄四娘都是普通的成都人，但他们对自家小院的收拾，都透着一股对生活的热爱，贫寒之中依旧不改对美的向往。如“黄四娘家花满溪，千朵万朵压枝低。留连戏蝶时时舞，自在娇莺恰恰啼”（《江畔独步寻花》），便是对成都人嗜爱养花的典型写照。

四川尤其是成都，因山水之胜，风景之美，历来吸引着各路人马频繁出入，他们在或短或长的羁旅中，不忘将他们所看到的蜀中景致，传达给友人，展示予读者。客居成都的陆放翁，报国无门，赏花饮酒便成了他在成都生活的核心内容，以至他回山阴老家多年后，还动情地回忆起青羊宫、浣花溪梅花遍开的盛况：“当年走马锦城西，曾为梅花醉似泥。二十里中香不断，青羊宫到浣花溪。”（《梅花》）陆游不特爱梅花，四川人爱海棠的传统——东坡谪居黄州时，深情回忆起故乡的名花海棠道：“陋邦何处得此花，无乃好事移西蜀！”——深深感染了放翁，“走马碧鸡坊里去，市人唤作海棠癫”。四川人把与自己有相同爱好而深溺逾己者，一般亲切地称他为：“这个癫子！”这里面的赞佩，乃至引为同调的欣悦，是不言而喻的。难怪放翁要把四川当作自己的第二故乡，在垂暮之年，频入梦中来。

羁旅四川的外地人固然看到了四川人之耽溺养花，而那些贬谪在外乃至迁徙外地的四川人如苏东坡、杨慎、费密，就更深情感到养花种竹于他们的重要。杨慎家在明代是望族，现在的桂湖在彼时即以“荷香桂馥”著称于世。而川西平原家家户户之种竹莳花，完全是久有的习俗，至今不衰。房前屋后完全被花草和竹子包围，使人有生养其间的幸福和自得。东坡之“不可一日无竹”，“无竹使人俗”，可称是爱竹人的宣言，因战乱而外迁江南的费密在表达他对家乡的思念时，直截了当地说“当门慈竹八千里”（《思蜀》），虽有夸张，却也道尽了竹绕屋篱的美妙景致。如此不绝的赞美，从古至今，进出四川者，代不乏人，从未消歇。从清代诗人李调元而后，到近代诗人赵熙，再到抗战时旅川的作家叶圣陶，以及 20 世纪 60 年代访书讲学于川大的学者谢国桢，无不透出对成都乃至四川花木繁盛的赞美。

四川以及成都这种养花莳草的传统，对花木的热爱，简单点说，有文人的倡导，也有偏安一隅如后蜀孟昶这样的皇帝，遍植芙蓉于成都的示范。但更为重要的是，有花的栽培，必有花的买卖，至少从唐代开始就有的花市，一直绵延至今。有交易，必然促进品种的改良，提高人们的欣赏能力，于是又滋生了另一个踏春赏花的习俗。从浣花溪到九眼桥，沿锦江两岸，游赏之盛，各种文献特别是许多颇有民俗意味的竹枝词里，都有详细的记载，就连古代深处家中的妇女，在这样的时刻也被特别允许出来赏玩，因此才有薛涛的“今朝纵目玩芳菲……教人识是看花归”(《春郊游眺寄孙处士》)的美妙诗句。只是到20世纪初才因锦江水量骤减，此种游赏习惯才趋于式微。但现在的踏青远足乃至游农家乐,何尝不是游船赏春的变种呢?

2006年2月于成都

味道最说青城山

长城是曾经的辉煌,金字塔是死去的纪念,兵马俑是专制的见证,它们虽然足够惊耸世界，但给普通民众并没有带来多少好处。在这些世界奇迹当中，大都是仅供瞻仰凭吊的死物，并不能对现代人的生活提供实际的支持。唯独都江堰，至今光耀千古，既可供人吊古怀物，起沧海桑田、陵谷迁改之叹，更为难得的是，它至今泽被黎庶，惠及当代。遍览世界，将文物及实用集于一身、古今同体、双美合璧的世界奇迹，都江堰真可谓绝世无双。没有魅力久长、活力四射的都江堰，你难以想象在国家板荡时——如南宋抗击蒙古入侵以及中国抗击日本侵略等——川西平原乃至整个四川能有如此丰饶的物产和殷实之赋税,担当起民族复兴大业,抚平百姓家国兴亡之痛。至于水旱从人、不知饥馑、丰年常在的景象，就更无从说起。

既如此，为何这独一无二的都江堰只诞生在四川成都，而非世界其他地方呢？其间的因素固多,如与地理、气候诸方面都深有瓜葛,但与都江堰依凭的青城山，作为道教的发源并且光大之地，却有着虽然隐晦但更为不可分割的关联。都江堰与青城山，真可谓山水同辉，乐山的仁者，乐水的智者，必然集结趋拜不绝。

一

很多具有创始性的事情，由于年代久远，无从查找而湮没不闻，消息于天壤间。公元141年（东汉永和六年）的某一天，一位几年前风尘仆仆辗转来到鹤鸣山开辟草莱的江苏人，正在竹简上画一些只有他自己能辨认的符语，当他画完最后一道符图，并写完最后一个字时，长长舒了一口气：这么多年，24篇道书终于写完了。我也可以有更多的精力画水符咒为灾难中的老百姓治病，将所有的鬼怪驱尽降服了。

说这话的人，名叫张陵，又名张道陵，后世更广为人知的称呼是张天师。一个江苏人不远千里来到偏僻的西南，弘扬自己的道法，胜算几何？这是个值得探讨的事情。西南地区不像比较开化的江苏，此地巫气尚重，鬼怪流行，但四川人民的淳朴良善，好像一张白纸可以画最新最美的图画，教化起来，成本较低，比较听话。加以东汉末期，朝纲委顿，民生艰迫，张陵又能为许多人免费看病，有很高的驱鬼降魔能力，所以深受民众的欢迎。但要弘扬自己的道法，仅靠民众对自己的尊敬，显然是不够的。而来求医的人又那么多，鬼怪妖魔需要驱逐，简直让他忙不过来，于是他大胆地做出了个扩大自己队伍的决定：凡是想信他教的人，想请他画水符看病的人，让他驱逐附在他们身上妖魔鬼怪的人，只要交五斗米，就可以加入他的教会，作为信教的保证金。这便是历史上著名的“五斗米道”。中国本土宗教——道教由此正式诞生了。

前有照，后有靠，是堪舆家对一座城市之山形水势的要求，而成都完全符合这个标准。照鉴它的是从都江堰顺流而来的锦江，它背靠的虽不是一座山形高大却意义非凡的山脉，那就是著名的邛崃山脉。说它著名，可能许多人会不服气，因为即便在四川，它也没有峨眉山、贡嘎山、四姑娘山的名气大，何况全国那么多名山胜景呢？但要讲究一座山的气场，以及它对中国人生活方式的深远影响，恐怕邛崃山脉的伟力就无可阻遏地突显出来了。林语堂先生在《生活的艺术》里说，中国人许多可爱的生活方式，都深受道家的影响。鹤鸣山与青城山都同属邛崃山脉的支脉，可谓邛崃山脉的兄弟山，缺少它们任何一方，便无法上演道教诞生、弘扬以及发展壮大的“兄弟好”，亦如一车之两轮，一鸟之两翅，缺少任何一方，都将失去应有的平衡。

当我 1997 年第一次来鹤鸣山参拜的时候，因为正在修缮，显得荒芜而清冷，器局稍嫌逼仄，只有那株据传为张三丰手植的大柏树在那里硬挺着。但一个人行走在道观周围，还是深感其间的气脉向我袭来。鹤鸣山作为道教的发源地，与青城山作为道教的光大之地，其实都同属古青城山的包纳范围。可以说，道教因鹤鸣山和青城山，而成为深入中国人骨髓的本土宗教，甚至成为他们日常生活的精神主宰。青城山的“味道”便由此与全国众多的名山胜景区别开来。

二

这里说的“味道”，当然不是指道家的饮食，也不是他们洞天福地所自酿的乳酒，虽然这也是不可缺少的“味道”。这里的“味道”是个动词，目的是为了体会“道教”之大道，品咂其中对成都人、四川人乃至中国人潜移默化的影响。换言之，道教对一座山是如何依凭的，一座山是如何接纳道教的，道教与山水有何等妙不可言的玄机，值得我们仔细梳理，深深挖掘。

公元143年，在写毕24篇道书两年过后，张陵到达青城山，开创了道教与青城山永无完结的深厚渊源。到达青城山之初，当然他还是干的老本行，驱邪降鬼，开坛阐道，所以像掷笔槽之类的传说，无不是他施法神迹之所在。不特如此，张陵会三界万神于黄帝坛下，设立24个教区，弘扬道法，且羽化登仙于此。在找到青城山这样更符合道教理想的圣地后，鹤鸣山作为道教初始之地的鼎盛期已然结束。可以说越到晚近，青城山的盛名可以使许多道教圣地湮没不彰。许多道士，特别是游方道士，在前往青城山学道后，就再也不想挪窝，可见青城山的魅力，就连出尘修道之士也无法抵挡。近代青城山道教的重量级人物、当家人彭椿仙——其间他虽因与彼时的当家者在道观的管理上意见不合而出走，最后还是因对青城山难以割舍的喜爱而回来，进而当家而成一代道教大师——就是由游方道士而定居青城山的。

青城山当于茶马古道的要冲，是少数民族和汉族接壤之处，亦是原始宗教与道教的交会之所。但这里的深幽青碧，颇合道教见素抱朴、清静无为之旨，因是道风日炽。加以满山道观的熏染与培植，复以枝柯覆地的完好植被，真是幽深静谧的安心洗肺之所。每回去到青城山，便有一种清幽与冷寂在你周围陪伴，即便盛夏也是一片清凉世界，剔除尘俗之虑，真是别有洞天。而在青城山之外，那不远处的人浪热气、世俗名利，只有令人生出同情的念想。20年前第一次识得青城山面目，加以彼处朋友亦不少，所以几乎每年都有去一次的机会。这样的机会，在别人要去额外地求索，而在我则是抬手举足，费时无多即可获得。内人及她的女友们每隔一周的星期五，把登青城山作为她们画画、锻炼身体的方式，想想真是一种难得的幸运。

从鹤鸣山而至青城山，从张陵到其子张衡，再到张鲁，道教的扩张路线，一是沿峡江水道将巴蜀联结起来，二是沿金牛大道将道教从巴蜀扩张到陕西，沿途道观不计其数，如剑阁县即有同名之鹤鸣山，至今仍存有隋唐时期的许多道教石刻，由此可见道教扩张路线图。张鲁在汉中主政时，将道教与他的政治政策结合起来，用政教合一统治了整个汉中 28 年，从而也为五斗米道亦即后来的天师道的进一步发展壮大，立下了不朽的功勋。后来，张鲁降于曹操，五斗米道于是由巴蜀至陕西、河南，而至江南。可以毫不夸张地说，鹤鸣山、青城山是道教的总根据地，广袤的巴蜀大地上，现存的 457 通道教碑刻文字(见龙显昭等主编《巴蜀道教碑文集成》)便是明证。

三

四川历来出躬历山川、纵意琴酒的浪漫文人雅士，举凡扬雄、司马相如、李白、苏东坡、郭沫若等，不一而足。而不出那种以维护儒家道统自居的、峨冠博带的所谓高人，更喊不出“为天地立心，为生民立命，为往圣继绝学，为万世开太平”的大口号，虽然这些口号都很激动人心。一般说来，喊口号者自己也难做到这样的道德高标。自己很难做到，却偏偏要喊，在我们浸透道教思想的四川人看来，这就是一种“巫教”。我们的日常口语中说某事“巫教”，就是指这事不合常情,越过常规而成陋规,亦即潜规则。道教建立之前，彼时的四川人是信巫教的，当崇奉道教的善友自然、清静无为、重生保命的思想后，认为此前的信仰便不足凭证，于是摒弃巫教而申信道教。当我们四川人说某个人讲信用、言必行行必果时，便说这人很“落教”，是否信了教，即谓落了教，便真正值得信赖呢？这当然是值得打上问号的。不过，由此亦可看出信教包括崇奉道教，对四川人的语言一些潜移默化的影响，至于像“一人得道，鸡犬升天”、“八仙过海，各显神通”，就更不在话下了。

人们常说，名山秀水，相得益彰，这对青城山和都江堰这双子星座来说，最为恰切。都江堰的打造，虽然在道教产生之先，但深谙道教顺其自然之宗旨。而道教在青城山的发扬光大，亦对都江堰的修缮包括岁修之治水思想，有比较深刻的影响。众所周知，都江堰之所以经久不衰，而至今仍泽被百姓，绝非偶然。因为都江堰的工程——包括主体工程、渠首和干流或者支流以及岁修的使用方法及材料等均是如此——是利用不同的地形地势、水脉水势，采取无坝分水，壅江排沙，继而自流灌溉的。一句话，都江堰水利工程在利用地势水脉上，深得老子“上善若水”之旨，也是善利万物而不争的最好体现。可以这样说，在熟谙自然的古怪脾气，摸透至柔至刚之水的脾性上，李冰可谓领袖百代，卓越超群，而他的治水理念，无一不与后世大行其道的道教思想吻合。而道教的发扬光大，乃至遍布中国，亦出自于天下名山之青城山。而都江堰的修建和青城山的存在，竟然在哲学背景上有如此多的相似之处，难道这仅仅是一种巧合吗？恐怕不是，而是有内在的渊源，否则我们便无法完全解释后蜀道士杜光庭所作之与都江堰有关的《录异记》和《贺江神移堰笺》，更无法理解宋代佚名道士所作之《道教灵验记》以及清代道士王来通亲自撰写之《天时地义堰务说》等文章，正是他们用阴阳五行、顺其自然的道教学说，来阐释都江堰工程的修缮与维护。

道家思想承袭老庄思想，阴阳五行诸杂说而来，顺乎自然，重生保命，贪图享乐，不仅影响到中国人的生活方式，更深刻地影响到四川人尤其是成都人的生活方式。如偏安一隅的前、后蜀政权之重道教，倡导享乐之风，王衍之推举道士杜光庭为传真天师，崇真馆大学士，都是追求长生不老、享乐无度的具体体现。今之成都人重享受，会享受，追求今生之幸福，难道说没有道教潜移默化的影响么？

四

常言道："天山名山僧占多。"其实天下名山亦多道徒，释道共同占据了祖国的大好河山，是个不争的事实。青城山虽然不乏释家修炼场所，但就其核心的气场来说，还是道教大行其道。道教大行其道的原因无非有二，一来到青城山开辟草莱的便是他们道家，占据了先机；二来道家作为本土宗教，生存能力强旺。青城山的地盘虽然一度为释家占领，但通过走上层路线，得到以道教所信奉的祖师李耳为荣的李唐王朝的支持，仿佛沾点"犹龙世家"的光，也能让真龙天子出彩。虽然在宋元战争、明末张献忠屠蜀的短暂时期内，道士走避，道观毁圮，荒草蔓没，但经过各个时期道士们的努力，青城山的道观又迅速强旺如初。2000 多年来，道教在青城山都是当之无愧的强者。

道家以青城山作为自己祖庭所在，自然倍加呵护维持，如他们之参与都江堰的岁修及管理，无非是为了求得一方的平安与富足，以使道家在青城山绵祚不绝。事实上，正是他们与都江堰和青城山休戚与共，他们才表现出异乎寻常的对青城山和都江堰的热爱之忱。清代乾隆年间的道士王来通主持二王庙（崇德庙），节衣缩食，铢积寸累，广植树木，保护森林，为道士中创业持庙之翘楚（见韩莱曾《种树碑记》）。但这并不是道士珍惜自己道观周围环境的特例。"文革"期间，青城山的当家人易心莹、傅圆天为保存道观文物及森林不被破坏，一方面让道士将所有文物贴上毛泽东的语录，让“破四旧”的造反派徒唤奈何；另一方面又让庭除洒扫的道士成为看管他们树林的“森林警察”，一旦发现带刀扛枪者进入青城山，随即驱逐。如此一来，在遭遇大灾难、大混乱的时候，除了像张献忠进兵都江堰的洗劫无法躲避外，总是能够侥幸逃脱灾难的魔爪，使得青城山成为道家的福地。每次走过建福宫、天师洞、上清宫等道观，看到周遭枝柯广覆，杂树生花，文物依旧时，心里面的感激之情与感动之念，不禁油然而生。这里面蕴含着历代道士的不懈努力和宝贵心血，常常令我驻足细思遐想。有次居然在天师洞的大树旁枯坐一下午，静静地喝掉一瓶白酒而不自知。那时的天光鸟影，偶尔滴落的雨珠滑入颈脖，伸手可及的落叶，满眼的苍翠，至今仍令我怀念。

道家爱惜自己的地盘，固然首先是为了自己的生存与发展。但客观上他们的环保意识，以及与山水共荣辱的思想，也是道教顺其自然的具体而微的表现。近代道教大师彭椿仙主持青城山道观的时候，亦是广植树木，遍植药材，开发道家酒品和餐饮，广招游客，使得道观在艰难困苦之中，亦有生存发展之机。今天你如果有幸去吃他们的素餐，那也是令人没齿不忘的享受。但他们对发展过程中的环境保护，以及道观文物的护持，做得都是不错的。他们的心目中没有那种战胜大自然、改造大自然的妄念，有的只是对自然习性的把握与了解，从而更加顺服地与自然友好相处，生息在大自然的怀抱里。

五

释道既占天下名山，尘俗之中的人，必也趋之若鹜。趋之者有多种：烧香礼拜，求财安心者，跟风看稀奇者，纯为名山胜景而来的看客等等，都是趋鹜名山胜景的大军。青城山可谓道教胜场，人流摩肩接踵，更重要的是，它深得名人雅士、丹青妙手的喜爱，因此自古及今名人履及此地者，可谓络绎不绝。

历代政要不去说了吧，虽然他们也热衷游山玩水，说实在的，他们对释道名山，并没有增添多少可供言说的妙处。自然也有例外，每次走过祖师殿侧的闻胜亭时便想起撰写此碑的冯玉祥将军。我倒不觉得冯将军多么了不起，但看到他的碑文，还是不能自抑地想起家国之痛，虽然抗战胜利已经过去了 60 年。当然被人们记忆更深的是那些一直被历代政要们罩着的文人雅士、丹青妙手，凭借他们精妙的诗文和优美画作，名垂千古，使得名山胜景更添一层文化的内蕴，在灵秀之上有着深厚的内力。当然要把与青城山有关的历代名人都写上一笔，恐怕是一本书的篇幅。即便是罗列他们的名字，亦够排列到令人眼花缭乱的地步。在诗文上且说两个对青城山的名声甚有影响的人吧。公元 762 年，杜甫的老友、诗人高适托付灌县常县尉关照，邀杜甫及长子宗文、次子宗武一起游青城山。“诗是吾家事”的杜甫在快意游玩的同时，写下了“自为青城山客，不唾青城山地。为爱丈人山，丹梯近幽意”（《丈人山》）的名句。青城山之“幽”得杜甫点出，历来为后世踵武其游踪者注意，但破门而出的“青城山天下幽”，却要等上千年，才被另一位老革命点化出来。

名山胜景，一般说来，颇得幽意。但像青城山一样的幽，却颇不易见。青城山山势并不险峻，甚至只是邛崃山脉的余脉，与成都平原交接。但在这样人口相对稠密、交通较为发达之地，却多有上千年的古树，存有不少古迹（从今人王才友等主编的《都江堰市金石录》里亦可见一斑），道观无数，氤氲着一种清冷幽静的气氛。这样的冷、幽、静，复以茂密的植被，自然甚得幽意之佳境。1938 年，辛亥革命及民国元老、爱出惊人之语的吴稚晖，游了青城山后得出如下结论："若雄若奇若秀，皆人已各为天下评定，独青城山无所不包，独未闻标明其特点。顾青城山于亦雄亦奇亦秀外，而其幽邃曲深，似剑阁、三峡、峨眉，皆不无逊色。故以天下幽标明青城山特点，亦非多事，且以雄奇幽秀四大优点代表全蜀，亦确当也。"于是一句"青城山天下幽"的妙语，最终成为青城山广播四方的招牌广告。

至于雅好丹青者对青城山的眷念，更是无人能及。1943 年暑假徐悲鸿先生带着他的朋友、学生及女儿一起在青城山写生作画，颇得诸位道长的关照，临别时赠七位道士画作以作留恋，可见其对青城山以及道士们于他们关照的喜爱之情。至于大风堂主人张大千更是在青城山上清宫住了两年多，作画上千幅。60 年代他客居巴西时，还作了幅《青城山全图》供自己神往卧游。直至 80 年代初期，还给道观当家人易心莹寄来画作，表达自己对青城山眷恋之情，真可谓老而弥笃。丹青画手云集青城山，给青城山增添了更多的雅意，也让道家的清冷自然之气，播洒在丹青尺幅之间，相得益彰。

青城山作为道教圣地，它曼妙的道教音乐、独具特色的道教建筑，以及因此而旁生的青城山武术等，都因道教而弘扬着它们的荣光，同时也给青城山带来更为深厚绵长的底气。这种底气，将会随着时间的推移，愈发显出它更加独特的光华。

2006 年 3 月 8 ~ 10 日于成都

“野杂种”的吊脚楼

“杂种”在我们的文化视界里，似乎是个令人难堪的称呼。其实无论是人还是文化，杂交杂种都有相当大的优势，有不竭的生命力和旺盛的创造性。与我故乡文化和地理上都同源的大作家沈从文先生在《湘行散记》里，通过“一位戴水獭皮帽子的朋友”之口，来表扬整个武陵山地区、沅江流域如画的风景时，就禁不住赞叹道：“这野杂种的景致，简直是画！”我认为这位戴水獭皮帽的朋友无意脱口而出的话，算得上是我故乡山水景致、风俗民情的解人，可谓连中十环，靶靶到心，洞穿我们的生活与人文地理的肺肠。

故乡渝东南属大武陵地区，北纬30°穿越而过，颇有些神秘诡异。卡斯特地貌所造成的高地天坑非常多，状类陶潜“桃花源”的所在多有，因此既野又杂的习性，不只是我们性格个性、生活饮食的一部分。山水的雄奇秀野，本来就是你中有我，我中有你，无处不杂，以至于成为我们无法割舍的栖身之所。再者，这地方的人民是土、苗、汉三族杂居，很多人是名副其实的“杂种”，至于说山野之气，那完全是与生俱来，根本无须学习。1949 年前我们那地方是民皆匪、匪皆民，看过《乌龙山剿匪记》和《湘西剿匪记》的人，对此当不陌生。山水和民气的野与杂，最终体现在我们日常的安居乐业之所上，其中最典型的莫过于触目可见的吊脚楼。

传说与渊源

要准确考据出吊脚楼的历史，恐怕是一件不能完成的任务。坐实的任务不能完成，我们就来点传说，历史就是这样慢慢对接的。传说很久以前毕兹卡（土家人）居住的土地上，人们为了躲避蛇虫，避免潮湿对身体的伤害，用粗藤在树与树之间联结，而铺上木板便成了安居之窝。这种有名的“藤连树”屋，就是吊脚楼的雏形。后来用各种树木如马尾松、杉木等于河畔、崖上、半山腰、平地等地修筑吊脚楼，就是对早年“藤连树”屋的模仿。传说看上去无稽，但传说通过民间这只巨大的翅膀，以致口口相传，不胫而走，有着不可忽视的生命力。尤其对像我们这个只有语言没有文字的民族，口头文学和民间故事，作为承载历史的重要主体，对民族的生存与发展作用不可抹杀。

这种口头流传的民间文学，所体现的建筑外观进化形式，在杜甫入蜀时还能见到，“仰凌栈道细，野人半巢居”。杜甫虽然形容的是古蜀道北路所见，但拿来形容原始的吊脚楼的形制也是恰切的。不过，与杜甫同时代的诗人常建，就曾到过今天的大武陵地区，他亲眼见过此地蛮荒的景象：“湖南无村落，山舍多黄茆。淳朴如太古，其人居鸟巢。牧童唱巴歌，野老亦献嘲。泊舟问溪口，言语皆哑咬。土俗不尚农，岂暇论肥硗。莫傜射禽兽，浮客烹鱼鲛。余亦罘罝人，获麋今尚苞。敬君中国来，愿以充其庖。日入闻虎斗，空山满咆哮。

怀人虽共安，异域终难交。白水可洗心，采薇可为肴。曳策背落日，江风鸣梢梢。”（《空灵山应田叟》）这首诗传神地体现了武陵地区民众的蛮、野、杂，不善于农耕，还靠打猎来维持生计，但即便在此种艰难的境况下，也喜欢开玩笑，开热情好客的古风。其中“其人居鸟巢”，其实就是对上述土家族民间故事和传说的最好佐证，这说明民间传说并非空穴来风。

当然建筑界似乎有比传说更科学的说法，那就是说吊脚楼与古老的干栏式建筑有点关系，绝非无由，而且考古界也将吊脚楼称为“干栏建筑”。巴蜀地区最早的干栏式建筑，应属成都十二桥发现的殷商时代干栏式木结构建筑，由木桩基础、木地梁、竹木墙体和竹木绑扎与榫卯相结合的屋顶。房屋底层架空的目的，是为了防水、防潮兼防备兽虫类的袭击。大抵古巴蜀地区多是瘴疠沮洳之地，且森林茂密，气候比现在还炎热，因此必须有底层房屋架空的巢居，才能最大限度地解决身体受到的伤害。后来随着平原地区气候日趋干燥，人口越来越稠密，森林砍伐得厉害，巢居的形式便渐渐式微衰落。倒是在山区或者爬坡上坎的大城市，还残留有巢居的影子，这巢居的影子，便是今日之吊脚楼。在重庆、涪陵、万县等延长城市，以及沿乌江的小镇如龚滩等地，尚有吊脚楼的余韵风采。但随着建筑材料的变更，建筑式样的西化，大城市偶存吊脚楼样式，与原来的吊脚楼韵味却已经相差甚远。只有在渝东南的土家族、苗族聚居地，才多少保留了吊脚楼这种建筑的“活化石”。

地里生长出来的建筑

建筑与地域的关系甚大，这不仅可以从风水、地理来解释，更可以从气候、历史渊源乃至建筑材料来探究。一个地方为什么出这样的建筑，如福建的土楼、藏羌等地的雕楼，那不是从天而降的，而是与当地的民俗风情包括宗教、社会治安、军事用途以及建筑材料等有深刻的关联。“有机建筑”大师赖特说得好：“建筑与环境不可分离，犹如从地里长出来的一样。”虽然不能说吊脚楼是巴蜀地区特别是现在渝东南地区的特产，但说其他地区没有大武陵地区（鄂西、湘西、黔东北、渝东南）分布那样广泛、保存得那么多，大抵还是说得过去的。

大武陵地区为什么有如此多的吊脚楼，在正史里也有比较详尽的记载。如除南北朝的《魏书》外，在新旧唐书里记载亦复不少。《新唐书》里说：“南平僚，东距智州，南属渝州，西接南州，北涪州，户千余。多瘴疠，山有毒草，沙虱，蝮蛇，人居楼，梯而上，名为干栏。”（卷二百二十二），而《后唐书》里也记载道：“土气多瘴疠，山有毒草及沙蚤蝮蛇，人并楼居，号为干栏。”（卷一百九十七）大武陵地区一千多年前唐代的气候可能比今天更热，接近于亚热带雨林气候，森林茂密，才会烟瘴遍地，且有蝮蛇等物，人们必须楼居，不然有生命不保之虞。这种状况现在大有改善，但人们为何还采取吊脚楼的制式呢？说起来，除了地理因素的作用外，还与人们对历史的遵循、对传统的膜拜有关。

沿江的山城小镇的吊脚楼，如在龚滩小镇未搬迁以前，有非常良好的保留与展示。可惜的是重庆官方为了修水电站而破坏了这1700年来小镇的神韵。龚滩的吊脚楼凌空于乌江之上，夹于峭壁之间，外人看上去危如累卵，其实居住在那里面的人却甘之如饴，如履平地。但武陵地区的吊脚楼特别是土家族的吊脚楼，与其他民族如苗族、侗族、瑶族等的吊脚楼，还是稍不同。以前吊脚楼只是建在山上、崖上、江边上，现在很多吊脚楼建在平地，这是土家族吊脚楼与其他族别吊脚楼在选址上比较不同的地方。正屋选在平地上，让单边或者两边的吊脚楼处于悬空状态，再起柱而建。一般而言，土家族的吊脚楼为两层，上层住人，通风、干爽，在转角楼上乘凉赏月，你还可以体会苏东坡的雅兴："赖有高楼能聚远，一时收拾与闲人"，不过乡下人一般也没有这样的境界。下层堆杂物柴草，或者垒砌墙壁以关牲口。当然现在开始讲究卫生，有不少人家将牛栏猪圈也另立一旁，实行人畜分开，大大减少了因蚊蝇叮咬带来的疾病传播。

总体说来，因地形、地势、气候所限而得兴的吊脚楼，亦巧妙地减少土地占用，充分利用了空间，这与勒·柯布西耶明日城市之生态化——解放地球表面，保护自然环境——的理念相契合。与此同时，它与过街楼、天街、岸街、风雨桥、关卡、陵墓等建筑一起，构成武陵地区建筑文化的奇观，更是我儿时记忆所寄，如今魂牵梦萦之所。

吊脚楼内外情形

吊脚楼一般三开间或者五开间不等，有的呈两边对称的吊脚楼，有的只是单边L形制，端赖房屋主人的能力与意愿来定。土家族与任何其他民族一样，经过等级非常森严的过程，在建筑物的形制上也不例外。土司住得雕梁画栋，而一般老百姓只有用柴草铺盖了事，就连一般的青瓦都不准使用，正所谓"允许买马，不准盖瓦"，否则便犯了僭越欺上之罪。

吊脚楼所采用材料大多因地制宜，以马尾松、柏木、杉木为主。

树木确定下来后，并不立即使用，而是使其干透，再请木匠师傅来做。厉害的木匠师傅所有木工活都可以做，若是道行最高的匠人，还可以配合端公来驱鬼，杀鸡祭神。特别是新房起屋时，亦即我们当时“抽屋列子”时，站在列子上喊“喊”起。列子立好，便开始上梁上挑。如果说梁没有什么讲究，只需要结实的话，那么常见的挑就有两种：一是板凳挑，二是牛角挑。板凳挑平稳结实，易于取材，但美观程度不及牛角挑；而牛角挑则对选树需要比较严，利用木材根部的自然弯曲，来作为挑檐，符合力学要求又兼具美学效果。如果两家挨得太近，一般都用石砌的封火墙加以阻挡，以免火灾时被他家的火势延及。

正屋前面是一大块院坝，可以作晒坝用，可以在人多时请酒席用。从院坝上街沿，如果比较高的话，一般都有石础做梯子以便行人。上了街沿，堂屋一般是没有门的，堂屋是一家人上香案的地方，大多是“天地君（国）亲师”这样比较汉化的祭奠方式了。而在堂屋的两边是日常煮饭吃饭的地方兼卧室。以前居住比较简陋的时候，火铺既是生火煮饭吃饭的地方，也是夜晚一家人睡觉之地。我从小家贫，但仰赖几间比较破旧的祖传旧屋，尚有单独的房子可作卧室用。外家是当地望族，母亲嫁到我们这边来的时候，陪嫁极多，到20世纪50年代初“捐献飞机大炮”被强行充公，所剩无几。到我出世时早已是食不果腹，家徒四壁，但唯一记得一张小时我与母亲睡觉的大床，大到可以躺五人左右。床板和床架可谓雕工精细，上床还需踏板，两边是挂衣服辅架，而床架需要挂一笼极大的蚊帐才能遮住。床沿比较高，无论小孩怎么翻滚，都不会滚落到地板上，可以避免由此而产生的对身体的伤害，可惜这一切旧观已不复存在。

火铺是由火塘发展而来，火塘非常简陋，在正屋中间用一些石块垒砌而成，主要功用是烧水喝茶，聊天摆龙门阵，冬天则用于烤火。后来发展到用半高立柱加木板而成火铺，上面可坐人，坐人的有木凳，更多的则是草凳（是用稻草编织打捆而成，家兄及母亲都会做，惜已忘记其工序），人坐在上面既可以烤火（俗称向火），亦可以靠板壁而坐借此小憩。火铺四周稍高，而火铺心则稍低，用石灰和泥做成，便于烧火煮水。木柴所烧出的灰还烫时便用于烤烧苞谷，新嫩苞谷烤熟后，清香无比。而经滚母子灰（也就是发烫的灰）而滚烧略煳的辣椒，复于石擂钵舂匀，加上野生的狗椒子（外形类花椒），其味堪称一绝。但离开故乡后再也没有如此美味的辣椒。好在大家兄特擅此法，将来还有品尝之机，可谓一快。

火铺铁钩挂一长方形的铁架，我们叫坑，被烟熏火燎得不见本色，这上面是拿来熏腊肉的地方。在当时，如果一家人到年终了有一坑腊肉，那就是了不起的成就了，可惜的是在我小时很少看到这种场景。而坑上面与内屋天花板齐平的是用竹子铺就的一层叫“楼槅子”，可以用来晾晒东西，兼作散炊烟和通风之用，因为楼槅子外面即是挑梁之间形成的空窗，可以使炊烟排散出去。我尤其记得母亲于楼旁边的天楼上做豆丝（亦即干豆丝）、霉豆腐（即臭豆腐）的情形，忆及她的辛苦，想起清寒中的美味，真可谓往事历历，不禁潸然泪下。

吊脚楼最精彩的部分来自走廊，这走廊又称千子，通过千子形成走马转角楼。犹忆小时，我们把吊脚楼那部分叫厢房，到厢房所在的千子两边藏猫猫（捉迷藏）好像还发生在昨天，人却忽已快到半百之年。物也不是，旧观不复稍存；人也已非，辛劳一生的母亲也已于5年前仙去。千子有多种，有的甚或是美人靠，但千子转角相连都有垂柱，垂柱上下有垂花，式样不少，记得我们家的是菊花形状。而木窗子上的窗花多为动物、植物图案，颇带民间喜庆色彩。

而千子两旁和屋壁上大多悬挂着大蒜、苞谷、红辣椒、蓑衣、斗篷、筛子等，千子上放着一些镰刀、砂刀（直的）等马刀具，其他农具如挖锄、薅锄等，则与石磨、石臼（俗名对窝，舂米用）、风播（扬糠去秕时用）等一起放置。猪、牛散步于阡陌田埂间，公鸡、母鸡悠闲于院坝之内，当然于四处游荡逡巡的，少不得还要有个比较凶悍的看门狗，由此吊脚楼的一家也算和美大吉了。

现有吊脚楼分布状况

由于交通越来越发达，民众往来更加便捷方便，人民流动越来越普遍，所以大武陵山区民众固有的生活，也受到相当大的影响与冲击。这种影响当然有好有坏，殊难一言为断。单说原先的吊脚楼，在交通相对发达的地方，特别临公路的住户，大多已因向往城镇的建筑而新建成贴满瓷砖的小洋楼。这种小洋楼的质量和外形只不过是对大城市生活的拙劣模仿，虽然可以理解，但此种模仿之不到点那是必然的。一方面固有的吊脚楼已遭毁坏，另一方面拙劣的模仿使旅游者没有兴趣，当然主人还是得了住洋房的满足，除此之外，似乎别无其他收益。

原来沿乌江的龚滩吊脚楼建筑群，如果不因滥建水电站而被撤的话，那长 1.5 公里的街道两旁所保留下来的吊脚楼，将是土家族民居活着的历史博物馆，可惜这一切在权力的滥用下而招致彻底的毁损。好在，同样的渝东南古镇龙潭镇周围尚留存些孑遗，使不少人到武陵地区写生作画、踏勘旧有文物，记载了一些吊脚楼的遗迹。如比较著名的有张良皋撰写、李玉祥摄影的《老房子：土家吊脚楼》、孙雁等编写的《渝东南土家民居》等。在具体考察上，孙雁等人的考察组所走的地方不少，做的具体查证亦不少。他们对石柱、彭水、黔江、酉阳、秀山的吊脚楼群作了一定考察，他们所走的地方有黔江区后坝、石柱县马武镇香溪村、中益乡平坎村和华溪村、枫木乡、黄水万盛坝；彭水县鹿角镇、鞍子乡；酉阳县龚滩镇、可大乡七分村、长潭；秀山县洪安镇、清溪镇、石堤镇海洋乡等。

这个考察路线，大抵将渝东南土家族的吊脚楼分布作了一个简要的探寻，但应该还有许多遗漏的地方，民居研究者和田野调查工作者应该在这方面多加注意。比如石柱新乐乡 902 户山民，就有 849 幢吊脚楼，像这样成大群的吊脚楼应该在渝东南土家族聚居区亦不多见，但外界提到或者研究的人并不多，大抵是交通不大方便的缘故。

伤感的结局

人类很多做法并非今胜于昔，并非与时俱进，进化论在我们的生活中并非放之四海而皆准。以社会的发展来看，许多我们想保留的东西未必能够保留下来。一方面是自然的汰弃，另一方面是人为的破坏或者改进，使那些曾经辉煌的文明消息于天壤间。我们当然没必要为满足他人参观土著的癖好，而住在吊脚楼里成为别人的观赏对象，除非我们自己喜欢住吊脚楼。当然你既喜欢住吊脚楼，幸好又在吊脚楼群中，那么有可能成为别人旅游观赏的对象，这既是你生活的一部分，也是你收入的来源。这种两得其便的办法，最能够形成对吊脚楼的持久保护，对于旅游者、研究者和土著本身都是一个难得的多赢结局。

但像这样美好的结局过于理想化，毕竟不是每座吊脚楼都能有这样的幸运。像龚滩那么好的古镇，那么多的吊脚楼尚且招来权力的横祸，何况其他默默无闻的吊脚楼呢？事实上，既不能也没有办法让每座吊脚楼保留住。作为个体的人，每个人都有选择自己生活的权利，哪怕你盖了一座非常拙劣的贴满瓷砖的小洋楼，他人也无从干涉。但是，要是别人对你的美学品位有所指责，觉得你过于俗滥亦即有点苕，你也不要太过恼怒，因为这已经是别人的权利了。

多年以后，吊脚楼或许会消失，或者以另一种改制的形式留存于世，谁知道呢？我认为人应该对祖先及自己的劳作充满爱怜和敬畏之心，但我并不认为一切都不可改变。我要说的是，20 世纪 60 年代中期至 80 年代初期，我成长于清贫的吊脚楼中，这段经历是我终身难以忘怀的。

2009 年 3 月 3 ~ 5 日夜于成都

故物

成渝往事
几度乾坤

乌托邦与旧日子

怀想自己喜欢的时代，臆选自己心仪的时空，是件美妙而伤感的事。美妙是因为世事仓皇，浮生不易，欲海腾浪，居然还有这等事情让我们挂怀。仿佛老迈之秋，依旧葆有对青春的渴慕与回忆，以及打望美女的热情。伤感是因为那个时代已邈远逝去，或者引颈企望，也不曾到来。更为残酷的是，终人类所有世代，都不可能有让你心仪的时代，这是完美主义者应付的代价。完美总是被缺陷教育，这是时代留给完美主义者的遗产。对于耽于幻想的人和完美主义者来说，没有谁对置身其中的时代感到满意，就像不少已婚者，始终感到自己缺少真正的另一半，从而让自己在幻想中成为旷男怨女。

臆想自己生活的时代，虽是不着五六的空想，但终究不用支付额外的费用，尤可满足一时的幻觉，正有间隙疗伤的效果。投入不多，精神产出倒还不少，故乐为此种游戏者，虽不像目下网上的“普鲁斯特答卷”般流行，倒也不乏其人。对于外国的选择自己生活时代的臆想者，我曾在拙著《像唐诗一样生活》的序言里说：“生活在一个什么样的朝代，好比你做谁家的子女，由不得自己。等你知道是谁家的子女时，已经无法选择。因此选择你愿意生活的朝代，只是臆想的游戏。把戏虚妄，但也不乏臆想者。英国史学家汤因比喜欢生活在9世纪唐代的新疆北部，而写了《蒙元入侵前夜的中国日常生活》的法国汉学家谢和耐则愿投生在900多年前的南宋临安城。汤因比的理由不明，不好妄揣；而谢和耐说他喜欢南宋临安日常生活的细节，看来他是把学问做到了热爱的程度，这也是西人，尤其是法国人的不少史学著作有趣好看的原因吧。”二位大学者喜好的时代，都与中国有关，大抵他们也有惑于“异域情调”的时候吧。这倒是人情之常，与我们俗众无二，让人生出亲切感来。我常看那些见国外友人礼节性地说几句中国的好话，就高兴得像吃春药一样叫床的人，仿佛那些说中国好的套话，是颗对他胃口的上等发情药丸。以至于产生些怀柔远来使蛮夷心悦诚服的幻想。我劝这样的人，最好是洗洗睡。

至于中国人，我愿意举同住一院的流沙河先生为例。前年他在成都市图书馆做一个“我说成都”的讲座时，曾说他向往的时代有两个。一是他愿意活在承平20多年的后蜀时代。那时是成都人民生活得比较好的时代，三文钱一斗米（30斤）。后蜀太祖孟知祥做皇帝一年后，他儿子孟昶做皇帝，在位期间，一是刻石九经（十三经未能完成，后才完成），二是开创对联形式，三是宋朝定鼎后前来讨伐，为百姓生命计，而出城投降。被掳之日沿途哭送民众甚多，据闻哭死有五百之众。其次他最愿生活的时代是汉代，文翁因创办了中国第一所官制学校，为成都文化立下不朽功勋。流沙河先生从小处着眼，从生活本身的要求出发，从对生灵的爱惜上来立论，从对文化的护持上，来选择自己愿意生活的时代，这比较切合我观察生活的角度和思考问题的路径。但在我们国家，我实在选不出一个我愿意生活的时代。因为我们的文化和妙人虽多，但自由实在有限得很。没有自由，实在是个极大缺陷。这个缺陷，你用多少趣味都无法弥补，尽管生活桎梏，有趣总比无趣好，但我还是认为自由真是绝顶重要。当然只有自由，没有趣味，没有文化的熏沐，我也极不乐意——其他国家的文化，虽亦喜爱，但远不如中国文化来得亲近。尽管它有许多令人难以忍受的糟粕，但一想到有唐诗的慰藉、宋词的安心、元曲的体贴，我也就暂时满足了——这是没有办法的事，我就是如此贪婪。单举魏晋而言，妙人实多，虽是乱世，却大有趣味。一本《世说新语》，羡煞我多少时日，恨不得与陶潜同饮，与竹林七贤共疯，在王羲之旁边围观一下兰亭雅集，曲水流觞，都是幸福。但想到嵇康遭戮，阮籍的穷途之哭，内心依旧疼痛得无法呼吸，岂止生兔死狐悲之叹！

许多人不想幻拟出一个自己生活的朝代，因为这只是个人爱好，而非解普天下民众于倒悬的救世计划，于是开列许多“乌托邦偏方”成为历代幻想家们的业余爱好。当英国人托马斯·莫尔在1515～1516年用拉丁文以对话体形式发表并出版《乌托邦》一书时，“乌托邦”一词在它的思想已经诞生1000多年后，终于有了恰切的命名，并为后世喜好独自命名的大部分乌托邦设计者和研究者所认同。不少乌托邦的著作我都读过，这些乌托邦设计者，大多在显示一种智力上的优越感。这样的救世计划，只是一种好玩的智力练习，可惜现实靠这个是玩不转的。20世纪的灾难之一，就是有些国家相信能找到一种一劳永逸的救世秘方，反而将民众带进了深渊。既然找不着自己想生活的时代，那就怀想那些逝去的旧日子和书中的旧人物吧，遥想与他们生活在一起的美妙，虽属臆想，也算一乐吧。唯有旧日子带给我们幸福，诗人柏桦如是说。现在我就在这兴头上，他这句诗无比打动我。

2006年岁首于成都

四川敢为天下先的三个偏方

一、独特得像残疾人

四川虽然是中国的，但它似乎历来是可怪的。史书上记载古代的四川人“纵目”，即眼睛竖起长的，文字学家也来凑趣，说甲骨文上的“蜀”字，真的就是纵目之形。如此长相，当然令人深感意外。用今天的标准来看，这样子不讲道理地长，是一定要做眼科矫正手术的了。周星驰为现代恐龙和青蛙量身定做了一套固定话语：长得丑不是我的错，我的错在于长得丑还要出来到处乱走。如果我们邈远的先人从地下翻身而起，一定会与周星驰握手，向他取得仿作的话语版权：长得怪异不是我的错，我的错在于长得怪异还被人说三道四。

不用恭维，敢长成这样，是得有一定勇气的。所以成都人扬雄说“蜀”就是“独”，“绝域殊方”，长期与外界难通音问，因此变得比较自闭保守，自娱自乐，自生自灭，因之而成就了一点自己的特色。古代的四川人，也是敢为天下先的，他们的第一个举措，便是长得天下无双，独特得像残疾人。四川人是聪明的，做出成就与否，暂且不论，先把自己长得独特一点，弄成稀缺资源再说。现在这个世界流行的漂亮者生存原则，拼命长得漂亮以吸引眼球，无非是对我们古蜀人利用长相来引起注目的发明权的盗用而已。

据说在古代，曾经有很多外地人长途跋涉来川取经，拼着老命想长成我们祖先这样，结果当然是失望而归。你不想想，要是都长成这样，那还有什么意思呢？如果允许外来者的眼睛都竖着长，那我们的祖先所犯错误就太大了，结果是蜀将不蜀。因为没有独特性了，哪还有什么蜀不蜀呢？蜀将不蜀与国将不国，对四川人来讲，是可以等量齐观的。

二、忍到极致催新芽

林语堂先生曾说，中国人是最能忍耐的民族，四川人尤甚。林先生真是敏锐异常，大抵他还没意识到，他的故乡与我们的地属都是与虫为伍的——蜀与闽——不然他不会这么直截了当，一语中的。美国著名人类学、民族学学者本尼迪克特曾说：“完全依靠一个民族自己来讲清楚他们自己的思想和行动习惯，这是不可能的。”诚哉斯言，我们通过林语堂先生的眼光，看到四川人又一个“敢为天下先”的地方，就是特能忍耐。能忍别人不能忍耐之事，且能率先忍耐，并给别地民众做出榜样。

当然，关于四川人特能忍耐的禀性，并不是林语堂先生“敢为天下先”的独家发现，而是他一生敬慕的古人——苏东坡的弟弟苏辙率先在《蜀论》里道出的奥妙："若夫蜀人，辱之而不能竞，犯之而不能报，循循而无言，忍诟而不骤发也。至于其心有所不可复忍，然后聚而为群盗，散而为大乱，以发其愤憾不泄之气。"苏辙不愧咱们四川人里的敏慧之士，能洞穿事实的真相。林语堂先生毕竟只是"门里面的虫"，而不是眼睛竖着长的虫，因之只知其一，未审其二。

没错，四川人是能忍，而且特能忍，能忍天下人之不能忍。但四川人的忍，最终是要爆发的。迅翁说："不在沉默中爆发，就在沉默中灭亡。"没有代价的死亡我们是不干的，爆发亦死，沉默亦亡，不如爆发。因之"天下未乱蜀先乱"，敢为天下先。这一乱下来，还收不住缰，"天下已治蜀后治"，乱也给你乱个够。其实乱的人也未必不知，乱是杀人三千，自损八百的双输结局。但没有办法，因为你太能忍了，才有加诸你身上的种种压迫，于是你用忍积蓄起来的能量，来了个总爆发。曾在我的家乡任过酉阳知州的赵藩有感于彼时四川总督岑春煊对四川白莲教、红灯教的残酷镇压，于是在武侯祠写了一副对联："能攻心则反侧自消，从古知兵非好战；不审势即宽严皆误，后来治蜀要深思。"赵藩的对联在彼时的认知不可谓不高。但更高远的认知，还是吾蜀流沙河先生。他将此联做了改动，"能富民，则反侧自消，从古安邦须饱肚；不遵宪，即宽严皆误，后来治国要当心"，便能真的化解"天下未乱蜀先乱，天下已治蜀后治"的千古难题。

平日里，四川人特别是成都人很有娱乐精神，他们不理会那些大言玄玄的教导，但在国家板荡的时候，他们便会拼掉老命保家卫国。这就像承平岁月里，中国其他地方的人也许察觉不到四川的好处来，因为没有受到实际的恩惠而有所忽略。宋末元初四川抵抗蒙古 51 年且不去说它，单是川人对抗战的贡献，是怎么夸奖都不过分的。四川人特别是成都人，平日里好像血性全无，但川军出川抗战是很卖命的，像王铭章、李家钰、饶国华这样为国捐躯的将领并不在少数。这也是爱玩贪耍、懂得生活的四川人，在非常时期的突出表现。平日里他们好像很能忍耐，好像并无心肝，但关键时刻，像沉寂的火山一样突然爆发了。

1959 ~ 1961 年三年大饥荒的时候，四川饿死的人恐怕在全国是最多的。这一看法，可以从研究人口增长和死亡的历史学家曹树基先生的研究中，以及四川省老领导廖伯康的回忆里，得到确实的印证。四川人和全国各地的人一样经受这样的大苦难，大家都拼命地忍啊忍，忍啊忍，忍到最后，四川人突然不想忍耐了。四川人趁大家还在忍的时候，突然一个鲤鱼打挺，跃身而起，占那个第一去了。于是宁江机床厂到《人民日报》发第一个广告，广汉向阳第一个率先摘下“人民公社”的牌子，四川发行中国第一股“蜀都股份”，卿光亚的第一所民营学校，长漂等探险活动，四川人特别踊跃，都齐刷刷地走在别人的前面。

四川人常常调侃爱出风头的、好表现的人是颤花儿、颤翎子、跳颤，其实推动四川不断进步、敢为天下先的，正是这些颤花儿，让我们向这些颤花儿致敬。

三、自产敌人救四川

四川往岁盛产袍哥，袍哥有个铁律就是不准反水，一旦有人反水，就要自己挖坑自己跳，活埋以示自裁。正所谓袍哥人家，绝不拉稀摆带。尽管如此，拉稀摆带、内部反水的事还是时有发生，此所谓堡垒就是从内部攻破的。赞美四川最多的是四川人，批评四川最厉害的也是四川人。正是这些批评者给四川人提了个醒，使其不易沉醉酣睡，时常想到别人跑到前面去了，自己应该迎头赶上才是。

四川人的自我陶醉、保守自闭，历来是很重的。所以从古至今，四川不乏内部反水者，告诫四川人不能过于洋洋得意，过于自欺自足。公元前 135 年，汉赋大家司马相如受汉武帝的指令，回四川处理开发西南夷的急务。他在代汉武帝起草一篇《喻巴蜀檄》的广而告之的文章后，发觉父老乡亲并不买皇帝的账，更不买他这个出尽风头的老乡的账。因为其中有 27 名蜀中名宿耆老说开通西南夷实在劳民伤财，毫无必要。于是司马相如便写出他的“反水”名篇《难蜀父老》，其中最著名的几句，就是今日看来，也是警策我们四川人的金玉良言，“世有非常之人，然后有非常之事，有非常之事，然后有非常之功”，“蜀不变服”，“巴不化俗”，那么巴蜀便会止步不前。事实上，正是因为西南夷道的开通，才迎来了成都及四川的第一次大发展，成都才发展为长安之外的第二大城市。1908 年，自贡人雷铁崖发表了震惊全川的《警告全蜀》檄文，抨击四川人的三病：自私病、推诿病、依赖病，以期唤醒四川人的自强，于后不久便爆发了影响辛亥革命的四川保路运动，以致雷铁崖在 1911 年写《滑头成都佬》时，也不忘成都人对保路运动的贡献。堪称“成都之子”的大作家李劼人先生也在诸多地方，对四川人懒惰和苟安心理提出批评，在《暴风雨前》的小说中还借青年郝达三之口，作了深切的评论。

著名学者任乃强先生曾于 20 世纪 20 年代编就一本《乡土史地讲义》，里面对四川人的仪容、器量、性情、好尚多有批评。五老七贤之一、教育家徐炯在 20 世纪 30 年代初曾写下《异哉所谓川人治川者》，批评四川人之排外。1936 年著名科学家任鸿隽、作家陈衡哲夫妇在四川的遭遇，更是说明彼时的四川人之排外，听不进批评意见。重庆垫江人任先生到川大任校长，邀国内外的新派学者到川大教书，遭到保守的四川学者的抵抗。与此同时，陈衡哲先生在《独立评论》上发表《川行琐记》，批评四川的诸多不是，引起四川许多褊狭者的抗议，不到两年时间只好离开四川。尽管有褊狭者的继续护短，对四川的批评声音从来都没有停止过，继陈衡哲先生之后，教育家黄炎培先生所出的《蜀道》也对四川多有批评。正是这些批评，成就了抗战时期四川对全国各地人民的包纳，让这些失去故土的流亡者，为四川各方面的建设尤其是文化建设做出了不可磨灭的贡献。四川的文化底蕴能有今天这般深厚，不得不感谢抗战时期诸多大学的内迁，学者们纷至沓来，对这块土地的文化浇灌。

近到20世纪80年代，四川依然有一批内部反水者，对盆地意识进行了比较好的自我批评。内部反水者，至今不绝。正是这样的反水者，促使四川人时刻自我反省，同时成就了四川人敢为天下先的意识。

2006年5月10～11日于成都

打入巴蜀袍哥的心脏：以“黄”与“水”为例

他们入帮严格，要求严厉，不能出卖兄弟。告密于他们来说，是绝对不能允许的罪恶行径，否则你不仅自身不保，而且连家人也命悬一线。像这样的组织当然很多，但我只说其中主产于巴蜀而蔓延于周边省份的袍哥。袍哥们是一群有组织的特殊人物，他们像蜘蛛织网，先打大框架“地基”，再织幅，接着再织中间的圆心“休息室”，最后往外扩张，从而织成一张让各类昆虫无处逃逸的大网。事实正是如此，袍哥正是利用“与子同袍”，以及袍与胞同音所带来的兄弟之感，织就了一张笼罩巴蜀人生活的大网。1949 年前，上至达官贵人，下至贩夫走卒；大到军队国家，小到家庭父子；左至打着为穷人旗号的革命家，右至彼时国民政府中的要员；内及国人，外至洋人（希腊人巴巴达就是个在重庆“嗨”了 40 年的洋袍哥，在 1949 年前夕仓皇逃回希腊。此人最有意思者则为开巴蜀电影放映之先河，此是另题，以后再谈）；公开如军阀，暗行如土匪；通都大衢到边鄙小邑；公共场所如茶馆码头，运筹策划的密室等等，无不与袍哥有深刻的瓜葛。据 1949 年的统计，整个四川含重庆有职业及半职业袍哥 1700 万人，成渝两地的公口、分社、支社加起来 1500 多个，而重庆的职业袍哥多达 10 万之众，真可谓无处不“袍”，“袍势”无处不在。

中国是个人与人之间严重缺乏信任感的国家，民众特别是政府缺乏诚信——这当然不只是个道德问题，制度建设在其中所体现的作用，无论怎样估计都不过分——所以整个社会特别强调诚信之重要。我们都知道一个著名的悖论：我们说得越多的问题，越表明我们对它缺少了解；我们强调得越多的东西，越表明它的稀缺。袍哥作为一种黑社会组织，也是我们畸形的社会现实生活的缩影与反映，无论他们怎么强调诚信，强调不准放水与反水，强调不准放黄以及不认黄，也明令禁止出卖自己的兄弟，倘有犯规者，其惩罚也可谓严厉到歹毒的程度，但这类事情总是层出不穷。这些层出不穷的违犯事件，便是不按袍哥规矩办事，便是“不依教”。不依教当然可谓不按教规办事，亦可谓不依教化，意义双关。按袍哥规矩办事谓之“落教”，也可以反过来说明，一“落”了“教”，你就得按规矩办事，不可胡来。落教与不依教，依然是我们巴蜀地区的人评价一个人可不可交的一个直接标准。

与此同时，巴蜀长期偏安于西部，介于北方过于正统的儒家文化与江南过于软靡的士林文化之间，有文化的氤氲围绕，却不像齐鲁大地那般出所谓的圣人，从而多假正经；但文化又没深到像江南那样扼杀拥有野道的程度。所以巴蜀的人，介于文野之间，野道的身上有点文气，在文气的同时却有点野道，因之袍哥中不乏军师型的智取人物，也不乏绝不拉稀摆带的硬汉。

陈原在《语言社会学》（我怀疑尘元《在语词的秘林里》也是他的续作）里曾非常精到地探讨了语言的社会属性，语言作为社会生活方式的载体，其间的演变，以及语言对我们生活潜移默化的影响。我认为巴蜀的熟语、谚语、口头禅中都不乏与袍哥切口相关的语汇，而这些语言的意义依旧在我们的日常生活中运用不断。这便是袍哥在巴蜀人文地理中的重要作用。对于袍哥的介绍性著作如赵清的《袍哥与土匪》、王纯五的《袍哥探秘》等，可谓不少，但纯粹从社会语言学乃至巴蜀人文地理来研究袍哥的著述却不多见。但王纯五的《袍哥探秘》对袍哥的语言及切口已有一定涉及,如参加袍哥谓之“嗨”，而如今操老大者也可谓之“嗨老大”。今之“天棒”、“抽底火”、“绷劲仗”、“捡脚子”、“扎起”、“跑滩”、“打平伙”、“吃[illegible]头”、“镇堂子”、“下粑蛋”、“搁得平”、“结梁子”等，都还流行在我们的生活之中，为大家所熟知。总体说来，这些语言非常口语化，非常有野气，自然不是“语文体”，更不是印刷体，堪称活着的“袍哥史”。现在我以“水”与“黄”二字在袍哥语境中的意义，来做个小麻雀之解剖，以见袍哥对巴蜀地区文化影响之一斑。

一、放水与反水

四川人用“水”来指称人事时，便是指这人说话办事不严肃，不守信用，不值得信赖。不按时到达指定地点，说话不算数，乃至物品的质量很次等等，都是四川人对“水”的理解。在这里，“水”已经脱离自然层面，进入人文社会生活层面。现在通行的《成都话方言词典》（罗韵希等编）和《四川方言词语汇释》（缪树晟编著）二书里，与“水”有关的词汇，有不少是对为人做事不守信用的道德评判，如水起、水垮垮、放水等等。看来水这种流到何处便是何处，随物赋形的至柔特点，被我们借用为对社会生活中一般人事的评说了。事实上，水是至柔至刚的混合物，它对生命可谓作用双重，既可滋润亦可毁灭。换言之，一定摸透水至柔至刚的脾性，才能造福于人类。

放飞鸽、放黄、放筏子、放水固然不对，因为这些都违背人类生活中要讲信用的普遍原则而“自绝”于人民，“放水”固不好，是不是就要逆着来“反”它亦即“反水”呢？恐怕未必。对四川人的社会生活深有影响的袍哥组织在自己的行规中，最重的惩处就是针对“反水者”。反水便是背叛、告密、投靠仇家，这是为袍哥者的大忌，更常用的切口叫“点水”。如果发生这样的事，要是被组织内的兄弟拿住，一定是万劫不复的，最具道德性的肉体消灭法，便是自己挖坑自己跳。如果你连死的勇气都没有，不敢挖坑活埋自己，那就是袍哥们最瞧不起的人，是拉稀摆带的草包尜人。你要是当真死了也就罢了，要是拉稀摆带后尚且苟全于世，那么你自绝于你的袍泽便是确凿无疑的了。

现在我们明了，四川人的社会生活中对水的态度，是既不能放水，也不能反水。那么四川人对水的态度到底是什么样子的呢？那就是一个“顺”字，亦即四川俗语中说的“顺着毛毛抹”。“顺着毛毛抹”，当然是一种无为的态度。“顺”并不是说，纯任自然之力，完全放弃人为的努力。顺当然是前提，但“抹”也是很重要的。这就体现人在自然中既非奴仆亦非征服者的特殊地位。这是个讲究分寸和把握尺度的特殊位置，纵观古今中外，凡是错位者，无不终将招致天谴。

二、放黄与不认黄

尽管袍哥已远离我们半个世纪，但不仅从四川方言中未脱尽其间的气息，就是我们现在流行之“雄起”、“假打”、“踩扁”、“挨球”等体育运动中的词汇，与袍哥的语汇也是一脉相承的。“踩扁”有时也只是“绷劲仗”，“挨球”当然不是真挨球之打，而是“傻帽”的代名词。“假打”就类同于“放黄”,“不认黄”则有点“雄起”的意思，当然更近于“不依教”。与“黄”字组词，而又与“放黄”、“不认黄”有点关系的，即有“黄的”、“喊黄”、“黄话”、“黄帮”、“黄腔黄调”、“开黄腔”等等。著名作家李劼人是活用四川语言的大师，比如他在《死水微澜》里就用过“我看你们都是黄的”。

查《现代汉语词典》里有关“黄”字及相关词语之释，非常之多，但与“放黄”、“不认黄”有点瓜葛的，也就只有两个条目，一为“黄账”，也是作方言用的，即收不回来的账，这在巴蜀地区流传也较普遍；二为“黄鱼”，其中一义为轮船水手、汽车司机为捞外快私下带的人。此即不系正规旅客，大抵也没有正规座位，故名曰“黄鱼”。“放黄”近乎“喊黄”和“放水”，都是不守信用、故意爽约之意，这就是不“落教”，也是“不依教”，不依教当然会受到相应的惩处。一为袍哥内部的惩处，二为在江湖上行走缺少信用可言，在声名可以传播的圈子内便失去相应的信用。失去信用，哪怕在江湖上有过硬的“响片”，买账的也可能不多。而“不认黄”则是变相的“雄起”，不踩事，不怕事。不认黄既是来硬的，也是“不依教”、不按规矩办的意思。四川话中的“黄”故有黄颜色之意，间亦涉及性之所谓“二黄二黄的”一说。所谓“二黄二黄的”即系少儿不宜，但与真正的毛片尚有一定的距离，也就是黄得不够正宗。所以川语中的“黄”字的普遍用义，大抵是由不够正宗演化而来。由不够正宗，则变为不守规矩、不守信用。

此“水”非常水，此“黄”非常黄。放水与放黄相对，反水与不认黄相应，都表明不守诚信，不守规矩，是袍哥组织中会被重处的恶习。其实一个社会性组织，不管是合法还是非法，人群合作都存在一个交易成本的问题。倘使没有规矩，大家胡来，必然乱套，增加扯皮的成本，便无法使大家获益。一个组织如果缺乏继续存在下去的获利机制，并且没有前进的动力，更没有健康良好的诚信激励机制，那么不管它使用什么样的好词丽句，大言欺世，都无法维持太久。巴蜀地区的人对一个人的最高奖赏，便是说这个人耿直，落教，不要花花肠子，这些都是袍哥留给我们的遗产。袍哥有浑、清之别，前者与打家劫舍的土匪一般无二，这当然应该鄙弃；而后者则扮演着乡绅的社会角色，扶危济困，维持乡村秩序。在某种意义上讲，这些乡绅相当于在小民百姓与常常疯狂暴怒、容易出错的国家机器之间，形成的一种制衡力量，不至于让小老百姓不通过臭氧层而遭太阳的直接烤晒。流沙河先生在回忆起1949年前袍哥的积极作用时曾说，袍哥监督政府，使政府在某种意义上不敢胡来。虽然用袍哥监督政府并不是一种一劳永逸的制度力量，但在没有良好的制度制衡的情况下，也不失为一种几得其便的权宜之计。

2007年3月13日于成都，3月15日凌晨再改

Lonely Planet 之巴蜀小史

说四川是中国历史悠久的省份，这话正确到近乎废话，没有多少含金量。只要你是中国的省份，历史都短不到哪儿去，因为中国历史的“胡子”太长了。但套用托尔斯泰伯爵的话来说：历史的悠久是相似的，但悠久的内容却各有各的不同。历史不是悬浮之物，它是附着在地理山川、土地物产、民俗风情、制度演化上生长出来的，一代代不乏踵武其后者，却又逐一谢幕，严酷到没有任何的例外。

“云横秦岭家何在”，是唐代文学家韩愈遭贬时的喟叹和伤感，而对四川人来说，我们的家就在秦岭之南。四川夹在两条孕育中国文明的大河——黄河和长江之间，可谓两条大河的分水岭。地理上有北方的雄峻，又有江南的秀美，也使得四川人的心灵介于文野之间，其历史的多姿多彩必然有特出他省之处。

一位和你们一样向往着四川的远方行者，13 世纪到达成都时说：“有一大川，经此大城，川中多鱼……水上船舶甚众，未闻未见者，必不信其有之也……世界之人无有能想象其甚者。”这个人叫马可·波罗。今天你来四川，未必能见马可·波罗之所见，但你也能见马可·波罗之未必见。历史如逝川，逝者如斯夫。

一、四川的胎记

未到四川之先，我们先来做道问答题：四川之名何来？你如果答：巴蜀有四条大江大河，故谓四川嘛。恭喜你，答错了。尽管四川有众多的江河湖泊，但四川之名的来历，与江河湖泊没有任何关系。

公元 1001 年（宋真宗咸平四年），宋朝对地方行政区划进行了一次调整——在唐代的剑南道分东川道、西川道的基础上，宋将西川、峡川二路划分为益州路、梓州路、利州路、夔州路，治所分别为今之成都、三台、汉中和奉节，总称“川峡四路”，简称“四川路”，这便是“四川”得名之始。1286 年（元至元二十三年）元朝合并四路为“四川等处行中书省”，按元朝的政制，中央行政机构称为中书省，而直辖于中央的地方行政机构叫“行中书省”而简称“行省”。“四川行省”便简称为“四川省”，四川之名虽然在 1109 年（宋徽宗大观三年）的诏书中就曾正式出现过，但真正水到渠成还是此时。

除了大家所熟知的四川之名外，四川还有一块像历史胎记一样的美名——“天府之国”。从历史上看，“天府之国”原先主要是指以成都平原为主体的四川盆地，像川西高原和所有的高山地带，并没有如此美妙的表扬。但随着四川行政区划和地域文化的稳固，这一名称扩张成为对全四川的指称。“天府”在《周礼》一书中是专门保管国家珍宝、库藏的一种官吏，后来用以比喻自然条件优越、形势险固、物产富饶之地。但《战国策》、《史记》中的“天府”，主要指关中平原地区。

第一次把“天府”之美名冠诸四川的，便是在历史上以贤智著称而几近于妖（鲁迅语）的诸葛亮，其《隆中对》中说：“益州险塞，沃野千里，天府之土，高祖因之，以成帝业。”而蜀产史学家常璩在其所著《华阳国志》中也说：“蜀沃野千里，号称‘陆海’，旱则引水浸润，雨则杜塞水门，故记曰：水旱从人，不知饥馑，时无荒年，天下谓之天府也。”上面两则垂诸久远的“广告”使四川美名大噪。

二、蜀人有眼疾吗？

自有四川之称呼以来，全川奄有巴蜀之地，巴蜀常作为四川别名的一种对举性称呼出现。但事实上四川也简称为“蜀”，因此弄清楚“蜀”的称呼和字义来历，也不是可有可无的文字游戏。

四川历来交通不便，尤其在古代与中原相较，别有绝域殊方之感。李白的“尔来四万八千岁，不与秦塞通人烟”，就是此种实况的诗意佐证。汉代四川学者扬雄就曾说“蜀”就是“独”，“独”就是“不与外方同”。“不与外方同”就是在地理、文化上有其与外面不相同的独特性。

但“蜀”人是不是独特到他们的相貌都与中原地区的人有所不同呢？我觉得是有可能的。甲骨文的“蜀”字确像纵目之形，这与今天三星堆、金沙地区所出土的许多面具有一脉相通之处：眼球凸出，眼睛是竖着长的。眼睛竖着长或许过于夸张，独特得像残疾人或许亦未符事实，但和蜀人的祖先是生活在黄河中上游古代羌族的一支——“氐族”不无关系。这一队人马,从今天甘（肃)、青（海)、川走廊，顺着岷江河谷，从汶川雁门关东岸安山乡急流而下的一条小溪旁前行，翻过九顶山，他们就看到了不少的土地和大量的沼泽湖泊。这群人从山脊往下行，一边进入今天的绵竹和什邡一带，另一边则进入湔水河谷，到达成都平原的北界，即今天彭州和都江堰交界的海窝子。他们循着湔水平原的北端罗元坝——老熊坪——白沙河谷——九甸坪——白沙街——紫坪铺这条路线，便可以到达今日的都江堰。

住在海窝子的这支古羌人就是史称的蚕丛氏，因此有学者认为“蜀”就是蚕，古蜀王蚕丛教民栽养桑蚕，使四川成为中国最早养蚕的地方。到了宋初成都人黄休复还在《茅亭客话》里说:“耆旧相传，古蚕丛氏为蜀主，民无定居，随蚕丛所在致市居。”所以唐宋两代成都蚕市异常发达。当然，也有人认为甲骨文中出现的“蜀”字是商朝统治者对蜀人的蔑称，因为在他们看来，“蜀”是一种像蚕但又能蜇人的毒虫，仿佛可以此骂蜀人为残疾人。其实更可能的答案是：这是古蜀人对蚕的图腾崇拜亦未可知。

三、一位农民引出的重大发现

1929 年，广汉中兴乡真武村农民燕道诚在自己住宅旁的淘水沟，发现一坑玉器，有三四百件之多，由此引起考古学家和古董贩子的关注，以致当时成都有不少“汉州玉器”的假古董充斥市场，拉开了“三星堆”被发掘的序幕。1934 年华西大学博物馆专家、美国人葛维汉和学者林名钧发掘了部分石壁、石斧等器物，彼时尚在日本的郭沫若得知后，认为三星堆是古蜀曾经与中原地区有直接接触的证明。

虽然20世纪五六十年代四川省文管会和川大历史系在三星堆做了进一步的发掘，但天不遂人愿，没有更多惊人的东西出土。考古发掘的偶然性使三星堆再一次进入人们的视野，要到燕道诚最初发现半个世纪以后的80年代初，砖厂的工人在三星堆取土时，又一次发现了许多古玉器等。四川省从1981 ~ 1986年先后进行了七次大规模的考古发掘，特别是1986年7月至9月出土了迄今为止中国数量最多、形体最大的古青铜雕像群和“金杖”、“青铜神树”等一大批珍贵文物。特别具有标志性意义的是，一号祭祀坑出土的青铜头像皆耳垂穿孔，算是中国发现最早的戴耳饰的实物例证。

突然的重大发现，给考古界、史学界带来了许多难解之谜。正当大家莫衷一是，连创造三星堆文明的古国是如何消亡的都无法达成一致的时候，2004年因房地产开发而掘及的金沙出土文物被发现了。考古学家发现金沙许多文物与三星堆高度相似，金沙一个20厘米的青铜小立人就是三星堆那个2米的青铜大立人的微缩版；而祭祀坑里都有大量象牙、青铜堆积在一起，且有火烧过的痕迹，透露出明显的文化递进及宗教承祧关系。

三星堆出土的铜人面像、跪坐小铜人像、铜眼托兽面相、金面笄发铜人像以及金沙金人面相，似乎都在支持甲骨文“蜀”字的解释：凸出支棱的眼睛、诡异古怪的面具、夸张恣意的神态，无不暗合《说文》里所说的“蜀，葵（桑）中蚕”，从而证明三星堆、金沙遗址都是蚕丛氏后代的杰作。至于金沙遗址把一个背景和含义都还甚为模糊的四鸟绕日，匆忙定为太阳神鸟，还申请为全国文化遗产标志，在我看来大有可商榷的余地。其实这四鸟绕日，是中国古已有之的东西——四凤朝阳，与埃及的太阳神鸟没有什么关系，更不用说把埃及十座金字塔所在地吉萨的谐音“金沙”定为遗址名称了。为什么要定名为“太阳神鸟”而故意显示其神秘呢？那当然是因为旅游的商业因素在作怪。其实金沙遗址无须此牵强也能大大地吸引游客的观览，何必多此一举呢？

如果用数字来表明一下我对古蜀历史的一个鉴定的话，那么我基本上同意目前一个比较公认的说法：公元前3000多年的蚕丛氏对应宝墩文化遗址；而柏灌氏则在公元前2500年～公元前2000年之间，其文化对应物为广汉的三星堆遗址；鱼凫氏则在公元前2000年～公元前1500年，其文化对应物为成都十二桥早期文化；杜宇氏则在公元前1500年～公元前1000年前，其文化对应物为成都十二桥晚期文化；开明氏以及秦朝则在公元前1000年～公元前400年，使得巴蜀文化有了更多的融合。

四、“李白—瓦雷里难题”

古代铺设道路是个世界性的难题，被大山大河阻隔的蜀道尤其是古代四川无法破解的难题。这样的难题，直到如今高速公路的兴起、高铁热及民航业的发达，蜀道难的问题才逐渐得到改善。感叹蜀道难的人可谓夥也，但真能把蜀道难形容入骨的却只有李白，“山从人面起，云傍马头生”本身已够令人生畏，再来句“蜀道之难，难于上青天”，就彻底把蜀道难的困境，一下子描写到无以复加的顶峰。

欧洲的道路自然由于其地理位置、经济发展、社会制度倾向于交流，而在道路修筑上倾心尤多。但是交通依然是个制约民众交流和社会发展的大瓶颈。对道路的使用中最需要讲究时间和效率的，无疑是战争时期。当法国著名诗人保尔·瓦雷里说“拿破仑的行军速度与尤利乌斯·恺撒同样缓慢”的时候，你就会明白相隔1800多年的两位战争狂人，是如何受困于交通之制约，而无法大展拳脚的。

公元前130年，中郎将唐蒙奉汉武帝之命打通夜郎不果，引起巴蜀人反对。于是汉武帝果断派遣成都人司马相如以特使身份，紧急回川救难。在代汉武帝写了一篇《喻巴蜀檄》后，又作了一篇名重一时、意义深远的《难蜀父老》。他以高屋建瓴的气势、不可辩驳的口吻说道：“世有非常之人，然后有非常之事，有非常之事，然后有非常之功。”倘若“蜀不变服”、“巴不化俗”，那么巴蜀的发展与进步从何而来？

出入四川固然有很多条道路，但最重要的是旱道川陕道、水道峡川路，征伐四川割据政权从川陕道得手的有五次，而由夔门水道得手的有四次，可见两地的重要性斤两悉称。从历史上看由水道路过的名人计有李白、杜甫、岑参、张祜、陈子昂、张说、孟郊、白居易、刘禹锡、杨炯、苏洵、苏轼、苏辙、范成大、陆游等人。而由旱道川陕道入蜀者则有张载、柳宗元、王勃、卢照邻、岑参、唐玄宗、杜甫、王维、李白、唐僖宗、李德裕、戎昱、李商隐、陆游、王士性、俞陛云等人，至于近现代就更是数不胜数。水道上固然少不了诗酒流连，但在旱道出入，更能留下不少旅痕足迹——兵旅征伐、商贾转输、公文传递、皇帝下诏、官吏往返等多取此道——间有题壁吟诗，颇有几分意趣。

从唐代大诗人杜甫到清末来四川监考的学者俞陛云，中间有旅行家马可·波罗、地理学家王士性留下比较详细的行程记录，但其行进速度几乎没有什么变化。再一次证明在工业化社会以前，“李白—瓦雷里难题”在全世界具有普遍意义。四川著名作家李劼人先生说“秦朝时代最为考究的是能走四匹马并排拉车的‘驰道’”，而这些古迹还能在川陕古道如剑阁的翠云廊等找到其踪迹，可供大家观察古代的“高速公路”是一番什么模样。

五、暗藏在帝国边缘

四川的地势走向、地形结构，在整个中国是独一无二的，它处于巨山大川的四面围堵封锁之中，被屏蔽在远离海洋的内陆之地。其地形主要由高原区和盆地区两部分组成，西部是高原区，平均海拔在 3000 米以上，盆地西部为邛崃山，东部为巫山，南部为云贵高原的延续部分，北部为大巴山，这就促成了四川在很多方面的“躲进盆地成一统”。丰饶富庶的物产，能自给自足的经济形态，继之以闭塞之交通，配以天险大山之屏蔽，使得割据政权能够自给自足，收益大于成本，因此不乏“吃螃蟹”者。

第一位在四川称帝的是蜀郡太守公孙述，接下便是蜀汉的偏安，西晋末年各少数民族所建立的十六国中，最先便是公元 303 年李特正式在成都建立割据政权“成汉”，终于在 347 年 2 月被桓温灭掉。从桓温灭成汉至隋朝建立，其间 230 余年中，成都历经东晋（其间尚有公元 348 年范贲称帝于成都，简直是对桓温的迅速讽刺）、前秦、谯纵（东晋末年杀掉益州刺史自称成都王），南朝的宋、齐、梁（武陵王萧纪亦曾称帝于成都），北朝的西魏、北周八个政权的统治，其政权更换频率之高，唯有中国的五代十国堪与媲美。

对于一些人说蜀人乐祸贪乱，宋代蜀人张唐英说：“朝廷治，则蜀不能乱；朝廷不治，则不唯蜀不顺，其四方藩镇之不顺，亦不下于蜀者。”南宋蜀人李更将外来入蜀割据者的“黑名单”罗列出来，竟然只有谯周一名是四川渠县人。其他分别是扶风卒正公孙述、竟陵州牧刘焉、颍川降将钟会、略阳流人李特、抱罕人程养道、彭城人刘连季、太原人王谦、作乱于留复的刘辟、舞阳人王建、邢州人孟知祥等。就是后来在蜀地割据的张献忠、明玉珍政权亦非蜀人无疑。

为什么有那么多人喜欢偏安一隅而称帝呢，自然是因为此中有许多好处的缘故。诗人王尔德一语中的：除了诱惑之外，我什么都能抵抗。

六、一项伟大的发明

唐宋时期的四川，其繁庶是有目共睹的。宋代四川的交通虽有所改善，但远未到畅达的地步，因此笨重的铁钱，加重了商贾携带之不便——例如四川铸造的小平铁钱，每 10 贯重 65 斤，小铁钱 10 当铜钱 1，因此买一匹罗要花铁钱 2 万，重达 130 斤——从而增加运输成本，导致了商品的竞争力相应地下降。古代国定货币名目论——货币名目论是指货币不具有内在的价值，而是国家赋予的名目价值——的长期存在给予人们的启迪，为纸币的诞生奠定了思想理论基础，因此到了宋初即公元 10 世纪末叶至 11 世纪初，才诞生了真正意义上的纸币——交子。

交子的发行，是 16 户富民率先“吃螃蟹”的结果。但是由于其信用制度不严，过不了多久，有的交子户便不能偿其所负，于是争讼数起，一些人就主张废除交子。正如法国史学家布罗代尔在《15 至 18 世纪的物质文明、经济和资本主义》一书里披露说，在 16 世纪，货币都是只有少数人弄得懂的鬼名堂。他还为我们提供了一个货币使人感到魔鬼在背后操纵、让人瞠目结舌的例证：1752年，英国著名哲学家、史学家、经济学家休谟曾建议取消纸币在英国的流通。

不幸的是，由于北宋对西夏和金的战争，四川地区尤其是成都地区税收苛酷，加之官僚奢靡，用度甚大，必须靠大量发行交子，以增加货币投入量，这无疑加重了民众的负担。后来宋朝政府改交子为钱引，但其弊端仍然是准备金不足，信用度不够，加上滥发钱引,导致钱引的实际价值只有其票面价值的十分之一。作为信用货币，其没有信用必然是致命的。

对交子的评价，自然是见仁见智，有人认为交子只是宋代一定范围内通行的货币而已，其影响有限；有的干脆认为这是统治阶级剥夺和榨取民众财富的工具。但这两点都不足以否定交子的发行给后世产生的影响及相应的意义。一定范围内通行，只表明其他地区比如北方地区的经济状况及水平，没有达到相应的商业高度，不能因此用“早产儿”来否定先行者。至于说统治者用其来榨取民众财富，其罪在它的政治制度所影响的经济政策，纸币本身不应承担这种罪过。交子的一些发行及管理原则，仍算是今天金融管理的前驱，如最高限额和发行准备金等。我认为交子的发明，是四川人为改善自己的生存环境所做出的世界性贡献。

七、四川抗击蒙古

在蒙古入侵四川之前，四川虽然也有少量的战乱，但其毁坏程度远不能跟蒙古的侵凌掠杀相比。如果从目前的考古发掘——宝墩文化遗址、三星堆、金沙来看，在13世纪以前，四川少说也有近

4000 年的发展史。在近 4000 年的发展中，巴蜀民众创造了不少优秀的文化，如都江堰、蜀锦、雕版印刷、蜀石经、唐宋佛寺壁画、交子等，还贡献了扬雄、司马相如、李白、三苏等高质量的文化人。不夸张地说，在宋朝，四川地区文化和经济发展到了顶峰，其在全国的地位非常显赫。被蒙古侵凌后，即便是 800 年后的今天，四川远没有达到它当时在全国的辉煌地位。

蒙古作为一个游牧民族，在 12、13 世纪横扫整个欧亚大陆，所到之处，战无不胜，攻无不克。从 1228 ~ 1279 年，四川在南宋军民的支持下抵抗蒙古达 51 年之久，这在蒙古的侵略战史上是空前绝后的。蒙古灭金耗时 22 年，灭西夏用了 21 年，至于征服其他欧亚国家都没有超过 20 年的。可以说，没有四川军民扼住长江上游，阻挡蒙古军队长驱直入——四川还向国库提供了占全国近三分之一的税赋，此点和 700 年后的抗日战争相似——南宋的倾覆将会快速得多。蒙古统治者纠缠于长江上游巴蜀地区的战略失误、灭绝人性的大规模烧杀掳掠所激起的惊人反抗，以及南宋理宗前期正确的应对方略，是蒙古与南宋之战陷入泥淖的原因。

四川对蒙古的长期反抗，使得蒙古统治者终于在谋臣的劝诫下，放弃了灭绝人性的大规模杀掠。蒙古平定江南、攻占南宋首都临安时屠城较少，就是四川民众长期坚忍不屈的反抗带给他们的教训，使他们有所收敛，这从客观上保全了中国南方许多富庶的文明之地，使中国文明在野蛮游牧民族的入侵下得以保存不坠之血脉。从世界范围内来看，1259 年蒙军统帅蒙哥汗病死于重庆的消息，传到正准备在大马士革与埃及军队决一死战的旭烈兀军中，他意识到其兄之死必然会带来统治者内部的权力之争，于是为保存实力，抽走精锐之师，为自己在中亚一带称帝建国做准备，由此使得埃及文明免于蒙古铁骑的蹂躏。

长期的战乱，使得四川许多阀阅望族、文化世家迁居东南一带，与快速发展的江南经济同步，在元、明、清三朝创造了其他任何地区难以望其项背的物质和精神文明。明代四川唯一的状元——宋朝四川状元多达13位、进士880名——杨慎对四川的衰落痛心疾首："宋宣和中，成都杨景盛一家，同科登进士第十二人，经元师之惨，民糜孑遗，以百八十年犹未能复如宋世之半也！"（《杨升庵遗集》）四川的隳败于斯可见一斑。

八、一种农作物的蝴蝶效应

四川遭遇蒙古的烧杀掠夺，但浩劫并未结束，到明末清初又来了一场明军、清军、流寇长达51年（1630 ~ 1681）的拉锯战式的蹂躏。神仙打战，凡人遭殃，是小民百姓不可避免的悲惨命运，何况有张献忠这样丧心病狂的屠城者，四川的惨状不难想见。成都这样在宋代上百万人口的大城市，在清初竟是人烟荒芜之地，连老虎也大摇大摆地从青羊宫到浣花溪喝水，十室九空都不能形容其所遭受破坏的万分之一。

同是异族入侵，清朝统治者比元朝统治者更有长久发展的眼光，元朝没有对四川做出相应的恢复性贡献，而清朝则大规模鼓励人口密集和紧邻四川的省份的民众前往四川去开创自己的未来。四川历史上大规模的人口迁移有七次：秦灭巴蜀后，迁秦民万家充实巴蜀，以便控制巴蜀；东汉末到西晋，大规模境外移民迁居四川，导因于战乱；唐末五代、南宋初年，大批北方人迁入四川，亦因战乱；元末明初，长江中下游的移民大批入川，因为战乱；明末清初，因为战乱，四川人口大减，土地荒芜，大批长江中下游及南方移民迁入；抗日战争爆发，以长江中下游为主的移民大量迁入；1949 年后，为加强战备及三线建设，大量北方人及江浙人迁入。这七次入川的移民潮，对四川影响最大的就是清初的“湖广填四川”，此次入川移民的主动性和冒险精神是其他几次无法比拟的，因为这次不是政府强迫的无奈和战乱的被动。

这一次移民潮中，有一批数量并不多的移民对四川影响巨大，这批人便是有“移民之子”之称的客家人。客家人是汉族人中至今最能保持自己语言及习俗的一支，他们热爱和平，对付战争和迫害的方式就是迁徙。由于迁徙甚多，所以他们迁徙的习俗迥异于他族。如带着死去亲人的尸骨第二次埋葬，带着榕树苗（四川称为黄桷树），在哪里定居便把树栽在哪里，表明自己客家人的身份。晚清时期，尊经书院山长王闿运的《湘绮楼日记》里多次记载他从万县到成都的路途中，见到聚黄桷树而居的情形，一问便是客家人。与此同时，王氏提及蓬溪一带的民众以红苕为主要食物，“土民乏粮，多恃薯蓣芦菔为食。”也与今日被称之为苕国的川北一带（蓬溪、盐亭、西充等地）的作物种植相符。

查家谱、方志，四川的红苕种植系客家人 1733 年左右带入，为繁殖因明末清初地广人稀的所缺之人口，缓解后来人口增长的压力，度过不测之灾荒年成——尤以道光十八年（1838 年）川中大灾后红苕的栽种面积大幅度增长——都有着不可磨灭的贡献，更为清末四川人口跃居全国首位打下了基础。红苕对四川民众相关生活，比如食物结构与贮藏、川菜菜系、酿酒、气候、森林、水量及航运诸方面的影响，像扇动翅膀的蝴蝶一样起着一系列不可估量的连锁反应。

九、抗日战争中的四川

1911 年发生的四川保路运动对辛亥革命的成功、“中华民国”的建立，有着不可估量的巨大作用。但四川真正对近现代中国乃至国际上产生巨大影响的事件，还是它以其物产之丰饶、人民之众多，作为抗日战争的大后方基地，为中国争取抗日战争的全面胜利做出了不朽的贡献。历史经验再一次证明：国家承平之日，四川不显山不露水，国家板荡之时，四川的作用是其他省份所不可替代的。

民国先天不足，加上各种外忧内患，使得蒋介石在 1949 年退据台湾之前，从来没有完成过中国的统一，这就使得四川军阀从 1918 ~ 1935 年的 470 场混战持续了 17 年之久，横征暴敛，有的地方提前预支了几十年的苛捐杂税，给四川人民造成了深重的灾难。但就是如此菲薄的底子,四川在 1938 年国民政府迁都重庆后，给予整个中国抗日战争以巨大的支持。不特接纳了大量的流亡人口、高校教职员及学生、工厂工人、各政府机关工作人员、文化人，还解决了他们吃、穿、行、住之需，而且负担了整个战时国家所需税收的三分之一。虽然四川人遭遇了战争之痛、生存危机，但外来人并没有感到过四川人如《诗经 · 小雅 · 黄鸟》所体现出的排外情绪，而是洋溢着一种共同渡过难关的袍泽情怀。

更为重要的是，四川对整个抗战军队的支持，是其他省份难以望其项背的。抗战中期的“一寸山河一寸血，十万青年十万军”共号召学生青年 15 万人，四川青年占 4 万人，其中安县曲山镇人王者成送自己儿子王建堂“死字旗”勉其保家卫国，尤其感人。1939 年由征收田赋改为征收粮食，以备抗战，有农民说宁愿吃“观音土”也要先交抗战粮。据统计，1941 ~ 1945 年四川共征收稻谷

8828.6 市石（每市石 280 斤），占全国征收稻谷总量的 38.75%，而小麦则占总量的 31.63%。从 1940 ～ 1944 年的捐金献钱运动，四川民众共捐献了 7 亿，用于前方购买飞机、坦克、武器，翻看旧报纸就可以看到乞丐捐金图，你就会知道这个国家为何不会消亡。为完成抗战所需的特种工程，四川服工役的民众达 300 万以上；而参加抗战的川人达 350 万人，战死 64 万多人。以上各种数据均为全国之冠，可见四川在民族危亡时的特殊贡献。

为纪念艰苦卓绝的抗战胜利，国民政府 1946 年 10 月 31 日在重庆颁立了“抗战胜利纪功碑”，后被毁，改名为解放碑。成都立有“川军抗日阵亡将士纪念碑”，“文革”中被毁，于 1989 年抗战胜利 44 周年纪念日重立于成都二环路万年场。

十、敢于“吃螃蟹”

1978 年改革开放后，四川和安徽在全国率先搞农村家庭联产承包责任制，四川主要的试点是广汉金鱼公社，当年全公社的粮食即比上年迅猛增长 22.5%，达亩产 250 公斤。1980 年 8 月，四川全省 57 万个生产队中，“包产到组”的生产队占 65.5%，全省总产粮食达 3436 万吨，比 1976 年增长 26%，这都是激活民众自我奋斗、热爱生活能力所致。

四川的步伐远不止于此。在民众几十年不知广告为何物后，1979 年 6 月 25 日官方最高级别的《人民日报》登载了当时全国第一则商业广告，这则广告来自于都江堰宁江机床厂，这便是激活城市企业革新之始。至 1995 年止，全省工业企业达 69 万家。1980 年

7月成都蜀都公司发行了1949年后中国第一张股票，至1986年底，为蜀都大厦股份有限公司募集到国家股980万元，法人股1421万元。迨进行金融改革，成都汇通城市合作银行又成了中国第一家民营股份制金融机构，后虽因诸种原因发展不顺，但其敢于试验的精神和勇气可嘉。

1997年重庆从四川划分出去，成为中央直辖市，巴蜀的分分合合开启了另外一页，但从地理和文化上来讲，二者实则永远无法分开。

十一、巴蜀两大事

1878年12月1日，著名湖南学者、诗人王闿运正行进在三峡间。他一面观看景色，一面对读郦道元的《水经注》，他觉得郦氏“百七十里不见天日”，根本不符事实，峡不见峻，石粗疏而不生草木，说什么不见曦月，都是“北人语耳”。古往今来，赞美三峡者可谓车载斗量，独王氏能唱点反调，也算难得。但三峡毕竟是世界上难得的美景，太白之“轻舟已过万重山”，老杜的“江间波浪兼天涌”，虽是诗歌，却也有写实的功用。但这一切雄奇壮阔的美景已不复存在，“如此佳况，忽落梦境矣”。

从1919年孙中山发表《建国方略》起，历来不乏主张在三峡修筑大坝以资发电的人，但也不乏同样多的反对者。虽然有众多的反对者，但1992年中国政府还是通过了在三峡大坝修建水电站的议案，2006年三峡大坝主体工程完工。三峡工程虽然产生了一定的经济效益，但与移民、贫困、泥沙淤积、地质灾害、环保灾难等诸问题相比，其间所失已招致一些官员和很多民众的批评。对库区附近重庆、湖北两地民众的生活，到底有何更深的影响，随着时间的推移，还有待进一步观察。

2008 年 5 月 12 日，八级大地震突袭四川，不仅中国大部分地区有震感，甚至波及东南亚，惨死了近十万人。和较快的救援相比，人们更关心公共建筑物如学校、医院何以不坚固，而导致很多学生死难。与此同时，人们也特别关心震后民间社会如何更多参与灾区的民众自救和基层的公民建设，许多志愿者和 NGO 组织在灾后重建中的努力，为这个国家带来了一定的希望。更值得庆幸的是，灾区附近的著名风景大多安好无恙，可供大家在灾难中体会大自然的双重面貌。如果你有心，多久想去灾区走走看看，观察一下民众艰难的生活和不懈的努力，都不为晚。

2010 年春于成都

渡尽劫波兄弟在：成渝互掐小史

从渝东南乡下奔赴成都读书求学，继而谋生社会，烹文煮字，自春徂秋，瞬忽二十有一年矣。岁月催命，时间搞我，热血销蚀，不复当年好勇斗狠的脾气。数年前，家乡终于是老大的媳妇熬成婆，自 1954 年后，再次成为风头前沿的中央直辖市。虽是分家而治，婆婆尚有余威，固不省油；然媳妇亦是身体正佳，傲有姿色。双方常因鸡毛蒜皮的小事，旧仇新恨，齐聚心头，泥沙飞石，横空出世，混战三百回合，不分胜负。虽连择日再战也懒得知会对方，但一有风吹草动，战端再启，如是循环往复，历经数千年而不休。然纵观数千年来，巴蜀之斗、成渝之争，有一个明显的规律，那就是：争论的实质、级别、分量越来越低，以至于流于今日网络上无谓的口水战争。不学之人还以为自己快成巴蜀之争的主角了，吸引了多少人的眼球，实在可笑之至。

一、结下国家梁子

成都、重庆之掐，如果不搞名字上的一一对应，算上秦灭巴蜀之前，各自作为蜀国、巴国的国都，便颇有些时日了。人类战争的核心，无非是各种资源之争夺，巴蜀的争斗亦不例外。在巴国定鼎江州（重庆）之初，蜀国的强大是不容置疑的。早有常璩的《华阳国志》里说杜宇施政西川，却也泽惠巴国，正所谓“巴亦化其教”；晚有《太平广记》和《路史·国名记》的“昔蜀王栾君王巴蜀”，也就意味着蜀王统辖着巴国。但随着后来巴国的强大，逐渐蚕食蜀国的地盘，巴、蜀两国固有平衡的打破，于是就有《华阳国志》所说的“巴与蜀仇”和“巴蜀世代战争”。

巴蜀二国的争斗要由第三方来消弭，因为它们互不服气，二者的力量都不足以收拾对方。来收拾巴、蜀这两只“鹬蚌”的，便是从北方长驱南下的“渔翁”秦国。直接负责这场收拾任务的便是张仪、司马错。还好，这“渔翁”还算有点远见，不用竭泽而渔的蠢举，而是置郡让其成为永为自己生利的领地。于是成都、重庆作为城市的雏形，无意间由他们来奠基建设，开辟草莱的光荣便记在了他们的名册上。

按常规想法，现在好了，既然巴郡、蜀郡只是一个国家的两个郡，总该消停不扯皮了吧。不，巴蜀之间，有时真是不按牌理出牌，你让它们消停，好像它们全身骨头都发痒一样——不舒服。到了汉高祖八年亦即公元前 199 年，老天爷看到巴、蜀两郡中的有些人，一天到晚吃饱了撑得慌，也忍不住发怒了：“昔巴蜀争界，历岁不决，汉高八年山自为裂，如索所界，巴蜀之民惧天责罚，乃息所争。”（《太平御览》一百六十六卷）原来为国家的土地争斗不已，现在又为郡望的边界纠缠不休，弄得上天都烦它们老爱玩这种一成不变的把戏。至于“乃息所争”，只不过文字记载者的一厢情愿，后来的精彩演出还没登场呢。

二、官员加入战斗

晚唐陕西柳家，已登望族之境。大书法家柳公权的《玄秘塔碑》自不用说，就是他以藏书闻名的哥哥柳公绰一家三代（柳仲郢、柳玭）也是少有人匹。作为藏书家，《新唐书》说柳公绰有比别人更多的“古怪”举动，经史子集每种他皆分三类：“上者贮库”，好的皮藏邺架；“其副常所阅”，拿来自己读；最后便是“下者幼学焉”，拿给后生子弟学习。柳公绰之子柳仲郢便有苦读成器的故事。

“惊耗破鸿蒙而东来，早岁锡熊丸，敬谛庐陵有母；哀思越岭南以西往，晨昏乏鸡黍，倍知颖谷可风。”这是郭沫若先生为著名学者容庚之母所写的挽联。“早岁锡熊丸”之用典，便是指晚唐柳仲郢的母亲为了让他好好学习，将黄连和熊胆等制成丸，使其吃服，达到“头悬梁、锥刺股”的苦读效果。将学习视为苦差，我是断不认可的。但有母如此，子弟大多有成，这也是此等故事在如今看来，虽不够人性，却能够流传下来的真正因由。

柳仲郢的确未辜负母亲的一片好意，做官为文均有可观，且能友人，如提携著名诗人李商隐，让其失意时做他的属客幕僚，优渥备至。后来他任剑南道东川节度使一职。从行政设置来看，唐代的“道”相当于宋之“路”、元代的“省”，而四川省的名称正是从元朝开始的。1997 年重庆未直辖前的四川省大部分都在唐代剑南道所辖之内（其中有一段时间重庆属山西南道，属汉中管），只有少部分如广元、阆中等十一州属山西南道管。西川节度使管二十六州，治所成都，大部分为古蜀地；东川节度使管十二州，治所梓州今三台，不少为古巴地。西川节度使所辖以成都、乐山为主体的地区，这些地区的富庶程度，是其他地区无法相比的。而东川所辖川中及川东大部，包括渝州，相对地瘠人贫，实在无法与西川颉颃。巴、蜀本来就有所谓的“世仇”，加以贫富有别，故民间常有东、西二川之人互相讥讽挖苦。以至于东川节度使柳仲郢也忍不住出来自嘲几句，被五代时前蜀政权王建的宰相孙光宪，在《北梦琐言》一书中以“东、西川人轻薄”条记载下来（稍后黄休复的《茅亭客话》也有相同的记载，大抵本此），广为流传。

“蜀东、西川之人，常互相轻薄。西川人言：‘梓州者，乃我东门之草市也，岂得与我为耦哉？’节度柳仲郢闻之，为幕客曰：‘吾立朝三十年，清华备历，今日始得与西川作市令。’闻者皆笑之。故世言东、西两川人多轻薄。”

古代城门之制，一般有东南西北四门，每门均有柴草市，而柴草市实在寒伧得很。西川人也够拿大的，把东川节度使的治所说成是他们东门（梓州无论如何也不是在成都的东边，此处可能系笔误，或另有出处，待考。但成都北门确实有一条草市街的，那一带正是唐末北门城门之所在。成都卖柴草的还有水津街等。沙河先生说，50 年代尚有成都人嘲笑外地人，你娃是从东门叉水过来的哇？类同于 80 年代成都人爱说乡下人是弯脚杆）的草市，哪能跟我们比？惹得东川最高领导柳仲郢也不得不出来自我解嘲：我当官当了三十年，什么世面没见过？有多少官职我没当过？到今天才有机会当西川草市市场管理委员会主任，真不容易，荣幸之至啊。柳节度使这番话自然使所有听到过的人，都忍不住哈哈大笑。孙光宪作为拥有东、西川大部地区的前蜀政权的宰相，自然并不提倡东、西两川人的互相轻薄，最高长官毕竟愿以稳定和睦为旨归，结语“故世言”一语暗含着对所有轻薄的东西两川人的微讽，当然也可能包括柳仲郢。

有趣的是，过了不久，柳仲郢的儿子柳玭随唐僖宗逃亡到成都时，记载了当时成都书业繁荣的盛况："中和三年癸卯夏（883年），銮舆在蜀之三年，余为中书舍人。旬休，阅书于重城之东南，其书多阴阳、杂记、占梦、相宅、九宫、五纬之流，又有字书、小学，率雕版印纸浸染，不可尽晓。"（《柳氏家训序》）作为藏书家的柳玭，到了中国刻书业发源地之一的成都，尽管是在末世陪同皇帝仓皇出逃异地，到今天学道街一带寻书，也是一种慰藉。所以笔之于书，于自己家训里隆重记载，意在教导自己的后代，哪怕是非常时期也不能废书不观，正所谓诗书继世长。

三、成渝中心之概略比较

其实所谓成渝之争，实在只是个近代命题，因为今天的重庆不少时间未能成为四川东西两地西部治所的所在地，或者说不少时间受制于成都或他地。但任何争论都有它的历史和来龙去脉，今据蒲孝荣先生所著之《四川政区沿革与治地今释》（四川人民出版社1986年版），把成渝两地作为中心——包括各种偏安一隅的割据政权的暂时治所——来个简单的比较，不为无益。自然治所的选择，是政府行政命令和规划的一部分，但也是政府通盘考虑和决策的结果。换言之，比较成渝两地可以在某种程度上证明该地在军事、政治、经济、文化诸方面的重要性。

秦朝奄有天下后，将其分治为三十六郡，巴、蜀是其中的二郡。蜀郡治所成都；巴郡治所江州县（今重庆）。西汉承秦制，依旧设郡，但在郡之上设刺史部，四川有益州刺史部，为全国十三刺史部之一，下辖巴、蜀等八郡。州治及蜀郡治所于成都，巴郡治所仍江州县。东汉仍旧贯，益州下巴、蜀等十郡以及一个属国（属国与郡等，管理内迁之少数民族，与县相同等级的“道”也是管少数民族地区），巴蜀二郡治所不变。三国蜀汉仍设益州，有巴、蜀等郡十六。州及郡治，均不变，蜀汉据蜀四十九年，统治四十二年，都成都。西晋益州领八郡，蜀郡及州治不变，巴郡则属梁州，州治汉中，郡治仍旧系江州县。成汉时蜀仍属益州，州及郡治不变，成汉政权都成都四十三年，巴郡属荆州，郡治因战乱不稳定，有一段时间治江州县。东晋除巴郡改属梁州外，巴蜀二郡未有变化。刘宋仍由东晋旧制，南齐除巴郡属巴州（治所奉节）外，蜀郡及益州不变，梁益州及蜀郡不变，巴郡属楚州。蜀郡及益州仍不变，巴郡属改梁代置巴州，北周益州及蜀郡不变，巴郡复属楚州。

到了隋朝，蜀郡及益州不变，巴郡复改楚州置，后改为渝州，此乃渝州得名的开始。唐代有四变，主要的是剑南道东、西川，西川及成都府治所成都，东川治所梓州（三台），渝州属东川，州治巴县。前后蜀时间，成都为前后蜀国都，渝州仍置，州治巴县。宋代分为成都、梓州、利州、夔州四路，成都府路路治、府治均为成都，渝州属夔州路，路治奉节。除了将恭州升为重庆府，府治重庆，一仍北宋。元朝设四川中书行省，包括成都、重庆等府，省治成都，四川省的称呼自此始。其中明玉珍大夏国都巴县十年。明设四川布政司，司治成都，包括成都、重庆等。清朝四川省设五道，成都属绵龙茂道，治所成都，重庆属川东道，治所巴县。1914 年前设五道及一个特别区，成都属西川道，治所成都，重庆为东川道，治所巴县。成都1921年建市，并于1928年定为四川省会，重庆1929年建市。1937年10月30日国民政府决定迁都重庆，1939年5月5日升重庆为国民政府行政院直辖市，1940年9月6日定为陪都，1946年5月5日国民政府还都南京。

综观上述历史，成都、重庆可算巴蜀大地上开发得较早，且得风气之先的城市，但成渝两地的发展并不是完全对等均衡的。在近现代以前，重庆输成都远甚，这是不争的事实。且不说秦汉迄今，成都的城址、名字及治所（省、府、郡等）均没有更徙，使得成都城市的发展，特别是文化的底蕴，是重庆不能比拟的。汉赋四大家，四川有司马相如、扬雄、王褒三家，前二位都属成都。汉代，成都仅次于洛阳；唐代“扬一益二”，是中国最早的刻书发源地；宋代，第一张交子诞生于成都，且成都、眉山为当时三大刻书中心，形成了影响极大的蜀学；由于元末抵抗蒙古的战争，大批名门望族东迁江浙，成都在各方面开始委顿。特别张献忠屠蜀给成都及四川带来了毁灭性的影响，从清顺治到咸丰220年间，文化衰败无振，“由谭正璧编的《中国文学家大辞典》中搜集清代作家1500余人，而四川籍作家只有22人，占1.5%；蔡冠洛编著的《清代七百名人传》中，入传的四川人只有18人，占2.5%；清人张应昌编选《清诗铎》一书，从清初迄同治收诗911人，四川人入选者只有10人，占1.1%；清代经学极盛，阮元、王先谦《皇清经解》正续编，搜集清初至嘉庆末几180年间的经学著作，共收录398部书，作者185人，一个四川人也没有”（李朝正《明清巴蜀文化论稿》）。可以想见四川文化荒芜的惨状，此前文风很盛的成都岂能幸免？

直到晚清张之洞主政四川、王闿运执掌尊经书院、新学兴办以来，巴蜀文化才得到了真正的勃兴，尊经书院和新学堂里诞生了一大批近现代的著名学者、作家，如廖平、吴虞、张森楷、杨锐、刘光第、蒙文通、李劼人、郭沫若、巴金、周太玄等。其中史学家张森楷先生便是重庆的佼佼者，今得暇抽读《张森楷史学遗著辑略》（唐唯目编），弥增敬重之情。不过，有一点不可忽略的是，与以前相比，近现代的重庆或许由于基础相对较薄，发展速度在不少方面赶上或超过了成都。且不说抗战后重庆成为陪都后的迅猛发展，成都远为不及，单举宋育仁在 19 世纪最后两年的选择，便可看到一些重庆得风气之先的端倪。1897 年 11 月宋育仁于重庆创办了四川第一家近代报刊《渝报》，半年后的 1898 年才于成都"蜀学会"创办了成都第一家近代报刊《蜀学报》。数年后，1903 年 5 月，重庆巴县革命志士邹容的《革命军》于上海书局刊印。

即便是百年后的今天，从文化上看，重庆依旧无法跟成都比，因为重庆一直是座以工商业为主的城市（可参看游时敏先生所著《四川近代贸易史料》等书）。从 1891 年重庆开埠起，它一直扮演着水码头的角色，成为货物集散地和工商业活动中心，能出现像卢作孚先生这样的大实业家——非常幸运，前不久我曾重值搜得他手下职员两册 60 年前的日记本，记录非常完整而详细，对了解彼时的重庆及民生轮船公司在抗战中的贡献，均至为有用——却没出现过像李劼人这样伟大的小说家和出色的乡邦文献研究专家。1949 年后，重庆成为四川的重工业基地。1954 年成为四川省辖市后，在财政和其他政策诸方面受到制约，发展的脚步放慢，成都的发展因此受重庆之益，这是不争的事实。但这一切不能成为重庆人骂成都人的理由，这不过是拜政府政策所赐而已。可以骂政策之不公，可以骂行政者无良好计划，可以骂政府之无眼光，否则重庆人的热血真是用错了地方。

四、观我成渝

“观我成渝”其实就是“我观成渝”的倒置。不过这倒置不完全是文字游戏，因为“观我成渝”看得出我对成渝两地不偏不倚的双重情感。长于重庆乡下，学于锦江河畔，童年对人的影响，既深且巨。苏联作家巴乌斯托夫斯基曾说，童年是对人最伟大的馈赠。我的个性及情感奠基于故乡，因此从个性和情感上讲，我更接近于重庆。知识改变命运的说法，或许把它的作用夸大了，但知识对一个人的改变无论怎么估计也不过分。我求学谋生于成都，理智上更接受成都文化诸方面对我的熏沐。每当看到成渝两地的人无端吐口水、互相掐架、无度谩骂，便感到情感与理智的冲突在内心激荡。

1983 年 9 月 8 日与家兄路过菜园坝，餐馆一溜呈半月形环状展开，多得数不过来。正惊异间，忽见整车整车的人绑着从我们身边经过，据说是严打的成果，后来才知冤鬼无数。就在此时，一声巨吼把我跟家兄吓一大跳：“过路的，吃不吃饭！”家兄回答：“不吃饭！”“不吃饭咋个长大的呢？！”惹得我们差点与他们动起手来，这便是 20 年前菜园坝火车站的重庆人。说句实在话，当时我就想，虽然我们是乡下人，但这样的重庆人的确让你无法喜欢。老实说，经此一吼，市区里的重庆人给我的第一印象并不佳。到了成都，一个人急于去看杜甫草堂，回来的路上，拿着地图无法找到学校。数问路人，按着他们的指引，越走越远，终至南辕北辙，最后只得找警察（老百姓怕警察，不到万不得已不找他们），才找到学校。这便是成都人给我上的第一课。经此一课，深感成都人的虚假让人齿冷，异乡的感觉特别明显。当然，要点出重庆十个优点，马上就能不费力地说出十个缺点，对于成都亦然。譬如，重庆人耿直但粗鲁，成都人虚假而温和；重庆人欺生，成都人烧熟；重庆人排外，成都人包容；重庆人容易交友，成都人常只是熟人；重庆砣子硬，成都嘴巴狡（在“文革”时便是重庆真武斗，成都武斗会宣传）；成都假打，重庆来真格；成都自嘲兼嘲他，重庆嘲他兼认死理；成都闲散，重庆急促，等等。不一而足。

成都人历来是拿大的，视四川所有外地人为土包子。但 1949 年易鼎后，成都人改变了很多。因为新政权重新洗牌，拿个大铲将传统的锅里面所有东西，来个天翻地覆，不少社会精英都非本土人士（重庆洗牌的程度便没有成都充分，因为它不是省会，干部愿去的相对不多。同时依然有重庆本地人当最高领导，而成都市则极少）。虽然还有一些人存有随意视别人为“弯脚杆”（对乡下人的蔑称）的想法，但数量已大为减少。另外，成都人的虚伪也是有目共睹的，路上遇着人，说多久“口子上吃茶”（因为过去茶馆一般都在两街交叉的街口），你千万别相信，因为这只不过是客套话而已。成都务虚不务实，好玩不斗狠。“文革”时两派“红成”（红卫兵成都部队之简称）与“826”争斗，曾有一派去殡仪馆借得死尸数具（用完了又还给殡仪馆），抬着上街去另一派驻地游行，名之曰：誓为战友报血仇，血债要用血来偿。拼命宣传，置对方于道德上之不义，以此战而胜之。而重庆的红卫兵派系斗争，死伤无数，其情之惨烈，不亚于一场攻坚战之大型战斗。沙坪坝著名的红卫兵公墓葬得胜派“815”死者小部分，约 400 具，最小的只有 14 岁；而失败的“反倒底”一派则死无葬身之地，因此两派死伤人数之巨，至今仍是个未知数，为全国红卫兵战斗中之少有。这便是无所畏惧、好勇斗狠、耿直粗蛮的重庆人。当然你也千万不要就此得出成都人一定胆小怕事的结论，抗战时为民族捐躯的王铭章、李家钰等英雄，都是成都人。1938 年，当王铭章师长的遗体从藤县战场运抵后方，到达重庆时，重庆万人空巷，举市悼念。其情其景，让后生小子如我等，至今感念不已。

成都的缺点，我已在诸多文章中，大加批判，不想在此重复。这里主要来指陈一下重庆，因为我这人素不怕任何所谓的挑衅。他日有暇，说不定我要专门写一本《重庆批判》亦未可知。重庆这几年直辖过后，在经济建设上确有不少改进。但有些浅薄的重庆人，专门跑到成都，拍些照片弄上网络，比谁的楼高（听说还开着大奔，带着尼康，真有暴发户的勇敢。说实在的，只有全无自信的人才会这么做）。要比高楼，你永远比不过纽约，难道你的目的就是一辈子与成都较量？何况高楼并非全是好事，影响采光，使城市变得单调，毫无个性可言，这样的结局恐怕是不妙的。高楼鳞次栉比，但城市整体规划不显现以人为本（譬如交通中红绿灯的遵守和过桥费的收取，这方面重庆可改善的余地相当大），不便于民众，这样的高楼不要也罢。

更为可笑的是，一些重庆人听不进不同意见，夜郎自大。可怪的是，重庆的传媒基本上不发自我批评的文章，何况外地的批评？几年前我曾应重庆媒体之约，撰文批评这一点，可惜最终因怕激起反对而未用，这在成都是不可想象的。我对成都的批评到痛骂的地步，但像我这样常以骂成都负面因素为乐的人，成都传媒几乎从未拒绝过。更为不堪的是，我对成渝两地以及四川各地的乡邦文献均有搜罗，而且所得不少。与成都相比，重庆人对重庆的研究几乎是一堆粗放的资料，翻一翻孟广涵主编之《重庆地方史论著目录》，就可知我所言不虚。只有彭伯通先生著的《古城重庆》及编的《重庆题咏录》（他笺注的《沧白先生论诗绝句百首笺》也是整理重庆人物著作比较好的）是少有的用心之作。再如关于重庆作为陪都八年的历史，至今似乎只有《陪都文化论》、《国民政府重庆陪都史》一类大而无当的书籍，不仅资料不全，且无甚见地，更不用说能弄出出色的个案研究。放着好端端的东西研究不出货来，这说明重庆作为水码头，虽有商业上的冒险精神和闯劲，但在文化修习上，却是浅尝辄止、浮表不堪的。一座没有文化底蕴的城市，要想成为真正有竞争力的现代都市，在我看来是困难的。

成渝两地各自的优长及缺陷，都不少。倘双方继续大打无谓的口水战，不只徒耗心力，且自废武功，损人不利己，殊无谓也。何如各自尽展其才，使巴蜀在分而治之以后，来一个兄弟和好的共同繁荣？如此，则祖先有灵，亦当含笑，为我们浮一大白。正所谓“渡尽劫波兄弟在，相逢一笑泯恩仇”。

2005年1月5～7日病中于成都

苦尽甘何在：1945 年 8 月 15 日的成都

安在鼎鼎大名的 U2 乐队头上的褒扬之辞，不胜枚举，独由传记作家艾蒙·丹佛的形容——“Unforgettable Fire”——令我铭记；赞美庐山的名句何其多，还是东坡先生的“横看成岭侧成峰”更来电。除了像宋元交接、明清易鼎等少数大屠杀外，一座长期以来承平安享、自娱自乐的城市，经历了八年的板荡多变，外敌凌侵，在普天民众弹冠相庆的时刻，它的人民会有怎样的应对？模拟一下那个难忘的时刻，是我这个做后辈的一个梦想，也使我们与前辈们一起分享这份历尽苦涩的荣光。

我相信历来会游戏娱乐的成都人民，在灾难过后，都有相当的欢悦方式，可惜史无详载，无从细说。但无论是宋元在川长达几十年战争的结束，还是明清之际张献忠屠城后的重建，人们内心的喜悦，都从没有像 1945 年 8 月 15 日这般被如此放大。百年来受他国欺凌的事实，长期压抑的不快，像一直没有治好的内伤一样隐隐作痛，一不小心就会被抓扯出来，伤口重新被撒上一道盐，久治难愈。

现代人才有的深固的民族国家观念，用老杜的《闻官军收河南河北》尚不能吐尽成都人八年遭日本欺凌后内心的积郁之情，何况当时的成都还有几十万家破人亡的各方流浪人士呢？一定有不少可堪回味咀嚼的细节，除了少数被文字记载下来以外，大多随着欢快的呼喊和愉快的游行消失在空气中，无从打捞。

带问号的好消息也跑得快

西方有条著名的试探新闻力度的法则，那就是：坏消息跑得最快。其实积压得愈久，民众愈是期盼而不易得到的、苦尽甘来的好消息，跑起来风快。八年抗战，死伤千万人，无数人妻离子散，家破人亡，有家不得回。更为难堪的是，那种在自己土地上备受他人欺负的凌辱，就像强盗闯进你的家耀武扬威，杀害你的至亲骨肉，还要你配合他告知自己最值钱的东西藏在哪里一样，是一种刻骨铭心的仇恨。

日本将投降的消息，当然不可能像现在电视和互联网这般普及，可在大城市里获得瞬间的爆炸性传播。换言之，日本投降的消息传播，不仅有个过程，而且也因人而异。成都乃至四川第一个知道抗战胜利，日本已准备投降的，是现在还健在的 85 岁老人曾子光，他是唯一一个与西安保持 24 小时联络的电报业务收发员。他拿着这条消息，真的不敢相信自己的眼睛，但对方告诉他，这是真的，还说“让我们庆祝十分钟吧”。这消息自然只是在小范围内流传，不是受限于流传速度，而更主要的是纪律所限，不可能大规模地告知外人。但就这样小范围的消息，也像空气一样在成都上空漫无方向地传播，我电话访问的一些老人至今仍能记得听说过“这个谣传”，但他们都不敢相信这是真的。在谣诼纷传几天后的 8 月 10 日黄昏，终于得到了证实：日本投降了。

但成都得到并公布这个天大好消息的第一时间，到底是8月10日哪个时段呢？

我手上并没有成都当时的报纸号外出版时间，但据中央日报社重庆电，是9日下午7点钟左右，日本投降的消息被美国新闻处证实，这个消息迅速传遍整个重庆市区，手脚快的报纸所出的“号外”一时间被抢购一空［见周开庆编著《民国川事纪要（中华民国二十六年至三十九年）》P269～270，台湾四川文献研究社1972年1月初版］。这种官方的说法，几十年后仍可得到民间实物的证实，我所搜得的民生公司职员何现伦未曾公布的日记里，9号这天他记有两次号外，都是关于苏联对日宣战的。只是到了10号他清楚地记道：

“真想不到，日本人有这样快，就无条件投降了。八年一月零三日（八、一三），它这一场并吞中华大国的狂欢梦，自马关条约起至现在五十余年，才醒转来，是梦，的确是梦。

晚上八时二十五分，举世欢腾的消息传来，陪都‘重庆’街道上的爆竹声和狂欢声，打成一片，简直听不出一个闲静的忧郁。盟军的吉普在叫，国军的欢呼在喊，老百姓们有说不出的愉快心在跳跃……

八年的苦斗，今天才拖着出头的一天，我们的精神，我们的毅力，中流砥柱，总算把日本人拖垮台……”

由于美军新闻处证实日本投降的消息是9号下午7点，重庆的普通市民得到这消息是10号的黄昏即8时25分，那么成都市民得到此消息的时间也大致不差，所以流沙河、黄一龙诸先生都回忆说是8月10号黄昏得到这消息。我们问过许多老先生，他们听到这消息的第一反应是什么？他们说，这是真的吗？都没有人敢轻易相信。

沙河先生在他的回忆性著作《芙蓉秋梦》里说，因为尚不知道美国已在广岛、长崎丢下了两颗威力无穷的原子弹，而迫使日本立即投降。而曾伯炎先生甚至说，1944 年日本打到贵州独山时，他父亲召集全家甚至商量过，他们除了在老家中江县城外，还可以跑到什么地方去躲藏，因为听说日本两天内即可攻克重庆。所以听到这样的消息，都不敢相信，这一切是真的，真是幸福来得太突然。一旦得到确切证实，人们压抑了多年的狂欢之情，便喷发出来了。这一点，在日本天皇正式宣布投降——据日本后来的解密文档，有反对投降的日本军人企图阻止广播宣布天皇的投降诏书——国民政府亦正式对外宣布日本投降消息后的 8 月 15 日，达到了一个举国若狂的高潮。

天大喜讯首告谁

听到日本投降的好消息，人们疯狂地抢购号外，报贩子趁机抬价，依旧挡不住人们的购买热情，哪怕是报贩趁机抬价，也在所不惜。成都的号外，据说在当时就有卖到 500 元一份的。疯狂是易于传染的，就像任何高危传染病一样，人们很少有可以抵抗的免疫力。人在某些时间的消费行为的不理智，是一种常情，何况是在胜利的大喜之日，来点有违常情的疯狂举动，又能算什么呢？哪怕是穷人，都愿意在此时有所放纵。

“这天大的好消息，你第一个想告诉的是谁呢？”我问一些所认识的老人。他们大都答没有什么特指的人要传达，在街上的就高兴地告知街上的陌生人，在家中的也喜滋滋地告知家人，完全是一种自发的欣喜，没有觉得把这消息告知给别人是一种义务，更没有觉得这是一种伟大的行为，只是真正快乐，愿与别人一同分享。有过关乎所有百姓利益，亦即公众盛大的狂欢经验的人，都不难明白这点。但对于千百万因抗战而伤亡的家庭来说，最想告诉的便是死去的亲人，日本投降了，血仇终得报偿。因此迫不及待地准备烧纸钱，以水酒祭洒一番，寄托自己悲欣交集的心情。

史学家陈垣先生曾在艰难困苦的抗战时期，于日伪治下的北平著成史学名著《胡注通鉴表微》，着意表彰胡三省在元灭宋后，依旧不忘宋朝的民族气节。以陈垣先生这样的气节，当然推崇一生意在报国的诗人陆游，所以他曾在一副对联里说“万首诗篇爱剑南”。陈先生是学者，是史学家，爱陆游爱得多，爱得深。作为读过一点书的普通人恐怕爱陆游主要是爱他的《示儿》，以死不瞑目的期待之心，让其子带给他好消息，可惜陆游的儿子没有这样的福气，南宋终于丧于蒙古的铁蹄之下。但 1945 年 8 月 15 日，有一大批中国人，像《示儿》诗所说的一样，见证了这悲喜交集的时刻。如成都籍的王铭章、李家钰等抗日名将的子女，一定是流着泪想起了这首诗的。他们的英勇，证明了成都这座平日柔媚的城市里的人们，在板荡时刻异于常人的坚强壮烈，让我这个山野里蛮性十足的人，也佩服得五体投地。

同是在这样一个悲欣交集的时刻，有一个人从重庆出发，搭乘一辆货车，到成都看她的哥嫂。路过一小镇时，见大家乱哄哄地在街上笑啊跳啊，忙问，大家今天为什么这么高兴啊？只听大家异口同声地说：日本无条件投降了！听到这话的刹那，她反复地问：这是真的吗？真的吗？她说自己突然想起陆游的《示儿》：王师北定中原日，家祭毋忘告乃翁。眼泪止不住地流下来，在心中无数次喊着：“父亲！我们胜利了！我们胜利了！”这便是著名抗日将领张自忠将军的女儿张廉云。

许多大人物的做派，我并不满意，因为这里面掺杂着作秀造假的成分。但这个时候我愿意放宽尺度。据《新新新闻》报老报人魏道尊先生所说，当冯玉祥将军8月16日凌晨7点45分，在青城山天师洞得到陈孔昭所转达的日本无条件投降的消息时，忍不住落下泪来，冯玉祥说："这是四五千万条人命、几百万条腿、几百万条胳膊，一条大河似的鲜血换了来的啊，怎不令人落泪！"赓即提议为八年抗战以来的阵亡将士和死难同胞默哀三分钟！在这样的时刻，再刻薄挑剔的人，亦将噤声闭嘴，并乐而从众。

两条见证疯狂时刻的街道

公众有一种民意表达的孔道和方式，便是聚集于一定的场所来表达自己的喜怒哀乐。像1945年8月15日这种不世出的开心日子，自然在中国960万平方公里的土地上，会有许多场狂欢娱乐，纵情表演。爱吃喝玩乐的成都人，自然不会放弃这千载难逢的大好狂欢机会。他们的狂欢肯定不需谁的组织，且就地取材，各条街道都有式样繁多的娱乐，但喜欢扎堆看热闹，作为成都人的保留节目，他们岂能错过市中心的看稀奇。

取自老子"众人熙熙，如享太牢，如登春台"的春熙路，是成都市区第一条现代意义的公路，历来是商家繁聚之地，因此成都市民把到此地去活动看得很平常，但也有看洋盘、耍稀奇的意思，所以人来人往，如潮涌动。得闻日本投降的消息，惯于搞出些娱乐动静的成都人，纷纷使出各种花样：放鞭炮、舞龙灯、跳狮灯、踩高跷、撑旱船、敲锣打鼓、挥舞国旗、跳到汽车上帮司机鸣喇叭、爬上树撒报纸、演出川剧、放电影等，无所不为。更有大批市民自发抬着花篮前往春熙路孙中山铜像下面敬献，以告慰国父的在天之灵。从下午到晚间乃至深夜，各种集会、游行层出不穷，人越集越多，绵延几里。“成都千万市民，齐向春熙路，国父铜像献花，一时花圈花篮堆积如山，鞭炮之声，震耳欲聋。各社团并纷电蒋主席致敬。晚间游行队伍长达数里，卡车一辆前导，车前悬挂中美英苏四国国旗，满座人群。有二女郎全身白绸，发束金星，装扮成自由神，亭亭当车而立，最惹人注目。”［见周开庆编著《民国川事纪要（中华民国二十六年至三十九年）》P271］而此种情形，在半个多世纪后流沙河先生追忆起来，仍是历历在目，言其经历过数次群众狂欢，但自发聚集欢呼，未有如此次这般规模，以至爱扎堆看热闹的成都人，脚力再好，膂力再大，也无法挤进狂欢中心——“真同志”身旁（成都人诙谐，言孙中山铜像是真铜制的，故曰“真同志”，余皆假打之革命同志）。

除春熙路外，另一条狂欢的街道便是提督街。清朝以前之提督街是军事首脑机关重地，状甚严肃，戒备森严，未曾想几十年后这里见证了一次民众因民族之大胜利而举行的彻夜狂欢。此处狂欢之徒与正经八百到“真同志”旁献花篮的民族爱国人士稍有区别，这不是此地狂欢的人便不爱国，而是他们爱国也不忘真正的娱乐。何况此处以美国人之狂欢跳舞为多，美国人开车大按喇叭，从车上跳到车下，手势乱舞，狂比“狗听牌”（美国一老号唱片公司物克多Victor，1949年前之发烧友呼为狗听牌，Victor意为胜利者，赢家，与“胜利”［Victory］有词源及词性之关联）亦即胜利者的手势。成都人也不踩事（不怕事），见美国人也拼命比“狗听牌”，虽然他未必知道那个手势是什么意思，即上前一阵狂抱，更有职业舞女穿插其间，与之同舞，国也爱了，玩也玩了，真是一箭多雕。到了夜晚，电灯昏暗不明，商家便免费将各种大煤气灯悬挂各大街口，以给狂欢都照明，卖糕的（My God），我的成都先人板板！（令我欣赏的成都前辈们！）此时此刻，抗战胜利了，妓女也罢工来娱乐了！舞女不要钱来陪舞了（见流沙河《芙蓉秋梦》）。这当然不独是成都的“特产”，重庆也有这等景观：“摩登妇女们的曲线，美的装束，在向青年的男子们朝笑（大概是朝着青年男子们笑——冉注）。满街都是红男绿女，拥挤不通，好像日本投降了，她们在向他们招展。”（民生公司职员何现伦 1945 年 8 月 10 日日记摘录）

“小道”的庆贺方式

抗战胜利了，漫长的加害结束了，一颗时常悬吊吊的心终于放下了。人们庆贺的方式肯定千姿百态，不求一统。有赤膊上街的跳跃，有不知所之的乱挤，有不知所云的狂呼，有见面就抱的亲热，有穿晚礼服穿梭于达官贵人之间的应酬，有恋人当街之热吻，有喜极而泣、呜咽狂嚎之发泄，有泥醉三日而不醒之牛饮。彼时的《成都晚报》以“胜利来临夜，成都狂欢时”为题作报道，可谓得体。

有点文化的人，只要他通脱的话，必有一种游戏态度。而游戏项目之一，便是较量捷才，比赛化典，娱乐身心，而这个长盛不衰的项目便是撰写对子。在举国同欢、普天同庆的时刻，文人们便把自己平日饮酒作诗的惯技拿将出来，作为狂欢打趣之资。天大喜讯，盛大的题材，有人便想以气势取胜，如“万里雄师归国土，一杯春酒洗胡尘”；有人欲用如椽巨笔，以一联而为众家法、百姓诵：“三岛君臣，原子弹前齐屈服；八年血债，投降书里可追还。”但让我最为心仪的，无如在光复之日，成都人所写的一副对联：“**中国捷克日本，**

南京重庆成都。”此联之佳，在其既有游戏的态度，全用国名和地名，易记好读；复次，在于中国之战胜日本，再次欢呼南京重新成为首都。我常说川人尤其是成都人，擅以不正经的方式做些正经事的游戏态度，不仅影响到人民的生活，而且影响文人的文章，自嘲与他嘲，在如此盛大的时刻，不忘玩文字游戏而搞笑，大事可小。在其他时刻，则小事可大，真乃吾蜀之特产！

喜极而来的副产品

俗话说：是药三分毒。人民群众对药物的副作用，虽然眼睛并不是雪亮的，但他们深知这一切。事实上，在举国欢庆、大家同乐之时，就已经有明智之人，在当日便看出狂欢背后的日常生活的玄机。道理也正是如此，再大的欢愉，正常生活也得维持，何况小老百姓一日为三餐奔忙，无暇他顾。光复了，百姓只是快乐一时，至于大员们之“劫收”，真是肉食者谋，小民百姓何能间焉？

随着光复的欢快渐近尾声，那些背着老杜的“即从巴峡穿巫峡，便下襄阳向洛阳”的外地人，立即撤退，好回到日思夜想的故乡，以便尽快与家人团聚，或者凭吊为战争而死的家人。总之，长安虽安，不是久留之地。掌管着峡江水道运输主线的民生公司的员工，更是因职业敏感而及早地预知了这点：“今天以后，我们的复员工作，应该要赶快组织起来。不过，在这个时候，也许政府早有准备了。”（何现伦 1945 年 8 月 10 日日记）“战争已经结束了，回乡的心实在很迫切。可是交通工具有限得很，政府机关及军事机关，必须先下去的。依这样看来，这些有限的交通工具怎样能够输送呢？恐怕还要在重庆过一次年吧！……如交通部，在十二日礼拜日都是整天在办公，个个都仓皇似的，为了复员问题，准备不及。……胜利真是太快了，真是料想不到。”（何现伦 1945 年 8 月 15 日日记）

外乡人极欲返乡，是人之常情，没有责备的道理，但船只不够，复员问题难只是问题的一个方面。另一方面，本地商业的凋敝，商业的不稳，因战时经济结构不佳，立刻就显现出了它的大问题。重庆及成都的商业和金融市场在 8 月 10 日及 15 日日本正式投降后，出现巨大的波动，金价、美钞大跌，百货价格亦猛跌 40% ~ 50%，如颜料、布匹、香烟等均是如此，只有少量可外运之货物如桐油价格有回升（见周开庆编著《民国川事纪要》P271）。成都和重庆一样，都是各类人才、各种工厂、各种学校因抗战进川，才逐步发展成为大都市规模的。别说商业上的动荡，就是文化上于吾川的损失，也是不可以道里计的。自然当以国为重，但作为地方的短期显性损失，自是不可避免的。正如流沙河先生在《芙蓉秋梦》里所说，抗战胜利，外省人走了 20 万，物价虽然回落，但百业萧条，却是不争的事实。

2005 年 8 月 10 ~ 11 日抗战胜利一周甲于成都

民国图书馆：以四川为例

一个大图书馆就好比是一本人类的日记。

——（加）道森

似乎因集体的自卑，不够自信，加以不少研究者秉承官方意识形态的旨意，全身虚火的民族主义发炎，我们总是患有“文明独有症”。一旦别人说到某事物的时候，总是说我们古已有之，实则二者扞格凿枘，少有相通之处，却强加比附，以逞老子先前阔过的优越感。说到大学，就提到汉朝的太学，其实太学与现代意义上的大学，可谓牛头不对马嘴；提到图书馆，自然也免不了老子也当过图书馆馆长的陈词滥调，且视东汉白虎观、唐之集贤院、宋之崇文馆、清之文渊文澜诸阁等为现代图书馆先驱之类“长我志气”的无稽之谈。我无意抹杀中国历代官方为保存书籍所做的努力，但保存书籍的目的却在很大程度上不是为了流通，而是为了更好地控制知识的传播，以利愚民之需。中国官方的图书保存所，只是皇亲国戚、一些高官或者少部分大学者的“自留地”，而非民众求知的图书馆，其特征无非是高扃深锁，禁止一般人借阅。再者从隋唐启轫，而至明清极盛的书院，其所藏书也多是应举业之考试的书籍而已，所藏有限，非该书院的学生也没有阅读之机会。正是因为如此，一般有点钱的读书人，都千方百计要搜求和转抄书籍，以便自己或者少数亲朋好友读书研求之用，从而形成中国私家藏书之风比较盛行的内在动力。换言之，中国私家藏书之发达，是建立在官方对图籍为少数人所垄断的基础上的，很多人以此为文化发达之征，其实应该反向思考，这正是文化专制未能捂死所有生存环境之残留结果。这就像岩缝里拼了老命长出的几棵小草，在一无所有的荒凉土地上，看上去格外美丽，但却是令人心痛的无奈结果，并不值得我们多么骄傲，除非我们没有看到过别人的满目青山。

也就是说，现代意义上的图书馆理念，正是从西方传布而来的，我们应该承认这个基本事实。因为真正的图书馆，保存图籍只是其功能中的一项，而非全部。1897 年北京通艺学堂最早用图书馆之名并制定章程，图书馆的称呼在中国至今刚好 110 周年，而四川省第一个图书馆便是 1912 年四川省立图书馆。当然，由于僻处西南，和任何其他文化项目的情形一样，民国时期四川省的图书馆并不发达，与全国相比尚有差距。但就是这样的差距，也可见出难得的欣欣向荣之势。现在我们从几方面来看，民国时期四川图书馆界在许多方面的努力，来对比一下今天四川的图书馆为什么在许多方面让我们纳税人不满意。

一、图书馆管理者构成

一个机构的管理者，其管理理念、管理之人选，都可以显示出该机构何以如此而非如彼的实质。因为许多机构，事在人为。进而言之，管理之理念，是由管理制度及人选之确定而决定的。图书馆管理制度太多，我们只说两项，窥一斑而见全豹。一是图书馆的董事会管理制度，二是馆长的任命。

民国时期四川图书馆的管理设置，不论国立、公立还是私立，和全国其他图书馆一样，都是由著名的学者、社会贤达、军政要人等联合组成管理委员会或者董事会，由管理委员会或者董事会任命馆长。如 1945 年 5 月国民党第六次代表大会在重庆通过成立罗斯福图书馆，以纪念罗斯福二战时业绩的决议。1946 年 7 月成立的筹备委员会由教育部部长朱家骅兼任主任委员，由部聘之张群、朱家骅、翁文灏、王世杰、陈立夫、蒋梦麟、蒋廷黻、胡适、傅斯年、吴有训、袁同礼、蒋复璁为委员，严文郁为秘书，负责直接的筹备工作。为了显示其四川本身的力量，吸纳四川本地人参与管理，10 月并增聘张笃伦、朱叔痴、朱必谦、向传义、龙文治、胡子昂、张洪沅、卢作孚、晏阳初、严文郁为委员，无论从全国的委员还是四川的委员，都可谓彼时文化及军政界的一时之选，非滥伍尸位之辈可比。馆长之产生需得他们中大多数之推荐和选举认可，方能上任，不能搞独裁专断，更不可能变成一党一派之私产。

1927 年根据《四川图书馆委员会简章》之规定，四川图书馆委员会由 3 ~ 5 人组成，馆长为委员，其他委员由市政公所指派和聘请富于图书馆学识者担任，每周开会一次，讨论馆内应该兴革之事件，馆长不得一人独断。1928 年四川图书馆更名为成都市立图书馆。1938 年四川省教育厅成立以蒋复璁、沈祖荣、刘国钧等 15 人为省立图书馆筹设委员会常务委员。蒋、沈、刘尤其后二位，都是 20 世纪中国著名的图书馆学专家。而卢作孚所办的私立北碚图书馆，自从1928年开馆（开始名之曰峡区图书馆），取得不俗的成绩。1945年卢作孚将北碚管理局民众图书馆、西部科学院图书馆、民生公司图书馆这几个他一手创办的图书馆合起来成立“北碚图书馆”，北碚图书馆理事会选出晏阳初、卢作孚、卢子英、袁守和、杨家骆、何北衡、郑璧成、何廼仁、陈可忠、卫挺生、熊明甫、李庚扬等15人为理事，晏阳初为理事长，聘请张从吾为馆长，这些人一为社会名流贤达，二为专门家如教育家晏阳初、图书馆专家杨家骆，三为民生公司关心文化发展之高级领导。到如今为止北碚图书馆已发展为上百万册的著名图书馆，卢作孚先生开辟草莱并使其发展壮大，居功至伟，让我们永世不忘。当然，民国时期图书馆的管理方式尤其值得纪念，只有这样良好的有制约的管理方式，才可能避免购书之乱吃回扣，买书质量之受学者名流的监督，在保证质量的情况下能够获得购书之自由，并不因为任何党派的不同而干扰购书之自由。与此同时，可以有效地保证所进之人员，不因党派与思想的差异而有所歧视，只要热爱图书馆工作，勤于职守，钻研业务，便可得到相当之重用。

没有好的制度之选择，不可能有好的馆长，没有真正热爱图书馆建设之馆长，就不可能有好的图书馆工作人员。因此才有可能出现一些图书馆的书籍随便流落到市场上——有一些图书馆内部的工作人员与旧书商之间勾兑倒腾出来的——三年前我曾收到两册20世纪著名的图书馆专家杜定友先生所写的书《图书馆通论》（1928年7月再版）、《图书馆学概论》（1935年6月二版），上面盖有“四川省立图书馆藏”的印章，大抵是现在的四川省图书馆因为好书过剩，剔旧注销（但没有注销章），清扫出门被我捡回来的吧。

二、民国图书馆馆长

民国时期的许多图书馆馆长，乃至省立图书馆，都不一定是官方任命的。但即便是官方任命的，也不一定具有官方背景，更不可能一定是国民党党员，许多图书馆馆长与国民党没有任何关系。图书馆馆长的任命有几种：一是董事会任命，二是委员会任命，三是教育部或者教育厅任命。但无论任命谁，有一定的学问声名及社会威望，是一人担任图书馆馆长所必需的，否则会被认为滥竽充数，而遭传媒及社会各界的抨击。如北京图书馆的前身，其馆长分别有缪荃孙、江翰、夏曾佑、梁启超、李四光（副馆长）、马叙伦、丁文江（未到任）、袁同礼、蔡元培、周作人、王重民等，无一不是著名的学者及与文化建设深有瓜葛的专家，绝无苟且之人入选。至于馆务委员包括委员长陈垣、傅增湘、胡适、任鸿隽、马裕藻、傅斯年、赵万里等也是当仁不让的一时之选。地方图书馆如浙江任馆长者有俞陛云、钱恂；安徽图书馆馆长有邓以蛰、陈东原、李辛白、蒋元卿等，真可谓一时俊彦硕学，指不胜屈。

民国时于四川当过图书馆馆长的名家学者有祝彦和（著名学者赵少咸之师）、蒙文通，著名社会教育家、实业家卢作孚。1924 年，卢作孚先生任成都通俗教育馆馆长，下设博物、体育、图书等部，其中图书又分成人图书馆和儿童阅览室。1941 年蒙文通先生任四川省图书馆馆长，但这里我主要讲第一任四川省立图书馆馆长林山腴（思进）的事。林山腴这个图书馆馆长是自封自认的，他自认馆长，得到大家的认可，当然有他自己的本领。一来他本是四川近现代有名的学者与诗人，与川中乃至全国文化界诸位硕学耆老都有往还，酬诗唱和，如陈衍、廖平、李拔可、傅增湘、赵熙、刘师培、庞石帚、胡先骕、陈寅恪、邓镕、吴虞、赵少咸、张大千、黄宾虹、李思纯、曾孝谷、杨沧白、蒲殿俊、向楚、唐迪风（唐君毅之父）、向宗鲁、刘咸炘、谢稚柳、龙榆生、商衍鎏、闻在宥、董寿平、李源澄等，本身可以从侧面证明他的地位；二是他热心乡邦文献之搜罗编纂与公益事业。他修纂之《华阳县志》在有关华阳与成都的修志史上有比较重要的地位；三则他一生都在教育文化事业上奋斗，在四川大学等学校教书，门生故旧不少，因此他当图书馆馆长有相当之资历与文化资源之储备。林思进从1912年上任到1918年结束七年间，筚路蓝缕，连图书馆的80株松树，都是他亲率手下人所植，故号八十松馆。林思进对四川省图书馆之倾尽心力，不可胜数，《吴虞日记》里有数次于图书馆过访林山腴的记载，可见其公务之勤勉。

主馆两年后，1914年林山腴便在《四川省图书馆书目序》里说："而此图书馆，则仅于两年前拓地建楼，草创经始，坊刻石印，略具椎轮，而经费亦复有限。及予继事承乏，凡力之所能及者，无不多方采购，一年之间，始渐得海内官本私家精刻，都凡有书若干卷。虽未能如江南京师之备，严氏唐氏之精，然亦可以备一特之寻绎。使斸以岁月，更肆搜求，安见吾蜀之书，不骎骎日臻备哉。至于外国图书，将俟购备略多，别为部居，以便观览。"七年间，四川省图书馆"聚书累二十万余卷，都为目十五卷"（《清寂堂集》之《贲园书库记》，以下林诗文出处同），可谓洋洋大观，为吾蜀近现代文化建设做出了卓越的贡献。可惜后任者未能将这15卷的书目印出来，不知此目录尚存天壤间否？若是散佚，真是对四川省图书馆早期藏书研究的一个损失。对1949年后归入四川省图书馆古籍特藏部的贲园书库，1923年林山腴也曾作文以记之。一来贲园书库的主人严雁峰是他老师，二来其子严谷孙也是大藏书家，与文化界各种人士多所往还。林山腴在文章中批评了那种只知藏而不知读的鄙陋之人，“孤本蠹编，贻讥康瓠，不能读书者，并依托自壮，侈然竞号藏书，流俗无识，一概相量，此某所为太息痛恨。”（《赍园书库记》）我认为他这个批评，不仅对那些不读书而妄称藏书家的人，可谓一语中的，就是面对众多书籍却不读书的图书馆管理人员，未始不是一种非常到位的讽刺。

由于对四川省图书馆倾注了不少的心力，在离去之后，每次路过图书馆时，林山腴都不胜依恋之情。而且在图书馆的园丁送来松枝梅花的时候，总是记起那些开辟草莱的岁月。“编校曾劳汗简青，谁从虚馆问图经。忽看梅蕊争蛾绿，更喜松枝长凤翎。点缀岁华成故事，殷勤剪送谢园丁。十年种溉知何意，犹及新春对画屏。”（《图书馆旧时园丁，腊日遣送梅花松枝，皆昔年手植也》）“绿芜遮径砌封苔，旧迹重寻七载来，手种松树真偃盖，眼看万卷欲成灰。评茶词社归星散，倚槛危楼坐雨开。惟有隔墙金碧影，重重闲馆映珍台。”（《过图书馆感旧偶题》）1924年川内军阀争斗不已，内乱方殷，林山腴路过自己亲手将其发展壮大的图书馆，树木扶疏，“眼看万卷欲成灰”，内心的伤痛，岂是言语所能形容？何况1917年他与宋育仁、赵熙等所组成的丁巳词社，于此同赋《黛黛花词》，瞬忽七载，人物星散，岂能无感？

三、私立图书馆

一个社会没有私人空间是很恐怖的事，那就意味着我们会是玻璃人，容易被抓住把柄并受到不必要的伤害。同理，我们的社会生活如果没有个人作为自然人与法人的参与，没有私营资本在其间运作，没有私有财产的保证，也是很可怕的事。我们用了半个世纪来做活体实验，许多人成了其中的祭品，证明了人没有私有财产，人无恒产则无恒心，更无生活的安全感，而且也没有对未来生活的理性预期。没有对未来生活的预期，面对未来的不可控性，就像动物不知下一餐去哪里找一样，那是个令人心力交瘁的慢性自杀过程。

根据《四川省图书馆事业志》之记载，民国时四川私立图书馆有 19 所，加上多为私人办的阅报处（早期的私人图书馆）10 处，应该可称之为有 29 所（处）。无论从数量与质量上来看，四川省的 29 所（处）私立图书馆，都无法与江南诸省、京畿地区相比，其差距是明显的。但上述统计数字中却不包括与卢作孚先生深有瓜葛的许多图书馆事业。1932 年夏天民生轮船公司创建书报阅览室，1934 年扩建民生公司图书馆，在所有民生公司轮船上——民意、民生、民主、民宪等 13 条船——都辟图书阅览处，购置小说、图画、游记、地图等书籍供旅客查阅。但一个国家有没有私立图书馆，究竟是大不相同的。有私立图书馆不仅可以给公立图书馆一定的竞争压力，也给民众多一种选择，更可以让民众为传播与学习知识自我做主。对于获取信息，进购什么书来作为留藏，并使之传诸久远，都是民众私人自己的事，从而可以免除思想上受公立图书馆约束的弊端，对培养民间思想的勃郁发展，是有相当之好处的。我们习得知识，传播文化，切不可小看此种获得及传播知识与思想之自由，这样的自由弥足珍视，只有这样的自由获得你才可不被意识形态的主流说法所阉割。民国时期连辟处营山和南川都有私立图书馆，前者为军人邓锡侯 1926 年捐办的晋康图书馆，后者为南川县旅京、津、沪学生发起成立的南川仁社图书馆，对当时当地的文化建设与人才之兴起，起到了其他传播媒介不可替代之作用。

至于卢作孚先生的努力所建成之北碚图书馆，可以看作是民国时期私立图书馆的典范之一。卢作孚先生早年投身教育，关注民生，着意社会改良。应杨森之请，卢作孚于1924年任成都通俗教育馆馆长，加意于图书馆及儿童图书室的建设。同年他在《四川的新生命》一文中提出改良四川公务员的数条意见，分成三大部分：机关生活、政治设施、人员训练，其中机关生活之第二条便是“读书”，读书之下，他探讨了“图书室和所需设备”、“读书会”、“演讲会”。读书会与演讲会，我们先搁置勿论，单说“图书室和所须设备一项”，在他看来对改良四川公务员之作用，便是不可小视。其内容如次：“1、必须参考的图书：关于政治的、经济的、教育的、身心修养的和其他问题的；2、须有可容全体职员列席读书之席次。”（《卢作孚文集》，北京大学出版社2004年，P31）在公务员制度的改良中，也包括要建立能让公务员阅读之图书馆室及相关设备，这样的理念，即使放在当今，也既合继续教育与终身教育的国际理念，亦切中社会教育之弊。

对教育、图书馆、博物馆等社会公益事业的支持与热爱，贯穿着大实业家卢作孚的一生。像这样的一代伟人，整个中国数不出十个，但可惜的是，如今许多人不知晓卢先生终身不懈之努力。卢作孚成立民生轮船公司以后，他成立民生公司各船上的阅览室，同时成立民生公司图书馆。1928年5月27日卢作孚先生在北碚关庙用几间小屋办起了“峡区图书馆”，这便是后来著名的北碚图书馆——中间几度易名易地——的肇始。1930年10月卢作孚邀集重庆的科学、学术机关的一批学者、名流等在创建一个民办的科学研究单位——中国西部科学院，并在该院附设一个图书馆。在各项事业非常忙碌的过程中，卢作孚依旧对图书馆的建设萦系于心。他不仅于1931年7月16日在《嘉陵江日报》上发表《峡区图书馆夏令读书会征求会员》一文，以引起更多的人关注和使用峡区图书馆，而且于两年后的 1933 年 4 月 6 日在有关图书馆问题上的一份批示，极为真切地展示了卢作孚先生一贯对图书馆的重视："图书馆唐明镜报告为了垦殖计划供给若干图书，这是图书馆必须有的活动，图书馆应时时刻刻寻求各种事业的问题，而供给以参考必需的图书。"卢先生办图书馆的理念，是为着实用，为着下层人士之获得知识与启蒙，学会实用之目的，不仅为高深学问。故为了垦殖计划需书若干，他特地批示一番，以显其图书馆理念，在不废高深之学问的同时（中国西部科学院图书馆肯定有许多书籍是为研究高深学问而配备的），更倾向于向实用与底层倾斜。

抗战时期，百事忙碌，战祸蔓延，民生凋敝，即使在如此艰辛之境况下，卢作孚先生对图书馆的建设，也未尝稍息。此时，卢先生将峡区图书馆与中国西部科学院图书馆等合成"北碚民众图书馆"，联合北碚各机关、学校等机关共同协作，共同编成《联合目录》，以实现资源共享。到了战后 1945 年 11 月 13 日，卢作孚先生将中国西部科学院图书馆、北碚管理局民众图书馆、民生公司图书馆完全合在一起，最终形成北碚图书馆，在众多理事推举下，聘请张从吾为馆长，使得图书馆形成办公、书库、图书阅览（包括期刊、杂志）、儿童阅览室等规模，到 1949 年 1 月接纳北泉公园图书馆全部的藏书和业务，年末统计北碚图书馆共有藏书 24 万多册，其中包含不少珍稀文史资料（参见江鸿、郭昭华《卢作孚先生与北碚图书馆》）。在民国像卢作孚这样建有图书馆的著名实业家尚有张謇、范旭东（赠建静生生物研究所），这三人是对中国近现代商业、工业做出杰出贡献且又用深重教育、文化建设的卓越人物，放眼当今大陆，有谁能臻此种垂诸万世而不朽的境界？

四、购书与阅读之自由

馆务中购书之自由与阅读之自由，是一枚硬币的两面，前者涉及图书馆馆务之不受政治之干涉，后者涉及读者借书与阅读权利的保障。没有购书之自由，读者的选择就受到限制，便没有真正的阅读自由。当然，这不是说购书之自由不受一般之约束，而是说不受意识形态之钳制。民国图书馆经费使用的规划，使得书籍采购很难像今日一般作为吃回扣之具，因为有许多过硬之规章制约，人们比较难钻空子。

郭锡龙主编的《图书馆暨有关书刊管理法规汇览》（中国政法大学出版社 1995 年 6 月版）是目前国内与图书馆有关的法规资料大全，遍览民国时期的图书馆法规，没有在国民党领导下，学习三民主义以助图书馆管理之说。各种图书馆的管理章程可谓大同小异，但在馆长任命、馆员的招聘、图书采购方面都有相当之自由，均由图书馆委员会或者董事会决定。此处单说图籍之采购，由于四川省内图书馆的图籍采购，其采用之章程与北京的图书馆并无不同，因此用北京图书馆的图书采购审查作为观察四川省内图书馆采购之方法。如《国立北平图书馆委员会组织大纲》中第三条，本委员会之职权中有“推荐馆长及副馆长之人选于教育部及董事会”、“审核图书馆之预算决算”、“审查馆长推荐之职员”。不仅限定馆长之聘任，同时制约了馆长在财权与人事权上滥用职权之可能。而国立北平图书馆委员会下设购书委员会和建筑委员会。购书委员会委员有任叔永、陈援庵、陈寅恪、丁在君、傅孟真、胡步曾、叶企孙七人。这七人可以说是 20 世纪中国人文社会科学与自然科学中的杰出人物，由这样的人对购书提出参考意见并且审查其购书事宜，其质量之保障，当无可置疑。但这些人大多是身具英美背景的自由主义知识分子，他们对于一般之购书并不会干涉太多，但保证质量却有着非同寻常的保险系数，即每一学科的最高最新研究成果，必能在图书馆里得到比较好的反映，避免遗珠之恨。

民国时的馆长及购书委员会之成员，不一定都是国民党党员，所以他们购书没有意识形态之藩篱，更没有限制反动书籍一说。1939年国立北平图书馆馆长袁同礼接见周恩来派来的人，吸收中共出版书籍，从无什么人干涉（见杨宝华、韩德昌编《中国省市图书馆概况：1919—1949》）。这就说明民国时的图书馆购书自由是得到相当的保障的，这和北大1948年北京大学五十周年庆的时候，还展览千多册“赤匪”文献，以供师生研究，开阔眼界之用，是同一道理。没有购书之意识形态限制，便给读者提供了更多的可能与选择，使他们在真正的知识海洋里自我学习、吸收、采择、批判、接受，而不是由他人代劳，先行骟掉所谓可疑的思想，嚼别人吃过的馍馍，使自己的头脑变成他人预设的所谓正确思想的跑马场。凡是从民国过来的人，都有这样的经历，一是图书馆里可以读到异端书籍，二是不少书店都在出售与当局主流意见相左的著作，大家习以为常，不以为怪。以至于1945年9月，抗战刚胜利，为了抵制国民党的图书审查制度，温和的叶圣陶先生发起了“永远不要图书审查制度”的活动，“九月七日，重庆《东方杂志》、《新中华》、《中学生》等八种杂志抗议国民党的图书审查制度，决定不再送稿审查，成都得讯后，各报馆、通讯社、杂志社纷纷响应，叶圣陶代表17个文化团体起草《成都十七个文化团体致重庆杂志界的一封公开信》。9日，叶圣陶为成都言论界起草宣言《我们永远不要图书审查制度》。”（商金林主编《叶圣陶年谱》）

有了买书之自由，还应有所有读者平等获取知识的自由。除了珍本、善本有一定的借阅限制外，公共图书馆理应将所有书籍，不分任何条件地公平借阅，让所有读者有阅读这些书籍的权利。即你不能因为他是农民就不借给他，同样地，你不能因为他借阅的是与当局相抵牾的书籍而拒绝借予他。众所周知，没有不设阅读门槛的图书馆，根本就不可能有毛泽东的自学生涯。要是遇到现在，他到湖南省图书馆去阅读异端乃至反动书籍的概率无限接近于零，甚至有可能被举报而遭逮捕。没有图书馆也不可能有列宁，列宁一生足迹遍及 50 多所国内外图书馆，即便 1895 年在监狱里，也能天天去借阅自己想要的书籍。如果没有免费的大英博物馆，贫穷的马克思根本就不可能写出大部头的《资本论》，孙中山在英国被清廷追查，清廷派密探查他的行止，密探赖特说，他每天几乎都有规律地到大英博物馆待七八个小时，可见大英博物馆对任何人都是免费的。图书馆是一所没有围墙的社会学校。对马克思、列宁、孙中山、毛泽东如何评价是另外一个问题，但他们能获得不受歧视地寻求人类知识的权利，这才是最重要的。凡是从民国求学过来的人，无不对过去的图书馆抱有好感。李怀宇《访问历史》一书中记载了何兆武、资中筠、陈乐民、何满子所经历的中外图书馆，尤其是对民国时期图书馆的借阅经历留下了良好的印象，正好可以作为今日门难进、脸难看、服务差、滥收费、限制读的图书馆，作一药石针砭。

2007 年 11 月 12 ~ 13 日于成都

民生公司职员六十年前的日记

一周甲前的旧事，早已淡出我们的日常生活，但有些事并不随时间的迁移而湮没不彰，如卢作孚先生领导的民生公司所创造的非凡业绩，尤其是他的精神和思想的长远影响，更是如此。民生公司在中国近现代航运及相关商业事业里的影响，现在逐步得到有识之士的关注和研究。虽然研究得不能说是多么深入，但总算有了一个良好的开端。现在是从大而无当的议论中抽身出来，做些历史细节的打捞工作的时候了，以期在历史的细部里无限接近卢作孚先生一生伟大努力之一斑。

20 年来，每个星期天我都会到成都旧书市场搜旧书及相关杂件，收获颇丰。2004 年 12 月 26 日在成都古玩市场五楼旧书摊，从一重庆书贩手中购得二册民生公司职员何现伦的日记——何的同事送其笔记本时署名为何宪伦，但通观日记，因其兄弟、朋友与其通信和打电报，均用的是何现伦，故疑以此名为确——因其有一册写于 1945 年而作为抗战日记卖，故喊价千元，而不能再降，我即购下。

因家中所收的各种日记、家谱等甚夥，加以手中要写的东西亦相当的多，所以还没读它的念头和时间。但近来频接赵晓铃大姐所寄之《卢作孚研究》杂志，阅后深感卢作孚先生的伟大，后学当思为其思想之传播，让更多的人知晓他不凡的业绩，略尽绵薄。故终于下定决心，抽出一周时间，专门读毕此二册日记。现将与民生公司有关的内容条列如次，供诸位对卢作孚先生的名山事业有兴趣者酌参。

一、日记及其作者

日记作者何现伦，生于1916年（据1945年2月20日的日记推算出）农历九月二十五日（据1945年10月30日的日记），成都邛崃乡下人（离邛崃走路一个多钟头，咫尺之遥有一座名刹叫高唐寺）。如至今还健在的话，应是九十高龄的老人了。他高中毕业，因家贫未能晋学，1937年进入民生轮船公司。他日记中记载1937年曾有三个月在北碚培训学习（1945年7月7日的日记里说："今天是抗战的第八周年纪念了。我记得二十六年的今天，我还在北碚受训"），因我手中只有1945年和1947年两册日记，不知他开始进民生公司在哪个部门。但此二册日记里表明他在民生公司电讯课(1945年9月7日有其弟何现邦从贵州清镇县炮十二团二营七年发来的电报内容为证)，是译电员（最早记载是1945年1月14日的日记："是日值班，工作都还很少，只有二十多份平常电报，没有其他的急报，因此我也没有抄出去"）。1945年5月14日，他在四十天病愈后归来，言及他所在课与他课的不同性质时，他说道："初初摸倒，一定一点都不懂的。不管任何初调来时，起马（码）要作半年，或者三个月以内，方能晓得一点门径。因为此项工作，说起来很简单，实际也很简单，不过横竖要用脑筋岩记（川语，意为“死记”——冉注），把它变换得过，也就对了的。”

战时他住在施家河宿舍，每天过河到朝天门来上班。“昨夜回宿舍去，见门上悬的牌：‘近来天气炎热，水夫有限，同仁增加，用水每日有不敷之感，现时从（重——冉注，以下错别字径改、脱衍字径添于括弧内，不再另行说明）规定每日沐浴时间上午六时至八时，午后七时至十时，每人配热水两桶，先在门口登记，然后依次（秩）序入室’等语。我见到这样的牌告，真是奇怪。自从在施家河宿舍以来，已经将届三年，没发生这样的现象，惟今年才有这样的情形，大约是职员增加很多，挑水夫没有增加，却（确）实是真的。依我看来，去年，只有五个宿舍，今年添了两个，另外还有游艺室也作为寝室，当然是人数大增。”（1945 年 5 月 20 日）

尽管他与本课的同事关系都不错，但他的好朋友大多是与他同宿舍其他课的，如轮机课的李震寰（他常叫平安，大约是表字，双流人）、田村若（1947 年已拿到二管轮执照，何现伦 1947 年 11 月 19 日的日记说，“不到四十岁，可以升轮机长”）以及其他课的楚萍（战后调南京，赤水人）、张大麟（双流人）等。何现伦那时已近 30 岁，但尚未有意中人，交往的姑娘有双流人程雪儒（南温泉西南学院读书）、隆昌人李咏絮（南坪镇中川国民学校教书）、李嘉柳（北碚儿童福利实验区教书）姐妹等，但都只是寻常之交。他家贫，且挑剔，故三十上下尚未婚配，常惹得父母有所责备。但何现伦重友谊、尚亲情，对父母颇有孝心，且其弟何现邦（包括他弟弟私自参军，即将退役而生病的一大笔药费）、侄子何光洲二位读书费用的绝大部分都是他所出，因此他常东拉西借，有时对公司稍有拖欠薪水，常怀埋怨之辞。

这两册日记均系硬面抄，1945 年为“新生日记”，每页均有蒋介石的语录，他在当年的卷头语上说这本日记花费了 1500 元。1947 年的日记为他好友李平安赠送，上毛笔题署为：“宪伦惠存　生活精华　平安敬赠　卅六年元旦”。两册日记均钢笔书写，字迹细小娟秀，颇有练家子的味道。日记内容涉及生活的各个方面，每天字数有六七百字左右——除了因日记的页数不够未记的几日外，从不断期——内容驳杂丰富，其中许多涉及彼时时政、社会风气及习俗、物价气候、航运及公路运输、商业百物、公园及影院、街道河流、大中小学教育、音乐及合唱团（如聚兴诚银行组织的聚星合唱团）等，两册有近 40 万字，非一篇文章所能面面俱到。何现伦极爱看电影，如《八千里路云和月》、《出水芙蓉》、《复活》、《遥远的爱》、《歌舞天堂》等，他均看过，同时每天读报不辍，且爱看书。这些虽是私事，但事涉民生公司的读书风气，所以会设专题来论及。

二、读书及《观察》杂志

对于求知，何现伦的兴趣广泛，业余常看电影看戏看画展。有一次他到励志社去参观画展，也是第一次看西洋油画。“这次的展览，完全属于西洋式，绘得真好。”他看见一幅关于嘉陵江的油画，“见那些船夫用他们的劲，推着那笨重的船。两岸洗衣的女子，手拿着杵捣衣。从峡里出来的汽划子，跑得很快似的，浪子浪得很高，好像还比天然的人还要好些，由（尤）其远景最好。”（1945 年 1 月 9 日）至于看电影看戏就更是多到不烦枚举的地步。单说他在 1945 年 1 月 21 日去看美国电影《歌舞天堂》的感受，他说美国的片子场面伟大，色彩艳丽，在影戏方面，美国应该算世界第一。“苏联的片子，我也看到过，与美国制造的东西，是差得太远。我们由他们制的所谓五彩，那苏联的五彩，简直太不成话，而场面差得太远了。苏联的片子，差不多都是抗战宣传品。去年我记得国泰也演过几次苏联的影片，纯属抗战宣传品，他们也要作为（电影）卖钱，简直太成笑柄。”

何现伦每天读的报纸是《大公报》，这也与当时《大公报》的影响力、它对官方和民间比较客观公正的态度，以及受民众欢迎的程度相匹配。1945 年 3 月 12 日《大公报》发表一封读者来信批评“植树节”的形式主义，何现伦深表赞同。“将（系川语，意为“刚”）把午饭吃过后，……这时我在看着今天的《大公报》。每天我都借这个空闲的时候，下办公室这一点钟的时间来看它，差不多每天我都不荒废的。”（1945 年 3 月 19 日）读《大公报》多了以后，何现伦便发现还可以将自己的意见投书于该报，以抒己见。1945 年 5 月 10 日他在菜市场里看到一位蛮横地以低价买一位老大娘菜的警察，大娘不允，最后他竟然唤同伴来将卖菜的大娘拖进警局。何现伦在该天日记里评论道：“中国今天闹民主，明天闹民主，就是这些盲目的东西胡闹，在外估吃霸赊，简直不成话”，“上午把笔记写起，还写了一篇我所看不过的事情给《大公报》馆，请它登露（载）出来，以张社会人士的评论那些横行无耻、恶吃霸赊的东西。而文章的措辞虽不十分妙，可是对他们那种不要脸的形容，是写够的。我想《大公报》馆定能登出吧。”（1945 年 5 月 11 日）何现伦的正义之心，似乎并没有得到《大公报》的热烈回应，或许是这事的典型性不足以打动《大公报》吧，总之在他的日记未见后续记载。但从中可以看出像何现伦这样热爱看书报的风气，在民生公司之蔚成风气。

何现伦由于收入不多，常逛旧书摊，常逛的就有米亭子旧书摊。“我昨天去到米亭子去问那些旧书店里，只有那一部《中国医学词典》，其价值要一万二千元，上下册，有八成新。”（1945 年 3 月 9 日）“一个人没有事，在米亭子书摊上转玩，其意是想购一部残书，看了好几个旧摊子都没有采购到。残书本很多，不适用多，鬼打架的小说就多得很，那是适宜于低级看书人的。”这说明何现伦虽是个一般的职员，但对自己的读书趣味是颇自负的。同时他看到一位中学教师在旧推子上想将以前用过的教科书卖给摊主，“我看他表面，上面穿了一件稍干净的外长衫，里内的衣服就不可形容。同时有些旧书摊子的老板娘还要讥笑他。我在侧面（指旁边——冉注）看到，真同情他，这就是读书人，打滥仗（指生活穷酸、不如意——冉注）。”（1947 年 1 月 12 日）寇氛刚息，内战方殷，百物腾贵，像这样“打滥仗”的读书人并不是个别现象，“在书店里去看看，这些看白书的人，特别的多，好像每家书店里都拥挤得很……这些看书的，是不买书的”，但“他们并不是起心要看白书，我想他们的心里，是非常的难过！这一批人员，不是一些穷公务人员，便是一些教书匠，他们何以买不起书呢？这都是内战把他们拖穷了！”（1947 年 1 月 29 日）

不只是“内战把他们拖穷了”，就是何现伦这种薪金与普通公务员和教师相比较高的名企职工，也因物价飞涨，只有到书店白看揩油书了。“在各书店里，东顾西顾地看了一阵揩油书，各书所订之价很高，购买力很薄，所以像我看揩油书的也不少”，“最近出版的新书，很不少，许多值得看，可是，只有对它叹息！它的定价高了吗？并不高，像这样的物价，很合宜它的价值。只怪经济崩溃的前夕，物价稳不住……而书店里所购买书的，又大多是公教人员，因此每个书店里，只看到看揩油书的。”（1947 年 9 月 21 日）当然何现伦毕竟比许多人的收入稍好一些，并不只看“揩油书”。“我的打算，每天只要没有事，就多多的看一点书和报纸关于新的智识，是宜应该多懂得一点。因此我每个月的预算，不管怎样紧火（意谓紧张——冉注），都得抽出五万元来作为购书及杂志报章这一类的东西，等于在零食上少吃一点就在其中去了”，“……本来五万元，也买不到一个所以然的东西，除付了报费三万外，其余只剩二万元，现在书本非常的贵……起码一本书都要值几千元”（1947 年 9 月 15 日）。这样的价格在非常时期，的确只能让人望书兴叹。

储安平主办的《观察》杂志，在中国新闻言论史上的地位，无疑是极其重要的，在彼时也是极受读者欢迎的。何现伦写道：“‘观察’这个杂志，我非常兴（欣）赏它，因为它的言论很有许多精彩的地方，实在直爽，敢说敢写，这才是掘（促）成民主的现实，真是人民的喉舌。它的执笔者，都是知名的学者，与社会名流，大学教授，主编是复旦大学教授储安平先生，他的言论更爽直，开口大骂，恰恰说到现政府的痛处！这一本每期不到七八页（原文如此，疑有误——冉注）的小册子，现在都四千多元一本，真吓人！”（1947 年 9 月 15 日）尽管《观察》杂志也很昂贵，但何现伦对它的热爱，未有丝毫稍减。有时宿舍停电，他还要点起蜡烛看一看它，才再睡觉。“静静地躺在床上，手拿‘观察’三卷第八期，看一篇‘西安一片漆黑’，不禁使（我）想到，这些人真的不讲理乱干起来了，实在不成一个世界了。他们这些人民，手无寸铁，都是真心真意的为着一群可怜的国人，无天日可见，所以才站起来说两句话，然而都不允许，给他们致命的打击，未免太狠毒了。”（1947 年 10 月 24 日）但好景不长，让何现伦可意的《观察》杂志也终于要走到了它的尽头，“最近也没有看什么书，只是看着一种杂志‘观察’，一期一期的正看得非常有劲，乍然在报纸上看到要‘停刊’了，很使我失望，给读者一大损失！不免惹起我内心的抗议，出版的不自由，言论不自由，还天天在高唱‘宪政’，我看快到了，寿命快终了。”（1947 年 11 月 14 日）何现伦的愤怒是有理由的，预言也是准确的，但这个“寿命快终了”的政权后，是什么样的未来在等着他和他的同胞们，哪怕他再怎么大胆地想象和“观察”，或许此时尚不能看个明白吧。

三、民生公司及青年馆的演讲

“我想，每个人，不管穷与富，都同样地受合理的教育，任他们的脑筋自由发展，那么世界不知要变成怎样的伟大的世界。”（1947 年 9 月 30 日）何现伦这样一位小职员的话语，恐怕会让 1949 年后那些自称是或者被封为教育家的人汗颜。演讲当然算不得正规的教育，但这教育未必不“合理”。民生公司常请全国各地著名的人物来公司做演讲，而这些演讲词大抵刊登在《新世界》杂志和《民生公司简讯》上——如张守广编之《卢作孚年谱》就系有 1945 年杨森的演讲和民生公司顾问孙恩三的一次演讲——如果有人将其中的精粹择选出来出版，那一定是本不错的书，我相信至今仍有其不可磨灭之价值。不仅是演讲讲得有水平，有前瞻性，同时也可照鉴出民生公司对职员的教育培训和文化建设之一斑。

我手上这两册日记，记录各种演讲的几乎是 1945 年这一册，而 1947 年则很少有演讲。这不是说民生公司的文化建设和职工教育就停止了，而是因为演讲者大多东归到了南京、上海或者北上回返京、津二地——许多文化机构如大学、出版社、研究所纷纷复原，迁回南京、北京等地，其中那些著名的文化人当然也就随之迁走——不会像居住在重庆那样方便。另外，还有一个很重要的原因，就是内战爆发，百物腾贵，民生公司的收入也左支右绌，因此比较难得从外面聘请人来做演讲。这两个原因，当然是我的臆揣，不过或许虽不中，亦不远。民生公司的演讲一般都是固定在周三，因为每周三是民生公司的周会日，颇类学校里每周一纪念孙中山的纪念周之设置。但也有因演讲人临时到来或者变更而临时有所调整的，如杨森的演讲就在周四。其他非周三而在周日的演讲，均是作者与好朋友到青年馆所听之演讲，演讲者计有梁寒操等人。下面按日期先后排列（如无特别说明，演讲年份均指 1945 年）——作者 2 月因春节回邛崃探亲，3 月底至 5 月中旬前因病住仁济医院，故这期间的演讲他未有记录——将各次演讲在日记里的记录略述一二。

1 月 11 日杨森演讲。杨森与卢作孚及民生公司的关系渊源很深。“他今天首先讲的，于民生公司的关系，然后才讲他在前线的经过。他讲到民生公司的起因。他在泸县时，卢作孚在那儿教书，就给他上一条呈，说现在的教育要如何改革。他看，此人还不错，传来见面，果然谈得条条有理，因此也就重用他。随后也就依随他东奔西跑（比如杨主政成都，卢也就到成都，在今人民公园办通俗教育馆等——冉注）。卢也就见他运气差点，就自告职，多去建设事业，也就创造了民生公司。在受到困难的时候，他也帮了些忙，而造成今天的民生公司。”这个记录是比较能传声口、比较有现场感的，“卢也就见他运气差点”，杨森说这话时一定是笑着讲的，现场也一定有笑声，让我们能够模拟演讲场景。这与 1945 年 1 月 15 日《民生公司简讯》上所刊登的杨森的演讲内容是差不多的。

作为第九战区副令官的杨森，刚从前方转来，就被民生公司请来作临时的特别演讲，这本身就说明民生公司在军政各界多方的人脉——你看《卢作孚书信集》往还的多是各行各业的一时之选，你也就可以看到民生公司在国内的影响以及卢作孚在社会上转圜的功夫。何现伦继续说道："他的精神，他的体魄，我们都应仿效，他虽五十多岁，然而他的面容像三十多岁的人"，"他不但是一位军人，而且还是一位建设家，他过去在川里时，任随驻在哪个地方，都讲求建设。他所驻过的，如像万县、泸县、成都等地，无一没有他的功绩。可见他对于建设方面很讲求的。自从战争一起，他首先领导川军出川杀敌，后来屡战屡转而达湘北(湖南之北)，他的战绩很不错，已得到政府的重用"。何现伦的评价，与 1949 年后大陆对杨森的评价很不相同。我们不能说何现伦的评价就一定公允，但这是民国一位普通职员的看法，我们需要多种说法，才能得到更近于事实的可能。

1 月 17 日胡焕庸演讲。胡焕庸是地理学家，彼时是中央大学教授，他到民生公司的演讲题目是"世界的经济与战后的中国"。胡先生讲了 18 世纪商业时代西班牙、葡萄牙两国最为强劲；19 世纪工业时代，英法两国最为强劲；现今的国家要天然的物资作基础，如美国。将来在这个世界能够竞争的就是中、美、苏三国，因为这三国地大物博。"中国在这次大战后，只要大家一心一志去实干，将来把那些未成的工业建设起来，如长江中的所谓三峡水电厂。如这个水电厂成立，东可以供给南京，南可以供给桂林，西可以达成都，北可以达太原。有这么大的电厂，面积有好大！完全实行工业化，中国这个国家在世界上，不会弱于哪一国。"看来在三峡上修水电站，从孙中山开始，一直是精英阶层的心结。三峡水电站已然修好，是否那么可爱和有用，恐怕胡先生在天有灵，也未必那么乐观吧。至于单只有工业化，对于一个国家的人民过上美好幸福、自尊体面的生活，其作用都是有限的。

1 月 24 日崔伯敬演讲。崔伯敬系川东税务局局长，没记录演讲题目，演讲内容亦不清楚。何现伦说他说广东口音的北方话，偶尔还夹杂着英文，根本就听不明白。“我想假如他说话的声气好懂的话，他既然是一位留洋生，在官位来说，是一位局长，当然还是会说话的人之一。今天他本来讲很多的话，费了很多神，但懂得的人很少，所以吃力不讨好。”

1 月 31 日魏时珍演讲。魏时珍系李劼人、周太玄、郭沫若的同学，时任川康农工学院院长，由公司总务处副经理刘子园先生介绍，他演讲的题目是“男女就业问题”。魏时珍主张男女平等，但不是工作上的平等，而是机会均等。如一件事情男的干起来胜过女性则由男性干，反之由女性干。当然，他显然没有意识到许多工作需要男女搭配，才干活不累。魏时珍在演讲中说到成都参议会，有女议员七八人，主张所有的女子学校都应由女性来充任，有个男参议员李某起来反对，说古代那些写女性的都是男性，舞台出名的旦角都是男性来演的，所以女校也未必只有女性才能做。何现伦最后说：“我不过是记他讲的一个大概而已。”

3 月 7 日茅盾演讲。何现伦是这样介绍茅盾的：“这个周会，公司请当代的著名小说家沈雁冰（茅盾）先生来演讲，题目是‘如何读小说’。沈先生来得很早，他住家，本来是在童家溪，今晨六时起床，搭公司的划子（四川对小轮船的称呼——冉注）来到重庆。由这个地方来看，沈先生他还是一位很健康的人，我看他的年纪，恐怕有五十岁，然而他的精神是像一位卅岁的人，我们都很佩服他。”但从作者所记录的茅盾关于如何读小说，其见解与一般说法相比，并没有特别新颖之处，故从略而不录。

3 月 11 日梁寒操演讲。这是国民党中央宣传部部长梁寒操星期日在青年馆的演讲。何现伦所有去青年馆的演讲——而且所有青年馆的演讲都在星期日——完全是自发的，这次也不例外。梁寒操演讲的题目是“人生之味”。“讲本都还不错，虽然听是难听（指梁的口音——冉注），可是有些地方，还是可以听到几句。他所讲的话，不好听的原因有几项，第一因为院子大了，人又多，声音总是嘈扎（杂），第二，太去暗了（四川方言，意为“晚了”——冉注），离讲演台太远的坐（座）位，是有点难听。他讲话的姿态还可以，是一位讲话人的象征。”国民党宣传部部长的演讲题目，今天看来倒还是不错的，但是不是“一位讲话人的象征”，我们就无法坐实了。

3 月 21 日马寅初演讲。马寅初不愧是声名卓著的经济学家，很有号召力。他到民生公司去演讲，“虽然昨天没有悬牌招众，今晨早（川语晨早，就是早晨之意——冉注）的人，已今（经）够多了，每一个角落里，都站得满满的。”马寅初演讲的题目是“中国经济界的前途”。他讲道：“中国的工业，在战后，一定要与全世界的工业联合起来。中国所产的东西，无论如何要准出口到外国，外国所产的东西，要销在（与）我国。要这样，世界的安全，才稳定。”这似乎已经涉及贸易的全球化问题了。

5 月 16 日郭沫若演讲。郭沫若的演讲，何现伦说来听讲的人是最多的，“平时任随在（再）有名的人讲演，都好像没有这么多的人，因为郭先生所著的书些，读过的人很多，他能够抓得着青年的心，因此人些都崇拜他，所以今天他来讲，听的人特别的多。”接着何现伦介绍了郭的经历，以及他读过郭氏所著《我的童年》，郭氏在民生公司的演讲题目是“文艺的两条线”。“第一条线，是崇高的，奉上的；第二条线，是从下属的，所谓从低层做起。他举了很多的例子，范围太广……还有他告诉我们这点，应该注意的，就是诗与歌的分别，比如歌的分别‘风萧萧兮易水寒，壮士一去兮不复还’，因为他

（它）其中的兮字在中间，所以为歌；兮字在尾，就是诗，如像‘归去来兮，田园将芜胡不归’这类的，就叫诗。”其实真正的文艺不会是像底层和上层这两条线一样泾渭分明的东西，伟大的作品都表达着人类共同拥有的爱恨情仇，以及人同此心、心同此理的共同经验。或许左翼作家喜欢把世界当作泾渭分明、非黑即白的东西来看吧。

5月23日孙恩三演讲。孙恩三系民生公司的顾问，曾系卢作孚赴美国和加拿大参加国际通商会议的秘书。“孙系美国留学生，故他对美国的风土人情很熟习（悉）。今天他的演讲，很是不错，其中的措词（辞），很得各同事的欢心鼓掌。”由孙的演讲中得知，“卢此次在美国很受美国人欢迎，处处给他很多便利。他说：中国人在美国的，人数也算不少，各样的人都有。所谓政治、经济、教育各方面的人，都聚齐了，可是都不如卢在国外受人欢迎。他又说，他们那些人些，在国外总是去找外国人，而卢此次在外国，总是外国人来找他。由此可见，他在国外之受人爱慕。”这与《民生公司简讯》第798期（1945年5月28日）刊载的孙的演讲，如出一辙。最后何现伦说：“他一个钟头的时间里作一简单之报告，很（可）听出美国的各种机械化，美国的政治，美国的民主，真是宛如亲见似的。”可见孙先生演讲还是生动有趣的，才有可能“宛如亲见”。

6月3日，何现伦与楚萍到青年馆听刚从欧洲回来的邱正欧博士演讲“欧洲此次战争的情形”。何现伦说邱的内容都还不错，可惜没有一张好嘴巴，他特别记下了邱博士的一个观点，他认为这个观点很好。“他说贝当，本来是法奸，人人都知道，应该诛。不过现在只（仔）细研究起来，他不但无罪，反而有功。其原因，他在德国打进马其骆（诺）防线冲进巴黎时，他也降德。他的心理（里）想，如果早降德，还可以保持一部实力，一部那二万万（此处恐不确，法国总人口恐怕现在也没有这么多——冉注）被德国俘虏，可以保存。二，海军还未投降，仍然存在，德国因有此之患，不致（至）于马上经地中海而到北非增援，盟军因此很快就把北非打下。有（由）以上看来，所以他就无罪，所以将来或者有功，于他（加以）赞赏。”这个观点，是否成立，可以探讨、争论，但彼时可以公开演讲此种言论，也应属于学术自由的表现吧。

6 月 17 日与朋友楚萍一起去青年馆，听中央政治学校训导主任王某的演讲。何现伦称此人为“某”而不名，很可以看出他的态度。当天下着很大的雨，但他们风雨无阻地前去听讲，“我们一面走一面说，这就是我们的精神。”何现伦并没写听讲的内容，他只说因雨，去的人很少，临时换楼上图书室演讲，“这个地方是园（圆）形，三面透光，是阅览室。所有听讲的人，将将（川语，意谓“刚好”——冉注）把块小小的屋子坐满，听起来，声音也很清晰。”

7 月 15 日青年馆的演讲变成开团会。何现伦与他朋友楚萍一道去青年馆听演讲，他们走到这里看到悬有讲座的牌，但两边却是宪兵在守卫着，并且不准进去。“问其原因，是青年团开什么纪念会。”恐怕青年馆与青年团应该有什么关联，或许是隶属关系亦未可知。

7 月 25 日卢作孚演讲。因为此演讲涉及卢作孚先生，我把它全文照抄出来，以飨关心和研究卢作孚先生的朋友们：“卢作孚今天在总公司的周会上讲演他在美国的经过。在八时半，他同郑主任秘书一道而来，身着雪白哔叽西服，内衣也是白府绸，鼻烟色的领带，头也梳得光光的，大约都擦有发油。如其没有发油的话，它哪里会亮而发光呢！手上还带（戴）有手表，大约都是美国的东西。他未到美国前，在国内时，随时都身着粗布麻制服装，很朴素的样儿，头也未能梳，很实行新生活似的。可是他此次出国去过一趟，也合国外的潮流，回国来，随时与那些外国人一道东玩西玩的。这就是一个人，随周围的环境而变换。不管他随时说些人要怎样朴素的调子。

他说，他离开公司九个多月，离国有七个多月，回国来已有两个多月了，每天都有很多公司的事分不开。虽然没有空时（闲）随时到公司办公，亦没有把公司的事情丢开，随时都在处理公事。

谈及美国那些国家，是如何的办得好，全国看到的青年，总是戎装，不然即是不合格的。要不就是女青年，很少看到一位男青年在街面上狂（逛）游。可见他们那些国家在战时，是如何鼓励青年服役。同时他们的生产能力，相当的强，可以说全世界都有他们生产的物资。”

何现伦的记述很有意思。是不是美国的青年总是一身戎装，或者没有一个在街上游逛，恐怕不能这么绝对。或许卢先生也没有这样讲，但这些对何现伦的新鲜感比较大，很有利于选择记忆。再者，卢先生着西装、打领带，还是在美国由晏阳初先生费了些力气，才教卢学会的。因为这是与外国人打交道时，穿着之需要。并不能说明卢先生一方面“蜕化变质”，而一方面唱要大家朴素的高调。

7 月 29 日何现伦与楚萍一起去青年馆听中央政治学校不知姓甚名谁的教授演讲，其演讲题目是“国父的大学时代”。何现伦说他虽然不知名，但“讲得还不错，可是听之者较少”。至于内容怎么个好法，则并无记录。

8 月 5 日李济欧博士在青年馆演讲。李济欧博士大约是个医学博士，他演讲的题目是“性病问题与民族的健康”。“这个问题，本来我是去年在中法餐所就听他讲过的了，今天因为没有事情，只有又去听他讲演。”至于讲演的内容，何现伦并没有记载。

10 月 24 日左舜生演讲。左舜生为中国民主同盟的发起人、青年党的党魁。他来民生公司演讲的题目是“政治协商会议”。“这个题目的产生，是在今年，开国民参政会的时候，他们六位去到延安迎接中共的代表们，结果中共的代表未能来，因他们六人（黄炎培、左舜生、傅斯年、冷桥、王云五……）也就在延与中共商议这一个会议，带到重庆来给蒋主席”，这就是政治协商会议之由来。“开此会的意思，就是讨论和平民主建国，还有就是讨论国民大会的开法，要怎样才使政治走上民主。”“左先生还强调说，这次政治协商会议，每天都在报纸上一定发表，决不秘密，各位都可以看到，都可以认为哪些地方不对，尽量的发言词，否决。”最后左舜生还给他们透露了一个与原来的人员及名单分配稍有出入、当时还比较秘密的决定 ：“原来规定的人数，现在大约有点改变，在四五日之后，在报纸上就可以看到的。今天我先说给各位听，各位保守秘密。变换的方式，国民党八人，共产党五人，加上其他各党派共三十八人。这个会议，不到二十日之内定开的。”

10 月 31 日王道之演讲。王道之先生曾就职于当时的交通部，于 1944 年去职，而去美国、加拿大考察这两国的航运管理以及航政的情况，这是他第二次到民生公司演讲，他这次的演讲题目是“外国之航业”。据何现伦介绍，王道之从 1937 ~ 1944 年任交通部航管局局长之职。所讲内容均是说美国的航运业，如何在战前居于英国、日本、德国之后，在战争开始后即跃居第一的情形，美国的造船业也是世界首位。我想民生公司请王先生来作演讲，一是有隶属关系，二来他是真懂航空及船运的人，所以对于民生公司的人来说，也相当于“业务报告”。

11 月 7 日黄炎培演讲。黄先生是民生公司的董事，又是著名的教育家及社会贤达，请其来演讲“战争以后怎样做新国民”，是再合适不过的人选了。黄先生“从大世界里讲起出来，随后讲新国民的本身，要合群众收题”，“黄先生分析的清楚，不过限于篇幅，无法详细记下来”。无法详细记下来，何现伦干脆剑走偏锋，来八卦一回，即他所说的“现在我来记点他的趣味”。黄先生虽然彼时 60 多岁，于三年前还接了一位 30 多岁的太太。“接（结）婚后不到一年，就生一位孩子。他还在报纸上发表，告青年人要努力，仿效他”，“他同他的太太在恋爱最热的时候，每天两封情书，天天如是，决不间断，可见他人老心不老”。虽只是黄先生的一点趣事，还是可见出彼时他在社会上的影响之所及。

12 月 26 日王世君讲话。查相关资料，得知何现伦所记载之王世君即王世均（1913 ~ 1970）之笔误。曾任民生公司秘书室秘书、财务处襄理兼出纳课主任、物产部主任、港澳办事处襄理。作这个演讲时，其职位可能是物产部主任。因为王世均刚从美国归来，于是特地请他报告“美国的航运事业”。王当时刚好 32 岁，只比何现伦大三岁，却已是身居公司中层比较重要的职位了。大抵由于年龄相仿，压不住堂，“在未开会前，许多同事，看到是他讲话，都不愿意听他的话，完全通通（统统）离去。”整则日记全是对王世均的负面评价。

四、郑璧成与能海法师讲经

我研究近现代四川文化的渊源、流变与崛起，得出的初步结论是，以郡望而形成的文化影响而论，双流是成都文化的中心。因为近现代文化中双流的刘家（刘沅、刘咸炘、刘咸荥、刘东父等）、乔家（乔茂楠、乔大壮等）、郑家等，都是真正的文化大家、书香门第。郑家是藏书世家，我估计郑璧成先生也属于这一脉，他也曾在与书报极有瓜葛之成都华阳书报流通处工作过。郑璧成（1889 ~ 1958），四川双流人，曾任民生公司经理、中国西部科学院董事。业余爱好极多，喜收藏、爱照相、理园艺。因一次较大的海难信仰佛教，遂与佛教界多有往还，成为能海法师的在家弟子，倾家礼佛，晚年于北京入空门。郑璧成与能海法师交往匪浅，郑璧成先生的儿子、作家郑义先生 1947 年出生于重庆，便是能海法师赐名郑光召。而在 1958 年的风浪中，郑璧成去世时，能海法师从五台山赶至北京，亲理后事。

能海法师，俗名龚缉熙，四川绵竹人，大德高僧，在佛教界素负盛名。1947 年郑璧成捐一别墅给能海法师，于重庆做金刚道场，可见是年能海法师的活动中心主要在重庆。参以何现伦日记中的记载，可证此说不虚。

何现伦日记中第一次出现能海法师讲经之事，是 1947 年 2 月 7 日在沧白纪念堂。为了听能海法师讲经，何现伦与他朋友李平安 4 点过就起床，5 时到河边。“还有比我早的，已经在河边等了一阵，其中有女的两位，一位是郑璧成的第三夫人，另一位不认识”，“郑太太一面在讲经说法，津津有味，她的年龄不到三十岁。郑璧成，已经五十余岁，相差悬殊，她也不知道怎样将那老头儿看上了”。何这些看法，未必公允，但毫无掩饰。他与郑太太是同龄人，所以难免说出“她也不知道怎样将那老头儿看上了”的话。能海法师讲经说法果然盛况空前，“上了朝天门的江岸，东方才漫漫（慢慢）的发白，走到沧白纪念堂，已经来了很多人，更比我们早，女的尤多，尤以中老年妇女占最多数”，“还有一位老头子，来得最远。平安对我讲，他来（自）成都，因为他听说重庆在讲经，在成都赶车下来，由此可见他们之诚心！”

能海法师之讲经，因为请其讲经的地方很多，当然是很频密的。但何现伦他们并不是每场都去听，一来他们没有时间，二来正如何现伦自己所说，他去听讲经只是“为要得一点经验而已”（1947 年 2 月 7 日）。2 月 21 日能海法师应民生公司之请至民生机器厂讲经，这里面的促成之功可能与郑璧成有关。当何现伦与他朋友李平安 24 日去听讲的时候，“已经讲了四天了，大约在（再）讲四天之后，就要（在）大城这面再讲，约在（再）讲半月之后，就在嘉陵新村去讲。”何现伦说嘉陵新村可不是一般听众可以去的，得是对佛学有研究的人才能去听，估计是郑璧成先生捐献的别墅里所开之讲座吧。此次能海法师所讲的是“人生之苦”，何现伦觉得他把苦讲得很透彻，只是能海法师面容较此前憔悴了些、消瘦些。“到底人已年高，尤其在城里面讲的时候，在早晨三时就起床，是受一些风霜。同时，说道讲经，是颇费神气的，所以在健康上是有点比不上平常的。”这说明讲经之频密，对能海法师的肉身产生了一些负面影响。

看来能海法师是在重庆轮流讲经，3 月 16 日他又在沧白堂讲经。虽然下着很大的雨，但“到达沧白堂，外面停满了小包车、人力车，内里仍然是塞满的听讲的善男信女，很诚心诚意的两目注视法师，我在那儿听了一点多钟”。至于是什么内容，可能何现伦也不甚了了，于此并没有记录。能海法师在重庆讲经的时间可能比较长，但自此以后，何现伦的日记里便没有记载了，但也可以窥看一下彼时能海法师的影响力和号召力之一斑。

五、民生公司生活举隅

抗战时固然百物腾贵，人民辛苦，国家苦痛，但也有许多在为抗战做出贡献的企事业部门，因此得到了极大的发展。抗战时的四川固然为中国抗战的胜利做出了绝大的贡献，但各高校、研究所及相关文化部门的内迁，给重庆、昆明、成都等地的文化建设也做出了不可磨灭的贡献，至今仍使这些地方拥有一些难得的文化孑遗。而工商百业的内迁，对建设四川也起了相当重要的作用，总部设在重庆的民生公司就是在这样的情形下，因为自己的努力以及对抗战的不懈支持，获得了长足的发展。而长足发展的标志之一，就是到抗战结束时，公司的职员有 7000 多人。而这样多的人员，必然在职工的社区生活、业余生活，以及他们的各方面加以措意，才可能形成公司职员的向心力。最著名的莫过于抗战时期于重庆南岸建立的“民生新村”，那里有小学、托儿所、卫生室、印刷厂、防空洞，还有消费合作社，因此“民生新村”被誉为“新的集团生活的组织和所在”(赵晓铃语)。关于“民生新村”的诸多情况，请参见赵晓铃所写的《战时世外桃源——“民生新村”》一文。我这里只是罗列出何现伦日记里，关于民生公司职员诸多生活情景中的点滴记录，以见彼时公司职员在工作之余生活状况之一斑。

抗战时的物价真是腾贵无比，但民生公司可以通过自办的消费合作社，让自己公司的职工在其间便宜采购，以补贴家用。因为百物紧俏，而价格昂贵，所以民生公司消费合作社的东西也是限购的。比如有一次消费合作社卖乌花布，很多职员购了，尚有剩余，再买时便多了些手续。“为购此段乌花布，都费了一些手续。本来前几日各职员都是购过的，不能再购。此事本来消费社是有困难的，布又余者不多，如果每位人员都要购的话，不足，如不售，余来作何用？不得已，才决议，凡是要购此布，同时又购过此布的人，现在可向李经理凭条子核准，消费合作社就依此条核布……此布那天在起初卖的时候，只有一百多元一尺，现在因各物高涨，因此消费社的布，也就为了子金的关系，他们因儿（而）也涨了价。现在每尺售一百六十元。”（1945 年 3 月 13 日）消费社为了平价卖给职工一些物资，殚精竭虑，因子金而不得不在几天之内涨价，可见民生公司在维持职工福利的艰难。

因为民生公司的消费合作社名声在外，所以民生公司职员的亲戚朋友难免找他们拿职员消费合作社手册去购物，以便省钱。但到了 1947 年 11 月已处于名存实亡的边缘。何现伦的朋友程雪儒想找他拿手册去买点东西，何现伦“就对他们讲，没有什么东西可购，合作社所卖之东西，与外面差不多，有时还比外面贵些”，“在前一年里，我是有手册的，因为那时候的合作（社）还不像这样组织，负担没有这样多，所有员工，都是由公司负担，所以来的货物，稍虽（许）便宜一些，于是我就领得有一本手册”。为什么会出现公司职员不再需要消费合作社手册的情形呢？“本来这个（指消费合作社——冉注）生意，是本公司全体职工的福利事业，照说是比外面低一层，可是现在办得来一塌糊涂，以赚钱为目的，因为内面有几十位员工。这些员工们，他们的开支，在这合作社里面，所有的薪膳，每月还是有两千多万。这一大笔款项，公司不付一文，所以为要开支这一大笔款子，因此不得（不）在货物上多加一些卖。它的本来得低，运费名有而实际没有，所有的运费，都是算的一笔账，根本就没有付钱。这样来，除去运费，当然赚钱。可是，都是赚我们职工的钱。”（1947 年 11 月 20 日）因此许多职工也就不再在消费合作社里购买物品了。

除了消费合作社以外，公司约有 50 多人组织了一个航友合作社。何现伦的日记未透露航友合作社的实际用途是什么，但至少是一个交友及交流的同仁社团。“今晚在状元楼与许昌益兄接风……他负责宜昌厂的责任——厂长，此次他来，是述职”，“我们给他接风的理由，因为他是我们航友合作社的社员。为了是要表达我们弟兄的亲热，不能不聚集一堂，犹如自己之弟兄”。在说了他们为什么要给许昌益接风以后，何现伦在日记中简略地叙述了一下航友合作社的情形，以实际之航运人员居多，而以岸上服务人员为少：“航友合作会（社），约五十余人，各自东西，大都散播于船上居多。这一批朋友，大都在公司，各人有各人的固定工作，所以彼此都很合得来。”（1947 年 9 月 19 日）至于说何现伦还参加了“沪渝社”（1947 年 7 月 5 日）的，因其记录不详，就不知其为什么目的而入会了。

何现伦住在施家河宿舍，他们宿舍的条件想来应该不错。平素有专人挑水，在夏天洗澡时亦是如此，已详见他节，此处不再表。平时不觉得茶房（服务员乃至包括门卫的通称）的重要——民生公司对茶房的训练是很用心的，专门有非常细致的茶房手册——何现伦生病后，有一段时间尚未住进医院，频繁见着请茶房熬药的情形。兹随录一段，以见其梗概：“我又吩咐茶房给我熬，快快……这样对茶房说。茶房见我的病，那样的重，同时平素间对他们又很客气，因此我叫他要怎样，他老实就怎样与我做，很快就与熬过来了。”（1945 年 4 月 6 日）可见茶房对民生公司职员生活之重要。

事涉公司伙食团的事，我将在下一节“对民生公司之批评”中着力展现，故在此略过。衣食住之外还有行。关于行，何现伦与他的朋友许多星期日都会自费出去游玩，北碚、南岸等地都有他们的足迹，民生公司亦偶有组织职工出行之举。“三月二十九日，是黄花岗先烈革民（命）纪念日，在抗战期间改名青年节。今年今日，适逢礼拜六日，因此连玩两日”，在这个春光明媚的日子里，“公司组织一个旅行团，游览北碚和温泉二地。凡是参加者，缴纳份金一万元，福利委员会津贴一万元。二十九日去，三十一日回来，在那儿差不多玩两个整天，实在是不可多得的机会”（1945 年 3 月 29 日）。但何现伦是个喜欢单干的人，就与他自己的朋友出去玩去了。

民生公司除了每周三有固定的周会及演讲外，他们的业余文化生活也比较丰富。公司职工自编自演戏剧是常事，有时还用他们自编自演的戏娱乐众位客人和公司其他来重庆开会的员工。“公司在今晚公演平剧，依我个人想，大约是因为开各主干会议结束，特别欢送他们，因此也就在此礼拜六日公演平剧。节目有《拾黄金》、《乌龙院》、《探阴山》、《四郎探母》（及）其他节目等。”在四川一家民营公司演这样多的平剧，说明民生公司的职工构成，四面八方都有，北方人恐怕也不在少数。何现伦对这样的演出，还是比较欣赏的，“不过有些演员是公司的职员，他们是初初才学的。在唱调方面，都还可以，说道在台步方面都差一点。因为他（们）平素间都只有唱，没有演，所以在台步上，也就不熟。假如多加演习，将来一定很好。”这样比较好的公司娱乐活动，自然盛况空前，但由于公司演出地点，不像那些专业戏院，自然就有些美中不足。“不知为什么有这么多的人，恐怕还比正式剧院还要多些，场面又窄小，又加以中间很多的许多柱头遮倒（遮倒，系川语，意谓遮蔽着——冉注），只有一小场面，怎样能容纳那么多人呢？”这一夜上演的平剧，一定使民生公司职工在战时艰苦的生活里，有一种美好的记忆。“演完之后，已经深夜十二点钟，轮渡已经收班了一点多钟了。公司为了顾全各职工起见，特包有三只船，木船的。我在未完之先，也就先走了，就怕人愈多了，船只有三只，装不完。”（1945 年 1 月 13 日）

像上面这样的演出，在民生公司来说并非绝无仅有。但并非每一场演出，都能得到何现伦的认可，比如他对一场名为《渔樵耕读》的戏之上演就大加批评。何现伦本在值班，但他值完班后尚未开演，他非常痛恨这种不守时的生活方式。“本来昨晚该我值班的，把班值过之后，都未能开演，差不多快要打八点了才开幕，真是慢得要命。所谓中国(人)之不守时间，任随在任何地方，都可以看到。演员有些，尽是一些公司同事，外面有少许的参加。他们与她们演起来，在我们看过外面的那些堂皇的（戏剧），这些真不够劲，举动声音，一切都差得很。”（1945 年 3 月 11 日）何现伦记述他在生活中如何注意人际关系，但在日记里还是直言不讳地道出了他的感受。

六、民生公司沉触船之记录

近几年，民生公司的研究逐渐引起中外研究者的重视，但民生公司对中国抗战的胜利所起的作用，我还没有读到详尽的相关著作。我认为做一个从抗战始至抗战结束时止，民生公司的各方面运输成就——特殊货物运输、一般货物运输、人物运输等——之总体研究，甚至可以以年月为纲目，以事件为线索，一定可以做出非常详尽深入、有趣鲜活的研究来。单是卢作孚先生为了抢在宜昌沦陷之前，对各军需及民用工厂机器与物资之大运输，就被晏阳初先生称为有名的“敦刻尔克大撤退”。而罗家伦先生主政的中央大学之内迁一系列物资乃至实验所需之动物的运输、傅斯年主政的中央史语所书籍之运输等，如果有人能做一些个案研究，一定是对那段历史比较好的记录。

对民生公司于抗战之贡献，固可以从以上之角度切入，亦可以从当时长江海事事故里，看出民生公司在战时运输上的不凡成就。因为负担着大量与抗战有关之人和物的运输，民生公司的轮船特别成为日寇的轰炸对象，抗战最紧张的1940 ~ 1943年民生公司被日寇炸沉的轮船多达12艘之多。而据《川江海事前鉴》载，1937 ~ 1945年川江船舶共翻沉、爆炸23艘，而民生公司就占15起之多，约占川江事故之65.6%。而据民生公司战时统计，公司重大海损事故多达19起（见凌耀伦主编之《民生公司史》P289 ~ 290）。当然其间亦有同盟军误伤而炸沉的，如1945年6月于三斗坪被美空军所误伤之船只，在何现伦的日记里都有记载。而运输的繁忙，运力不足之造成人与物严重超载，哪怕严格管理仍不能完全避免，因而造成不少的海损事故。民生公司董事、曾任总经理的郑璧成先生则因一次重大海损事故，而倾心礼佛，希求公司运输之平安。

为什么战时船运紧张，运输与需求之矛盾特别严重呢？当然是中国大部分的人力、物力需要通过川江这条主动脉来进行运输的原因所致。人与物既多，但有时也不能保证天天都能航行，因为运输是需要燃料作动力的，而燃料在战时也是紧俏物资。本来运力就相当紧张，加之燃料不足，就使运输供需矛盾更见突出，更容易发生海损事故。“近来煤荒，成了一个危险状况。昨天公司已经宣布，重庆到叙府的船，因待煤故停开。”因为“分配煤之时，我也在船舶课”，所以知道“煤荒本来是事实，因为公司不愿购黑市，如果购黑市，还是可以维持下去。而最大的原因，就是轮船票价与水脚太低了，每次请求加价，都未能核准，每月收入与敷出差得太远”（1945年1月22日）。一旦停开，而积压的人与物又不可能不运输，故造成超负荷运输，便容易造成海损事故。

有如上的情形，加之战时诸种情况，我们就更好理解战时民生公司海损情况发生之背景了。轮船出事，一般是在航行中，离公司相对较远，所以用电报与公司总部进行诸多联络就在所不免。而何现伦刚好在电报课，这就为他日记中记载与海损有关的事情，提供了第一手材料。如关于1945年6月盟军飞机误炸民生公司船只的事，便是很生动的第一手记录。“十点钟时候，电话铃子不断地在响，由千厮门电台打来的，就说有两架以上的敌机在三斗坪投弹，并低空扫射，又在茅坪炸了的……整个公司都惊动了。”后于“午后五时左右来了电报，是巴东电台来的”，实情并非如此。来电内容如下：“上午11：30时，有敌机三架在三斗坪盘旋30分钟之久，并用机枪扫射，又在茅坪投弹，炸木船一只，三斗坪大火，随后才得悉，是恩施起飞之盟机三架误炸等语。”但后来误炸之事，是怎么解决的，因为何现伦的日记中没有记载，又没有看到相关的其他资料，不好妄揣，故付诸阙如。

1945年民生公司所发生的沉触事件，在何现伦的日记里就有三件之多，而这三件均被凌耀伦主编的《民生公司史》列入民生公司历年来的31件重大海损事故中，现在分而述之。“来了两张‘守叫’电，我拿来一译出来，出于意料之外，民政发生海损。我当时都以为不甚重要，殊不（料）随后到中午来了一张电报，‘民政在柳林碛触礁，在午夜倒沉（查相关史料，应为“倾沉”——冉注），现只现出水面四分之一在外面’。”因为“倾沉”是比较重大的事故，来电不快速译出，是玩忽职守的，但由于“民政在触礁时，有来电报。可是这张电报，没有注明白，是如何的重要，一点也没有使人注意的地方。因此，今天得倒（到）这个消息之后，‘倒（倾）沉’就来追就（究）

这个责任。”这说明民政轮倾沉之事本可以在昨日（1945 年 8 月 19 日——冉注）译出的，但却因了这层原因而延迟了。但因为民政轮来电是“在十八时几分，送在这面的时间，（是）十九时三十五分。查其原因，已经是下班时间了，当然不是值班的时间了”（1945 年 8 月 20 日）。

抗战胜利后的下半年，民生公司在民政轮倾沉后，又相继发生了民淳轮和民康轮的沉触事件。“今晨七时许，民淳轮由千厮门码头开出来，客是上满了的，唯有舱内没装有货”，准备“在象鼻子来装货，然后才开涪陵。殊不知船行到象鼻子之后，那儿的水很浅，不能靠拢，船头也搁在了沙坝上。因船舱内没有货，客是装满了的，船头将将（川语，意谓刚刚——冉注）一搁起，客人也就慌忙，因此船也就慢慢地倾斜，乘势也就翻了”。关于此次船翻，公司最后所公布的损失是捞获尸体 110 人，何现伦说：“在上舱的客人，都跑出来的，在下舱的客人，大约都失踪，在公司登记生还的还有二百多人。依民淳轮的乘客定额，是三百八十人，清票根，只售三百五十人，还差三十名才满额，当然不会说超出定额。”接着他描写了公司怎么处理生还者，如何买了许多干碳来让他们烤火，见票每人发五千元；而对死者则是派能入水数分钟者打捞“三十多名”，“由公司收殓，由意外保险公司赔命价，大约每一位死者，可以领到四五万元”（1945 年 10 月 5 日）。真是祸不单行，“十月后半月，民本轮在洛碛触礁”，“昨日民康轮又打烂（在巫山保子滩——冉注），发最后一张电报称，二楼已没了。由此看来，还是想（相）当的厉害。在这胜利期间，复员期中重要的交通工具，同时在这枯水期间，这一只船，是唯一的一支劲军，今天被打破了，民生之不幸，亦国家之不幸也乎？”（1945 年 11 月 16 日）据相关资料显示，二楼沉没，3000 余件货物沉入水中，后船被救起。

七、对民生公司之批评

民生公司在中国近现代内河航运业里执牛耳之事，已是众所周知，无劳赘述。同时，民生公司的许多业绩，由于诸多史料尚存，如《民生公司简讯》和《新世界》等杂志，包括民生公司一系列的档案，以及各大报章杂志之论述，都不难查找到。但真正面对过去的历史，我们会感到任何资料就是再充分也不足以恢复原貌之万分之一。民生公司公开的资料可谓不少，但当时民生公司的职员私下之记录，可谓少之又少，所以日记里的记录便弥足珍贵。在何现伦私密的记载里，民生公司的面貌虽有他个人的偏好，但不失为一种较为真实的史料。何现伦对民生公司的批评，一涉工作，二涉生活。

先说他对公司工作之批评。一个公司既有资方，又有劳方，当然不会一团和气到天天唱赞美诗。何现伦的日记对公司的批评是不少的，大抵是无所顾忌的原因，比我们公开看到的对民生公司的批评既多且猛。由于他觉得自己薪水低，做的事又在他这一课里偏多，所以他气愤地说："……那（哪）怕你今天就埋头苦干死了，还是没人说句好话，说你是活该。假如我在前线，尽力去干，就死了，得到好死,至低（底）也要得个好名。在民生公司苦干死了,谁来怜悯。这些都是民生公司政策不对的地方，所以公司办事办不起来，效率上的不够，这就是一个大毛病，太不民主化……现在的民生公司，成了第三期肺病，将要断气的样儿，还不在待遇上改良，一定要断送的。"

哪怕是到了抗战最为紧张时，独立电台的私营公司并不多，民生公司在 1945 年增加一个电台，有时他们还代航政局、航舶管理处发电报，当然工作量也就有所增加。不过有些工作量，在何现伦看来，完全是工作欠函洽造成的重复发报（1945 年 7 月 26 日）。由于前两日停电，加之是端午节，致使电报积压，加起来有八九十通，特急、守叫特别多，所以何现伦与他同事做了半天才弄毕。积压虽然使他感到工作的压力，但这还不是主要原因，主要原因是他对民生公司一些人乱用电报的看法。“说起民生公司的电报，每天的来去电报，不知频繁几多，恐怕一个小小县份，也没有这样多吧！本来公司一再通令不要紧之事，不要打电报。可是他们在外埠的，不管你再通令如何的说得津津有味（应该是“措辞严厉”——冉注），总不听，不但不遵守规令，反儿（而）连私电也发来了。一方面也不是别人不遵守规定，换一句话说，己身正，不令而行，己身不正，虽令不从，就是这个道理。他们高级职员都不遵守自己说的话，自己吐出来的口水，自己也会吃进去。”（1945 年 6 月 15 日）这说明民生公司的管理也并不是毫无漏洞。但何现伦觉得这种损公肥私、有令不行的行为，不只是民生公司的问题，是“民族性的遗传”，是中国人的沉疴痼疾。

是人都得吃饭，民生公司的福利似乎是管职工的中饭和值班饭的。但这样大伙食团的饭，自然因为人多，有时质量不够稳定。“尤其是大伙食团煮的稀饭，不是煮焦了，便是清了，简直没有煮好过一次，怎样能说有营养呢！我随时不客气地说：如果在我们川西的话，这些米煮的饭，拿来喂猪，或者有时我们那些地方喂猪的米也比现时吃的好吧。”（1945 年 1 月 23 日）“近来伙食团购的米，尽是一些霉烂的米，完全不能吃。如果在川西坝子里的话，拿来喂猪。

我们家里喂猪的米，都比这些米好得多，吃在肚子里怎能营养得起来。”（1945 年 6 月 8 日）在我看来，这当然是过于情绪化的说法，川东川西的米是没有这么大的分别的，战时困难也可能促成此种事情之发生。“说到值班饭，我又不免在此恕（怒）骂那些不要脸的东西。本来公司规定每课一人，以船务处来说，只有五个人，然而实际满桌都是人，吃野饭的人太多。有他们这一批不要脸的东西，而真正君子，没有地位，几乎让他们（胡来）。”吃野饭，占公司的便宜，当然不是好现象，“不过这话须说转来，在这物价涨一次又涨一次……到现在不知涨到若干倍，这一批吃着困穷的人员，一家数口，嗷嗷待哺，多么的可怜，想起这些无脸的东西，以（已）不忍（骂）他们。”（1945 年 6 月 23 日）

不仅是饭难吃，有吃野饭的，在何现伦看来，还有借此贪污的。“说起伙食问题，我要骂那些贫（贪）污的家伙，朝天（门）办公室有这样多的人，每天公出的不知有好多。只要每顿食饭时，也就可以看得倒(到)。每桌缺席的人数，没有一桌坐了八位的，他们没有吃，余剩的，每天积下来，积了一个月，只是米，都可观了。那些东西，总不拿出来吃。我记得那时伙食团选人出来办时，不但每顿饭吃得好，就是每月尾，都要打一次大牙祭。由此可见现在（的）狗东西，吃了好多（好）处。”（1945 年 6 月 8 日）就是连端午节的会餐，在他看来，也有人趁机打劫。“农历的端午节又到了，公司今天也举行过节的表示，今年每人五百元，积起来，每桌四千元。在这米珠薪桂之时，四千元也吃不到一个所以然”，他吃了后觉得“不但四千元没拿出来吃够，连每月积起来的钱，也不拿出来吃，这些狗东西，真厌恶已极”（1945 年 6 月 13 日）。

人吃五谷，没有不生病的。何现伦在 1945 年 4 月住了近 20 天的院。

住院预交款项及出院结账时，民生公司的信誉及口碑在医院方面尽显无遗。4 月 12 日何现伦的朋友李平安给他办理入院手续，“先缴一万元，住头等病房。若果其他的人住的话，起码要缴三万六千元。因为民生公司的人，与人（仁）济医院有特别的关系，所以只缴一万元。”4 月 30 日他在仁济医院出院时：“护士长就来给我说，何先生，你是否结账。平安又去与他一道在账房里去把账结了，一万八千七百三十元。平安开支票给他，他说，民生公司没有关系，你们走就是。”当然，公司在最后向仁济医院结余款八千三百七十元时，又有所拖延，致使他在 6 月 2 日的日记里发牢骚：“一生的精力，都牺牲在公司，今天一旦患病住院，所欠之费都不拨，这样的对待职工，何苦？当职工的，有何想头？难怪现在各员工对公司都不满……不管船上与岸上的各员工，都是如此。”民生公司虽然稍有拖沓，但最终是替他垫付了余款的。而且一万八千七百三十元中，公司补助九千六百元(1945 年 6 月 22 日)，现在许多的私营企业未必能做到此点吧。

民生公司是大公司，它的福利较其他单位优越，职员有宿舍，而不像小公司职员只有自己租赁。但随着公司职员的增多，住房就越来越拥挤，当然也会引致职员的不满。在由一个人住一小房间到六个人住一个大房间后，何现伦发牢骚道：“公司向来不大注意职工的福利的，只徒阔（扩）充实力，剥削职工，在这个地方，就是使每个职工都不满意。不管在黄鱼私货查得怎样的厉害，亦敌不过每位人员内心之不满的各处与之消耗力，这是公司的最大损失，这一点当局是没有注意到。”据此何现伦进一步引申道：“但凡一个大团体事业，必须要把每位职工的心抓到，不使他们的倾向外，一致的拥护，这个大事才有更兴旺的一天，这样来，只有注意各职工的福利才可以有望！”（1947 年 3 月 21 日）

抗战刚结束，随着内战的逐渐升级，金融业的不稳定，物价的飞涨，民生公司的经营似乎也有些窘迫了。福利让职工不满，连拖欠职员工资的事也开始发生。何现伦说，以前只要在十几日便可领当月的薪水，后来到月底，再后来到下个月初，到了现在，“薪水总是不（按）规定，到今天七月份的薪津还不发下”，“未必公司是没有款吗？款是有的，其原因就是指数总是没有决定，在上海同业公会的指令，要公司照全数发给，不准打折扣，所以在这个月来就冻结起”。这说明物价的上涨之快，已影响到工资的按时发放。因为货币贬值太快，通货膨胀得太厉害，要算一定的比例才能保证职工的利益不受损，而拖延了时间又让职工非常不满。因为物价每天都在急剧变化，晚发一天，便又要多受损失。何现伦的意思是，工资迟早要发，拖也不是办法，为何不早发呢？“我不知公司的作风何在？这些地方，职工何能原谅！”（1947 年 8 月 16 日）

八、对民生公司领导人物之评价

一个公司的领导人，在该公司职员中的公开评价与私下评价，或许会有所不同，这是人情之常。一个人即便是再伟大，也不可能一点错误都不犯，所以一个人有人说好，有人说不好，从概率上讲，也是说得通的。只是真正了不起的人物，人们说他好话的概率总是大于那些做得不好的人。以我对民生公司的粗浅了解，民生公司的领导层是具有比较好的商业经营及管理能力的。但一个公司在其顶峰时，职工多达 7000 人，自然不可能让每个职工都满意。同时工作中也难免有疏漏。加之劳资矛盾始终是客观存在的，所以当我们从职工的日记里面看到与现实生活里，对领导人物的评价可能会有所不同，权当认识人物一个比较有趣的角度吧。

卢作孚先生在民生公司自是当之无愧的领袖，同时他在社会上也是深孚众望。一般说来，很少有人对他有负面评价。1945 年 8 月 20 日，公司的事务人员不满全体技术人员从 3 月份起至 8 月份止，已加薪两次，而他们当中只有十分之一二的人加了薪，因而造成了事务人员要求加薪的风潮。但即便到了 22 日加薪风潮尚未解决，卢作孚先生的周会演讲，这些闹风潮的事务人员还是去参加了的。“卢作孚今天在周会讲演。在前一天里，我们都说不听他的讲演。随后我们又想倒（到），如果这样做下去，太使他一个难堪了。听我们还是去听，假如我们在下面听倒（到）他不客气的声音时，马上全体给他一个难堪。事前有这样的说法，今天大约他都会听倒（到）了吧。因此他今天只是诉些苦而已。不过在他的语词中，又可以听出他的讥讽的话。不管他怎样的，总要与我们加才扰（饶）得过他。”（1945 年 8 月 22 日）但前述卢作孚 7 月 25 日的演讲，因为穿了西装打了领带，被何现伦这样的职工认为出了趟美国和加拿大后，不像原来那般简朴了。这当然是见树不见林的一个认识，因为卢先生参与国际活动，必入乡随俗，遵守相应的礼仪是必须的。即便回来了，卢作孚先生依旧穿西装打领带亦无可厚非，亦不缺少教导职工要朴素之资格。当然，何现伦对卢先生的成就和威望也是认可的，比如他有次到北碚图书馆去会陈卓鼎时说 :“图书馆是兼善中学的旧址，在战时售与中央银行。胜利了，中央银行又捐与北碚图书馆。这些圈圈，可以说纯粹是卢作孚在挽。”（1947 年 3 月 30 日）挽圈圈，是四川人对各方面人际关系都理得顺的人之赞语，由此不难想见何现伦对卢先生的尊崇。

郑璧成先生亦是民生公司的董事和高层人员，何现伦的日记里记录他的事迹相对较多。何现伦的好朋友李平安结婚，请郑璧成先生当证婚人，郑璧成便告知李平安说："不要过于铺张，请三四桌客就够了。"何现伦赓即在日记里评价道："这位老头子，他是从来就很简省的，就是他嫁女儿也是自己亲自出马，也没有花多少钱。那时在北碚，还是在战时。他虽然有那么多钱，但他的身上所穿的，吃的，也不怎么样。尤其他身上穿的衣服，还有补疤的。可是他的钱，宁愿捐在佛教会，或者哪儿修庙宇，用就在这些地方。"（1947 年 4 月 17 日）不特如此，郑璧成还乐意为茶房提供晋升学习的机会，有一个茶房想学习无线电报，"这是上司给部下造就的恩惠，这个茶房也就很欢喜的来接头，殊不知袁这个家伙（指袁名实——冉注）看他是茶房，就很不乐意。"（1947 年 7 月 22 日）但袁终于碍于郑璧成的面子，还是给予了茶房来学习无线电报的机会。

彭瑞成是民生公司的高级管理人员，且是公司的创办人员之一，他于 1947 年 6 月 20 日在中央医院去世，第二天何现伦的日记中就有记载。"今晨早，公司当局为此事而发一张电报给卢作孚，因他趁（乘）民风轮明日抵渝。同时彭是公司初成立时，出有一大部分的力，所以卢作孚对他还不错。他在五年前，长（掌）公司重要部门：财务。随后，因为他是好像过于固执，在金融界颇有落伍之感，所以才将他的职务遗留到李邦典。为了这一点，他很愤气（气愤），可是他自知不如人，也只如（好）忍痛割爱。"在何现伦看来，虽然彭是民生公司的创办人员，但他的能力渐渐跟不上这个时代，给他一个虚职，自然更让彭内心愤懑。按何现伦的日记记载，似乎彭之死，其中也有这些人际纠葛的影响。"这次公司又改组，他本来自将财务交予李邦典后，就任处务经理之职。后来供应处出了缺，只好由他真除（原文如此，按猜测大概是"担任"的意思——冉注），直到现时。可是这次改组，又将他空衔的处务经理官还原质（职）。使他的心理（里）极端不安。本来他在过去就有一点病,并不厉害。为（这件事）的关系，胸中积了一点气，稍为（微）带一点岁数，兼以平常有病，怎样能经得起双重的袭击，所以一病不起！”卢作孚先生对这位老朋友及公司合作者的去世，当然是深致悼念的。“卢作孚今天来了两通电报，为他的死，很为悲恸，因为他是民生公司开始的创造者。虽然人落了伍，然而到底还有一番的旧情，怎么不使卢伤心呢！”(1947 年 6 月 21 日)。

据相关资料显示,何乃仁 1945 年任民生公司顾问兼总务处经理、人事处主任等职，可谓位高权重。但对何乃仁的领导，公司的员工似乎并不买账。何现伦的日记里固然有情绪化的记载，像这样“恶狠狠”记载领导的事,的确也不多,但他对何乃仁就比较不客气。“此次同车（何现伦搭车到北碚——冉注），有何乃仁一道。他道（倒）不认识我,我道(倒)认识他。他坐在我前面一排,他的后面我的同排,有一个，是他的熟人。他们两个在谭（谈）天之中，有时透露一点关于公司的消息出来。这一个坏蛋的典型的东西（后面三字应予删去——冉注），一提起他，很多人都不安逸他。关于他的坏蛋史，昨天我在北碚时同嘉柳在那儿谈天，她都知道。因为他的孩子寄在托儿所里，所以她们大多知道他的密（秘）史。他的孩子寄在托儿所里面，还要请求公费，这是多么的不对。他在民生公司，每月薪津（金）总在二三百万元……别的贫苦儿童，又怎么办理，这就是（自私）典型的混蛋表现！一点也（不）替贫苦儿童作（着）想！”(1947 年 7 月 26 日）何乃仁是不是“典型的混蛋”，我看没有这么简单。如果那所幼儿园对所有的都是免费的，那么何也应该能够享受此点。如果另外的人都要交钱，而何乃仁享受公司的职务福利——公款交费，亦无可厚非，这是公司给他的补偿。单从何现伦所记载的这条来看，我不认为何乃仁是“典型的混蛋”。至于他是否还有其他什么“秘史”，因为没有记载，只好付诸阙如，不能搞“有罪类推”。

如果说何现伦对何乃仁的指责，还有点“道德审判”的意味的话，那么对另一位领导李剑尘的记载，好像就是言之凿凿、事实俱在了。李剑尘在公司负何责任，我未查到任何资料，但据何现伦日记中所记载之事实，至少是电报课课长或者管理电报课的更高一层的人员。“在一个礼拜前，我也就知李剑尘要倒台的趋向的消息。在那时，我都给他保留着，没有公布出去，不使大众知道。”这李剑尘到底是犯了什么事，使他要倒台呢？据何现伦说，“三个礼拜前，他也就有心要振（整）公司一笔钱，或者作为他私人事业之基津（金），或者有他途之用，也说不一定的。因为这关系，他也勾结外面一批人，找倒（到）两部收音机，和一部发报机，造了一些证明文件，来朦（蒙）蔽公司当局。价值一百多万元，报呈公司三百多万元。”这个李剑尘也真是大胆，廉价买来的旧发报机，充当全新的使用，用了两个小时就坏了。“有一天，第二机发报台的领班夏彬义，也就把他的漏洞给找出来了，呈报给公司，而公司也就请一位无线电工程（师）去检查……一检查，东西是旧东西，同时是坏了的，非修理不行。”到后来李剑尘请人说项，要求减免，僵持不下，他就请了长假。公司只要他赔 200 万元的修理费就了事，他因为长假而故意拖延。公司立即告他“诈财背信”，要求赔偿。“本来他这个人对人都还不错落，不过有时有点骄傲”，但像这样侵吞公司钱款的人，最终是逃不脱相应的惩罚的。

九、日记中的物价记录

物价事关国计民生，与人们的生活须臾不可分离。各种事关百姓生活的寻常物资的价格，不在一个老百姓所能够承受的合理范围之内，那么便会出现一种不稳定的征象。抗战后期及国共内战时的物价波动，可谓 20 世纪中国物价波动之经典。这一经典波动，不仅改变了我们大家的日常生活，而且改变了大家的政治生活。20 世纪下半叶生活的各个方面有一定的因素，就是由这令人窒息的物价波动带来的。

何现伦是民生公司的一个普通职员，完全靠工资生活，而且他的工资中有一部分是要拿来接济弟弟何现邦、侄儿何光洲读书的。虽然相对其他单位来说，民生公司的薪水不算菲薄，但何现伦也常是捉襟见肘，东挪西借，因之对物价飞腾异常敏感。所以，何现伦两厚册日记中关于物价的资料是异常丰富的，现只能择其要者来述说。

1945 年的日记刚开始未久，何现伦便从剪头发这一小事上，看出物价在一周内上涨三分之一的情形。一个礼拜前只需要 60 元，而现在则需要 100 元，若是有电吹风，则需一百二三十元，完全是翻倍。因此他说：“近来物价都波动得厉害，各物上涨，大约都有一两倍。但是一般靠薪吃饭的人，感觉得很懊恼。各物都涨价，只有薪工不涨价。就是涨一点，也不多，总赶不上物价的涨。”（1945 年 1 月 19 日）同一天日记他说一个茶房生病费钱 12000 多元，“可是他的薪资，哪里有那么多呢，怕就在（再）作个九个月，也不够吧”，所以他说，现在生病的普通老百姓，只有等死。3 月 17 日的日记里，何现伦又用理发来对成渝两地的物价做了个对比，“二月九日，我到了成都，就在成都去理发，而成都的生活本来比重庆高，那时的理发价目，二百五十元……报纸十五元一张，比重庆高多了”（1945年3月17日）。但他说从成都返重庆这20天里物价波动了不少，我估计也和成都的物价差不多了，虽然没有具体的数据。而到了1947年10月份，“到很经济的青年会去洗澡一次，都要费四千元了”（1947年10月28日），可见连洗一次澡都是不容易的。而寄一封信，“一涨就是五倍之多，这怎么得了”。至于当月之伙食费，更是令人惊骇的数目，“我们这个月的伙食费，是十五万元，我听到这个数目字，不免一惊！在六月份里的伙食，才六万余元，而这个月里就涨到差不多两倍”（1947年7月2日）。

对于老百姓来讲，衣食住行，永远与物价之升降息息相关。而民生公司的业务便事关水路运输，因此其物价之腾堕也与老百姓的日常生活关联甚大。“这一个月起，票价已加了，长航加到百分之三百的，有加到百分之二百多的。惟有货运，与同差费（原文如此，可能系专业术语，未晓何义——冉注），还未加。不过就是客票加下来，亦不说很可观，已很可以了”（1945年3月17日）。至于公路运价，也因油价上涨之故，狂涨不已。6月份，“公路局的车票，已经涨价了，加了百分之八十，重庆到成都，十六万七千八百元”（1947年6月26日），而到了9月，“物价在这几天，又在起波动。最使人注目的公路局的车票又加了百分之五十，现在成都到重庆的车，特快车票每票二十五万余元，普通车二十万元上下”（1947年9月16日）。彼时之行路难是有目共睹的，加之汽车经常抛锚，在路上食宿，又得花许多，行走成渝两地，所费不赀，令人浩叹。

物价飞腾，有人命将不保，有人还要勒紧裤腰带读书。何现伦支持他弟弟何现邦和侄子何光洲，可谓罄尽所有。而何现伦的好朋友李平安送他妹妹李惠玲到南温泉之南林中学读书，亦是所费不少。李平安的工资算比较可观的，有300多万元，但是读中学所需费用，就花去了他一月工资的三分之一。读南林中学“需缴费八十余万元，书籍费下来，一共一百多万元，算起来，也算相当贵的了”（1947年10月3日）。这哪里是普通老百姓所能梦见的，许多人因此只有辍学家中。一般人不能读书，能读书的，也忙着去放高利贷，生子金拿利息，好让自己生活好过一点。比如正在西南学院读书的双流人程雪儒，“她要拿一百万去放息，可以放二十七万元”，利息高达27%，但这利息的上涨未必能跟得上物价的腾跃。百物昂贵，通货膨胀到“银根奇紧、现钞奇缺，各银行乃至国家的银行——中央银行，都缺现钞”，“今日报纸上看倒（到），上海中央银行，派两架专机来运现钞到渝城，救济渝城的现钞荒”，这实在也算千古奇闻。“在这一种情况之下，行辕下令，禁止现钞带走。如其百多万以内，可以走；在二百万以上，就不准随带起走。”限制货币流通的自由已至如此，但正如何现伦所说，这“只是一个治标的办法”，弄得“好像有闹风潮的举动了”（1947年5月10日）。

百姓受物价折腾之苦，与战争之苦难，交相压迫，形成了1947年人民生活的主要态势。物价本身不稳定，加以内战风声越来越紧，就更加令人不安。1947年2月10日何现伦日记里说：“接到上海的电报，黄金涨到680000元，美钞涨到14000元，上下午不同，每天的消息都是如此”，而“在一个月前，黄金的价格，才涨到三十万元左右”，可见一个月内，黄金的价是如何飞涨。关于内战对物价飞涨的影响，让老百姓无法安稳生活之苦，何现伦说道：“在抗战时候，我们还原谅政府的苦衷之处，现在抗战既已获到（得）胜利，我们也就不能再原谅政府。为什么不诚心诚意的，把各党各派拉拢，共同组成一个联合政府，使大家来共谋国是，这就是政府不对的地方。”（1947 年 2 月 10 日）国事之共谋，哪有这么简单，国民党恐怕也是骑虎难下了吧。但我觉得老百姓的抱怨和发泄，都是有他的道理的，“在这百物高涨之时，政府没有一个很好的办法，把这物价踏下去”，“这就是内战在作祟，如果去年一团和气起来，怎么会这样啊！”（1947 年 2 月 13 日）是啊，但那些自以为爱百姓的政客和各党派人士，他们能以百姓苍生为重，一团和气起来吗？所以内战造成老百姓诸多不便，得不到老百姓的理解，就是必然的了。“在抗战七八年中，初初物价腾涨，也不如现在这样飞涨，一般人心都不惶恐。因为都知道，这次的抗战，是关系全国人民的生存。所以无怨言，不怕物价的涨，也能忍受的。而现在就不同，因为现在打的是内战，因此我们不同情现在物价的飞涨。”（1947 年 2 月 10 日）

十、关于内战之看法

何现伦在 1947 年元旦的日记里，开篇辟首地指出，各复员学校无法按时上课。后方的学校“为了待遇问题，罢课、旷课，（以）至于放假早一个多月”，而光复的沦陷区的学校呢，“就以政府最注目的国立中央大学来说吧！仍然学生是学生，先生是先生，有书不得读。这也叫着复员！”这一切都是什么原因造成的呢，“这都是内战的结果呢！”（1947 年 1 月 1 日）更加糟糕是，“在现在的局势看来，大家都没有诚意，只是说和谭（谈）、和谭（谈），成一种空洞的名词”，“我们这些小老百姓，也不管是谁执政，只知道生活过得下去，也就是我们的好领导者”。但这样的好领导，在多灾多难的中国，既不可遇也不可求。接下来，何现伦忍不住愤懑地大发议论，“内战，内战！还要战到何年何月！为了它，倒了不少的工厂；为了它，冷落了许多商场；为了它，破了农村。这一切的不良现象，这真是它抹煞（杀）了。”（1947 年 1 月 1 日）百姓对内战切齿之恨，跃然纸上。“一九四七年的元旦日，写这一篇俚言，希望明年今天，时局该澄清了吧！”就是这微渺的希望也不可得，60 年后读到这几句话，内心犹有余痛啊。

1947 年元旦放假三天，用何现伦的说法，是“突破了以往的纪录”，是何因如此呢？“放假三日的原因：是宣布宪法完（成），庆祝这百年大法。可是，反面就是不好的现象，因为这个宪法，是好像使许多人不满意，不是政治协商会议所决议产生的，只是片面的，名义上是已制定了宪法，实际是等于零。因此，这样一来，内战，不知道还要战到何时！”（1947 年 1 月 2 日）虽说有宪法公布，而且“今（天）夜晚有提灯游行庆祝”，但在稍微谙熟实际情形的人看来，这一切只不过是暂时的欢悦和装饰罢了。刚过几天，重庆的学生就为北平沈崇事件举行游行，对此，何现伦的意见是，“这只不过是中国的内战打得个没有结局，因为就是外人在其中挑拨事（是）非，看把外人请走了，这个内战，看有无结局的可能。”（1947 年 1 月 6 日）内战里是有外力影响的，如苏联之于中共、如美国之于国民党，都在影响着内战局势，有次何现伦从海棠溪到南温泉，看到“203 师的青年军，他们的武器很不错，都是美国东西，兵些也个个都精强力壮，大都有智识……这些兵些，真可惜，武器也好，人也精干，拿去打内战！”（1947 年 10 月 8 日）内战到这个时候，其实早已不是外在因素的干扰所能左右的了，而是双方蓄谋已久的事，不是小孩过家家说停就可以停的。即使双方失却各自的支持，依旧会打得昏天黑地，日月无光，因为党派私利是战争双方的最高鹄的，百姓云乎哉？民众安在哉？他们只不过是些微不足道的符号罢了。

由于内战，急需运军用物资和兵力，弄得日常运输的船力不敷应用，运力明显不足。何现伦的朋友请他设法购一张到合江的船票，这要是在平常，易如反掌。但到现在他也没办法，“在这内战不停止的今日，总是差运忙忙，上下接运，都是为内战而需要，老百姓要想趁（乘）船，那是比登天还难。这些都是被内战剥削了去。”（1947 年 1 月 8 日）一方面是物价飞涨，另一方面是出行艰难，真是困窘万端，都与内战有深切的关联，你可以想见老百姓对内战是如何的深恶痛绝。越到后来，时局越加紧迫，甚至影响到重庆民众的日常生活了，“今夜晚遇前方军事紧急，重庆的兵必须开前方去，因此过江平民所用的轮渡，成军家之船，不容一个老百姓搭船的”，所以何现伦在送了朋友楚萍到南京后，只好包一只船回到施家河宿舍，“又给木船敲了一个够”！（1947 年 9 月 5 日）不特如此，还有许多军人因需赶路，在路上强行拦车搭车，扰乱民众出行，“沿途（从海棠溪至南温泉——冉注）都在停，上客和下客，同时还有军人在途中拦路强搭。此种作风，如像川西川南的情形，地方治安机关，若不及早整秩（饬），马上就要成为乱七八糟的地方。这就是军人第一，成为军家的天下。”（1947 年 10 月 8 日）由此可见，内战对民众的伤害，真可谓无孔不入。

内战的主角军人们，怎么看待内战呢，这是个很有意思的话题。有些军人也意识到自己只不过是党派利益的炮灰，因此厌战情绪时有发生。“这位军人，他在这儿大谈其时局，在他的谈话中，我们也知道他很厌战。他又说，最近政府要抽调一大批的军官到前方去，目标在徐州、郑州一带，作补充之用。有些有眷属的军官，就惨道，只有丢在这后方，可是将来的生活费又如何？”（1947 年 2 月 16 日）不去卖命，生活便无着落；去卖命吧，又是去当炮灰，恐有去无回。当然，军人好战好像是他们的天性，因此有些人就是靠这“肉搏”来吃饭的，所以主张打战者亦是有的。“我曾经还听一位现役军官说过一句话，他说：‘不打内战，我们没有饭吃了，国家会把我们裁掉，我们也得失业’。由此看来，谁在制造内战，谁在争权？由一位小小的军官看起来，都是那样的想法，由此可以看看大的官僚！”是的，既然军人能发战争财，那么官僚同样可以通过战争来发财，正如何现伦所说，“在内战中，也有投机取巧发了横财的，他们的本领，不是贪污，便是利（用）兼营生意，这就是现役（任）的官僚们所主张的打内战(的原因)。”(1947 年 11 月 23 日)由诸种借战争发财的人，合力起来，内战当然是必须打到分出胜负之时，中途绝没有停战的可能。

人为刀俎，我为鱼肉。老百姓既无力左右战局，就只有在艰难度日中做点不切实际的梦，希望战争能早点结束。何现伦在看一出《相思恨》的抗战大戏时，“看到那胜利放炮火，也就连（联）想到：我们同敌人争生存，都有胜利的一天，现在的内战，要打到何时才有再放火炮来庆祝这一天呢？这个日子，好像没有人来作实际的估计，因为大家都知道比与敌作战还要厉害得多！”（1947 年 2 月 8 日）与其说是像何现伦这样的小老百姓对内战灰心，不如说是他们对中国人内斗内行的亘古传统一种朴素的认知所致。

十一、大学与学潮

学生一直是中国近现代政治斗争和社会实际生活中，被多种利益集团争取、拉拢的力量，尤其是共产党在这方面投注了大量的心力——你看看每一所大学的校史，都把共产党在学生中间所组织的地下斗争当成自己的光荣历史，浓墨重彩地来书写，便不难看出共产党在这方面的苦心经营。何现伦作为民生公司的小职员，他既不亲近国民党，也不靠近共产党，所以他的日记里所记载的学潮，既无国民党操纵的记录，也无共产党其间经营的痕迹，只是平实地叙来而已。

由于抗战之关系，重庆聚集了一大批高校，成就重庆自有史以来的文化繁荣。沙坪坝是何现伦常去的地方，从 1937 年到重庆大学看重庆第一届运动大会起，他去了数次。说到沙坪坝，他说："现今的沙坪坝，已成为文化的区域，学校林立。不过这些学校，都是属于暂时性质的，只要战争结束了，都会迁走的。所以除了重大与南开中学，这两所学校外，其他的学校，都是从外面搬迁来的。"何现伦的说法是有道理的，抗战结束后，各大学纷纷迁走，中学多、大学少，考本地大学非常艰难的现象就出现了。"本来相辉学院，是今年才立准案，去年复员期间，因为复旦遗留下来的校址，就将就来办理的。在现时这四川，中学多了，大学少了，这一群高中毕业生，他们去投考国立大学的工作总结失败了，都来指向相辉考，僧多粥少之下，大家来挤。"（1947 年 9 月 24 日）至于说到"重庆大学之生存，刘湘还是有点功。记得在二十九年重大发生风潮'学潮'……因而发生封学校（的事）。起因是省外学生闹事，同时最高教育机关，对于四川人也好像不满，成见日深，也就不假思索，命令拿出来封闭。哪知道，理由不充分，闹事的是省外学生，学校是四川的。所以四川的富（父）老不承认（同意），不到一个月之后，又恢复起来了"（1945 年 5 月 28 日）。战时外省学生大量涌入四川，当然和四川本地的学校及学生之间难免发生些摩擦，而这些摩擦竟然闹出学潮，一般说来，也只有彼时特定的环境才易产生。

关于大学与学潮之记录，何现伦1945年整年日记里只记录了以上回忆1940年重大学潮的事，但到了1947年明显增多。究其因，一是国共内战，二是物价飞腾，三是共产党对学运的利用和领导。1947年元旦刚过不几天，何现伦就写道："随时在报纸上，都可以看倒（到）那些私立学校又在罢课罢教，什么教员又领不到款"，"在这内战不休，不管是哪一种学校，总之，教学者，因为他的起马（码）生活都维持不了，有何心来教学生呢？而读书者，因为种种的处境来搅扰他（们），也没有办法安心上进的"（1947年1月4日）。学校的风潮包括学潮，随时都可以在报纸上看到，这当然不是正常的现象。对"沈崇事件"引发的重庆大学生及全国各地学生的游行，何现伦说："本来这次的游行示威，并不是为了一个女生被奸而就闹到这样的大事件……这不过是中国的内战打得个没有结局，因为就是外在其中挑拨是非，看把外人请走了，这个内战，看有无结局（束）的可能。"美国政府支持国民党，当然引起共产党的极大不满，此次事件固有学生自发热情之体现，但也不乏共产党的引导和利用，这也是明摆着的事实。不过这次游行也有些意外的记录："今天的游行，很精彩。可惜，我没能看完，为与申中（何现伦的朋友张申中——冉注）送鸡仔去，所以只能看中央工业专科学校的学生（游行）。听说他们是单独游行，原因是他们的意见与众不同，所以他们离开群众，一校单独游行。由这样看来，其中不少阴谋分子主使。"（1947年1月6日）从一个学校单独游行，看出有"不少阴谋分子主使"，不知这个推论是如何得出的？而中央工业专科学校的意见与众不同在何处，何现伦也没说明，不好妄揣。

往大了说，学潮的此起彼伏当然与内战、物价等大的时局有关，但具体说来，每次学潮的起因可能都并不完全相同。比如 1947 年 5 月 31 日记录的学潮原因，就与前述有不少区别。“此次学潮的起因：是在前一月里，政府宣布，今年高中毕业生，要恢复会考，这是一个原因之一；第二，大学今年毕业要实行总考；第三，交通大学取消轮机系、航海系及唐山交大另改为独立学院；第四，中央大学的学生要求附（副）食费增加，于是津平一带的学生也就跟着起来一致响应，因此闹得来不可搜（收）拾。”高中会考和大学毕业总考，都是教育过度管制以及对学生奴役的开始，引起学生的反感是自然的。而物价飞涨，学生的吃饭也成了问题，自然引起大家一致的抗议。就在同一个时期，成都“省立会计专科学校的学生游行向省府请愿，将这一种学校改为独立商学院，人看倒（到）这个消息之后，我也就给现邦一信，问他们请愿的结果”（1947 年 5 月 31 日）。私立学校向往国立化，因为国立化在经费诸方面有保证；而省立、国立的一般专科学校希望能够升独立的学院，和当下一些师范专科学校升师范学院、一些职高升成职业技术学院、一些学院升成大学的风潮倒有些相近之处。可见诸学校搞“跃进”的风气，60 年前即已露出端倪。当然那时的学生能够起来游行，现今是学校领导去高层行贿、花钱运作罢了。

虽然学潮不断，但对新学校的管理依旧是比较严的。比如 1947 年才在重庆南温泉成立的西南学院，在半年后就面临封闭的命运。封闭不是因为生源不够、师资不够，用何现伦的话来说，就是没有缘由。因为他的朋友程雪儒小姐在这个学院读书，所以对此比较了解。西南学院的创办人是周明初，“校地是过去的中央政治学校的研究所，都还很宽阔……该校的教授们，很多来自沙坪坝重庆大学，或者九龙坡的女师学院，与同城的朝阳学院。还有一批教授，是在社会上很有名望而富有学问的”（1947 年 10 月 15 日）。“这个学校，是在今年春天才成立的，因为很多的关系，政府下令封闭了。本来学校还很不错，因所聘之教授很好，讲学也就很精彩。可是另外的人，也就很不满，无理由的就要封闭此学校”。“所以她们读书与否，很成问题。如果真的不能读了，这一批学生无故就将学业牺牲了，所以现在的情形，真是不讲理。办得不好之学校，封闭犹可说。办得很好之学校封了，实不成话！”（1947 年 9 月 23 日）像这样的乱管理学校，学校不闹出风潮才怪。不过说关闭西南学院无由，也不完全是事实。西南学院所聘的一些教授，是“为全国各大学所不聘的，不聘的理由，并不是他们学历不够，并不是他们没有学问，而是他们有点色彩，所以教育当局下令全国各学校解聘。因此之故，这个才创办之独立学院，想要把学生的程度提高，把学校的威望顿（树）起，未加思索就将此批教授聘来，当局就很不满。一部分就在其中捣乱，一再要查封此校，名义是‘未立准案’”（1947 年 10 月 15 日）。国共内战到白热化的地步，这些所谓色彩的教授，自然受到国民党的控制和注意，因为他们可能亲共或者本身就是地下共产党。但大学就是大学，大学应该有它的独立自由，不能允许干涉其自由包括聘教授的自由，但党派之争已趋白热化，此种情形自难避免。最后因周明初“在各方‘拿言语’，又准他继续办理，现在已开始注册，将来是否立准案，就看今后所聘之教授而定”（1947 年 10 月 15 日）。非常时期一所独立学院的挣扎，如果没有何现伦这点记载，天壤间恐怕很难找到此种史料了吧。

如此多事之秋，各大学的风潮及学潮频起，必然导致独裁者的反弹，终于在1947年6月1日爆发了军警大规模逮捕学生和记者的行为，并在有些城市实行了戒严。“晨早在报上看昨日晨一二时许，军警宪（兵）在郊外逮捕一百多（名）学生，和城内的各报馆的新闻记者，一共一百余人，说是他们都是……（这里是何现伦本人所省略——冉注）在六月二日发动大游行、大暴动，因此在六月一日的早晨，乘他们在睡之时，就出动大批的军警宪人员，将他（们）捕获起来。”（1947年6月2日）国民党在战场上要与共产党斗，在各城市要与反内战、反饥饿，以及被共产党私下组织起来的学生斗，真够他们喝一壶的。于是他们也就采取下大包围圈，先下手为强，到处抓人的策略。抓的学生中固然有地下共产党，有闹事分子，但也不无热爱学习的好学生，这种冤枉就激起了学生更强烈的反弹。这次抓捕行动，可谓规模巨大，地域广阔，“在报纸上看来，各大城市，都是一样的同时举行，并且还宣布临时戒严。晚上从十一时起，至早晨六时止为戒严期间，无论军民人等，一律不准通行”，“重庆这个地方，我到此地，有十年了，没有戒严过。现在忽然戒起严来，真有些不方便”（1947年6月2日）。到了最后，一直克制的何现伦也愤怒了，“内战到底要何时才平息！”

何现伦一直认为学生不应该去闹学潮，应该好好学习。他对一些大学生的评价比较低，恐怕也与此不无关联。“现在的大学生出来都是一些草包，没有好多实实在在求到真正的学问，只要四年混满，学校当局照例的给你一张证书。这一张证书，就是你的护身符，你的假面具。实际上，要他们写一封很通顺的信，也是难的。”（1947年10月8日）何的批评虽然未免刻薄，但多事之秋，有不少学生不安心学习，也是实情。不安心学习，要想学到真才实学，绝对是不容易的。何现伦在其弟和侄子读书上花了不少金钱及心血，所以常写信要求他们安心学习，不要参加闹学潮。“在现时应该多多专心读书，才是上策。那些闹学潮，没有什么意思，总是荒废自己的学业。在现时不多多的读一点书，时光不容（允）许你们再混，在学校里不专心，出学校，一无所长，那时无法改就。”(1947 年 5 月 31 日)

2006 年 9 月 21 日～10 月 10 日于成都

从一本美术创作集考察历史

1953 年 7 月初，一份 6 月 29 日由成都市文联美术工作者协会所发的公函，寄到了四川著名画家伍瘦梅的家中。这份上款用毛笔填写的“伍瘦梅”同志所收的公函，是专为印量只有 1000 册的非卖品《成都美术创作集》（成都美术工作者协会编）而发的。这本印量较少的《成都美术创作集》既系非卖品而属美术工作者协会对会员的寄赠品，比曾经“内部发行”的读物之流播范围还要狭窄，其秘不示人的程度更高，为何如此呢？

《成都美术创作集》分为年画、招贴画、绘画、刻纸、黑板画、雕刻、连环画七大类，绘画里不仅没有一幅国画，更不要说油画了。油画不选，或许那是因为它是西方的东西，舶来的艺术。你当然说苏联也有油画，既然往苏联一边倒，应该学点苏联画派的油画嘛。且别说马列维奇的至上主义绘画，就是以后能出现在中国的巡回画派的东西，也暂时没有一星半点的影子。国画虽然是国粹之一种，但在主事者看来，并无让群众喜闻乐见的魅力。于是更民间而非学院的画种在“美术创作”里得以一展“风采”，以至于“绘画”一品里也多是速写。更“民间”的画种只是形式上的“民间”还不行，更重要的是其实质也要符合政策的解读才行。因此这本《成都美术创作集》里的55幅画及3幅连环画，基本上可以视之为用艺术形式来表现的政治宣传品。不特此也，连参与者除了一些画家（其中创作《空军英雄给少年儿童讲故事》的毛均光先生还是我的同事）外，尚有十位工人，这种方式在“文革”时的工农兵结合的艺术里达到了顶峰。

55幅画作及3幅连环画，从内容来看可以分作：热爱毛主席（2幅）、赞美苏联（9幅）、学习英雄（6幅）、反映农民（9幅）和工人（6幅）、爱国增产节约（6幅）等，而连环画中两个完整的连环画故事，基本上反映的是农村的生产互助，但重心都在对婚姻法的宣传，这与我们对50年代初期宏大的历史记忆——清匪反霸、农村土改等——稍有不同，当然像抗美援朝（准确的称呼应为“抗联合国援朝”）反映得较少，那是因为1952年此事逐渐收尾，不再是大热点，倒是1953年3月5日的斯大林之死（王萍、唐靖华创作的《卫生模范谭贤贞听到斯大林逝世后沉痛地给孩子们戴黑纱》）在1953年5月出版的书中就展现出来了，这说明因应政策之及时，某种意义上与官方的报纸等传媒无异。

与宏大历史记忆相比，1950年4月13日颁布而同年5月1日开始实施的《中华人民共和国婚姻法》，虽是新中国成立后的第一部法律，但其历史影响却没有受到相应的重视。婚姻法的颁布一改以前的事实婚姻为法律婚姻，结婚必须登记，有相当的政府强制性。像《梁山伯与祝英台》（川剧的《柳荫记》和京剧的《英台抗婚》也属同类型）、《白蛇传》、《牛郎织女》、《天仙配》等都在配合新婚姻法的颁布上作了不同程度的修订，才再度上演。1949年后，作家为适应新的政治需要对原来的作品进行改动是家常便饭，但与新婚姻法颁布的一个有名的修改就是孙犁先生将初刊本《荷花淀》水生的年龄“不过二十岁”，都改成了“不过二十五六岁”。本书中的两个连环画《老张和玉珍》（22 小幅）、《杨六嫂与李青山》（24 小幅）的女主人都是寡妇，内含目的恐怕有以下几个：一来为铲除寡妇守节的“封建”思想；二来或许暗含着战争使男性大规模减少的残酷事实；三来可能在号召离婚自由的背后，也有官方一定程度的让某些人“自绝于人民”的考量，比如《河北省志 · 审判志》中就记录了保定法院 1950 年 5 月至 1951 年 10 月近一年半的时间里，“女方提出离婚者 306 起，其中有 76 起是因男方系旧政府军政人员”（ 黄桂琴、张志永《建国初期婚姻制度改革研究》，见《中国政法大学学报》2004 年第二期）。政治失意者变成婚姻失意者的比例高达近四分之一，至于被定性的反革命若不被枪毙，其被迫离婚的命运更是可想而知。

其实《中华人民共和国婚姻法》自颁布之日起至 1956 年的六年间，一直由官方若隐若现地倡导着关于婚姻的政治运动，1950 年 4 月 30 日的《中央关于保证执行婚姻法给全党的通知》以及 1953 年 3 月开展的婚姻法宣传“运动月”，都是此中显例。《老张和玉珍》、《杨六嫂与李青山》之婚礼当然谨遵新式婚姻，不铺张不浪费，一切从简。虽然没像其他婚礼上给毛泽东致敬行礼、唱革命歌曲，但其中所反映出的新的择偶观（老张和李青山都是思想进步的贫雇农）却是很合时宜的。在土改使贫雇农相继在土地、农具、牲畜、衣物等方面得到实惠后，再次降低了结婚成本，使两性资源的稀缺者合法地取得相对的主动权而“翻身”，从而为重建社会秩序打下了坚实的基础，有力地配合了清匪反霸等政治硬任务。

《成都美术创作集》的编者在前言里先表扬了成都的艺术家们三

年来的进步，但真正的核心用意却在“但书”里：“但在我们的创作中还有不同程度的脱离政治脱离实际的倾向，急待于进一步地加强学习，以求克服。”同样的“但书”出现在美术家协会寄赠给会员的公函里：“同时通过它来互相学习和提高，因此它不对外发行，仅供参考。请同志们看过后对它提出宝贵的意见，彼此交流经验，使美术工作今后更能满足广大人民对我们的要求和希望。”这个内部参考和交流的“非卖品”反映了主事者一种怕自己所做还不符合官方需要的不安和谨慎心态。歌颂也是要有配发给你的权利才行的，没有歌颂的权利你随便歌颂是不行的。更重要的是，歌颂错了同样是犯错误，百分之百的政治宣传品，也不能给你提供一种万能的保险套和安全感。

伍瘦梅先生是很有功力的老派国画家，此时还能收到没有国画的宣传画册《成都美术创作集》，是否显示了国画家伍先生还属于“可以教育好”的统战对象呢？还是他本身就有与时俱进的热望，这就不得而知了。

2011 年 12 月 25 ~ 26 日于成都，2012 年 1 月 17 日凌晨三时半修订

人物

入蜀皆客
家国何堪

一位日本人1876年的巴蜀观察

日本人是何时进入四川的，现已难详考。蜀道难不只是难着大批的中国人，也难着许多外国人。他们要想进入四川，除了像诗人陆游、范成大以及1908年67岁的英国女旅行家伊莎贝拉·伯德一样利用峡江水道入蜀与出蜀，像地理学家王士性与诗人俞陛云利用古蜀川陕大道入蜀外，很少有另外的选择。像1846年法国天主教传教士古伯察一样，由北京而内蒙古、西藏，经过川藏茶马古道而进入四川的人，可说是比较少的特例。

日本人之大批来到中国，与19世纪70年代日本明治维新后中日建交有关。尤其是1894年甲午战争胜利过后，日本的扩张野心，以及中国为强盛自己而大量聘请日本教习有深刻的瓜葛。来华的人中，若粗加分类，大抵有间谍（含常规情况刺探物产、军事分布等）、政治家、外交官（竹添进一郎等）、旅游者、僧侣、军人、浪人、学者（如内藤湖南、仓石武四郎、青木正儿等）、作家（芥川龙之介）、工程师（如铁路与矿产等）、商人、藏书家（神田喜一郎、长泽规矩也等）、机构（如满铁调查部、东亚同文书院、日清贸易研究所等）所组织的人员等。从19世纪70年代以后，进入中国的日本人逐年增加，及至抗日战争达至高潮。日本人的足迹不仅遍及中国各个角落，而且偏僻难行如在下的家乡酉阳，也有他们勘察之记录。冯天瑜先生主编的《上海东亚同文书院大旅行记录》（商务印书馆版，系“近代日本人禹域踏查书系”丛书），就有日本人勘探至吾乡酉阳的记载，一方面日本人求真吃苦的精神为我所深佩，另一方面为他们窥伺中国的祸心不寒而栗。

进入巴蜀的日本人虽然逐年有所增加，如1906年日本重庆领事馆记载在四川的日本人就多达71人，其中以教习与商人为多（山川早水《巴蜀旧影》），但并非每一个日本人对其行止都有记录。据巴蜀史地研究专家蓝勇统计，日本游记里对四川有记载的计有竹添进一郎《栈云峡雨日记》（1876年）、安东不二雄《中国漫游实记》（1892年）、山川早水《巴蜀旧影》（1905年）、米内山庸夫《云南四川踏查记》（1910年）、中野孤山《横跨中国大陆——蜀游杂俎》（1913年）、上冢司《以扬子江为中心》（1925年）、高山庆一《长江漫游日记》（1926年）、神田正雄《从上海到巴蜀》（1935年）、神田正雄《四川省综览》（1936年）等十几部书籍。而竹添进一郎1876年进入四川所记的日记，可能是最早的日本人对彼时巴蜀情形之记载。

一

1871年，中日两国正式签订《中日修好条规》及通商章程，标志着中日两国正式建交之始，1873年正式交换生效，从此两国人士的交往便有所依凭，这便是1876年竹添进一郎从北京游历巴蜀的时代背景。竹添自幼习中国古代经典，四岁诵《孝经》、五岁学《论语》、七岁读《资治通鉴》，及长更是遍读中国古代典籍，博览群书，了然于胸。作为中国人，我们看他每到一地，熟练地参引古代典籍，如郦道元的《水经注》、陆游的《入蜀记》、范成大的《吴船录》等书，便会感到一点惭愧。他刊行《栈云峡雨日记》时能请到著名学者俞樾、彼时重臣李鸿章作序，非只是浪得虚名之借重。

竹添进一郎虽然是名学者，但其职业却曾是驻朝鲜与中国的外交官，与各类名流颇有往还。1874 年竹添进一郎随日本驻中国公使至中国，1876 年 1 月抵北京，甫一到任，就因使馆精简工作人员而失去工作，他便趁机与另一位日人津田君亮相约同游巴蜀。对于巴蜀，虽然他熟读陆游的《入蜀记》与范成大的《吴船录》，也终究是纸面得来，说不上有什么特别的研究。很巧的是，他在北京日本使馆数月期间，常常听人说起巴蜀之雄奇壮丽，引发了作为壮年的他之游兴。“余从森公使航清国，驻北京公馆者数月。每闻客自蜀中来，谈其山水风土，神飞魂驰，不能自禁。遂请于公使，与津田君亮以九年（明治九年，1876 年）五月二日治装启行，即清光绪二年四月九日也。”（见张明杰整理、竹添进一郎著《栈云峡雨日记》、股野琢著《苇杭游记》，中华书局 2007 年版，下引如不说明，均引自本书）从这个自序里我们不难看出，他对游历四川的兴趣，除了在书本上的了解外，主要是对游历者神采飞扬的描绘。而这些壮巴蜀之雄奇的人，恐怕不会全是中国人，里面或许也有日本人。只是竹添进一郎并无特别的说明，而这些游历者亦无书籍保存下来，所以我们不敢断定竹添进一郎入蜀前必有日本人进入过巴蜀。

外国人入巴蜀，日本人是比较晚的，究其原因是在日本明治维新之前，日本还并不是个开放的、眼光向外的国家。虽然与中国文化渊源深厚，但巴蜀地区从来不是儒学中心，不像齐鲁大地那样受到他们虔诚的朝拜，不像北京那样作为清朝首都因政治、经济的优势受到瞩目，亦不像江南那样人文荟萃，颇得地利，出入随意且方便。外国人进入中国广大内陆腹地有诸种动力，如跋涉探险、猎奇旅行、采集动植物标本等，但没有一种动力可超过宗教传布的力量。因此当我们看到英、美、法、德诸国传教士因信仰问题频繁与中国人发生冲突，引发不少事端时，日本并没有进入这些事件的中心。因为一个深受佛教影响的国家，不像西方传教士那般执着，尽管中日建交后曾有日本僧侣到中国来建佛寺，但其影响较小，远不足以与西人在中国传教引起的冲突之影响相比。日本人对西人传教之认识，也并不比中国人高明多少，哪怕像竹添进一郎这样博学之人也不例外，“府中（指顺德府，今河北邢台市——冉注）天主堂且二十八宇。盖二京十八省，皆建教场，法郎西国人来驻，教诱妖教，共用心可谓毒矣”（5月12日）。复次，这个时候，日本对中国尚有一定的崇敬之心，其自信及野心，还不足以远及中国内陆腹地，无论是从探险、旅行还是一定意义上的科考，都尚属鞭长莫及。故以我们的推断，竹添进一郎之入巴蜀，应该算是有记载之首次旅行。

当1846年1月法国传教士古伯察到达西藏，在西藏待了不到三个月后便被驻藏大臣琦善匆匆请出西藏，由西藏入川（见古伯察所著之《中华帝国纪行》）；同年9月西班牙传教士陆怀仁私入湖北，被捕遣回时，中国与日本内部则还是另一番情形。同年7月，清朝命盛京、直隶、山东、江苏、浙江、福建、广东七省海防练兵。同年正月至2月，日本仁孝天皇死而孝明天皇践祚，法国船只自流球来、美国船只自浦贺来，皆请通商，不许，幕府与中国的海防边疆大臣一样奏陈外国事。中国与日本处于同样不可理喻的内耗之中，视那些带来货殖利益的商船为不祥之物，将虚骄其表、怯弱其里的民族情绪发挥到极致。1846 年，我们故事的主角，将是第一位进入巴蜀的竹添进一郎才 4 岁，还在鸿蒙之中，但早慧的他已在诵读《孝经》。当他于 1876 年游历巴蜀的时候，瞬忽已过 30 年。1876 年中国四川南充等县发生教案，英国怡和洋行建淞沪铁路，旋由中国收购拆毁。而日本同年遣使与中国交涉朝鲜事，不久迫使朝鲜签订修好条约，国内则制定有华族惩戒法，命元老院起草宪法，设立幼稚园。两国的情势，已大有不同。

二

1876 年 5 月 2 日，竹添进一郎、津田君亮，雇北京人侯志信为向导，从北京出发，历河北、河南、陕西而入四川。沿途经历的名胜古迹、风土民情、气候物产，皆能征引文献，详明古今。经过 50 天的行走，于 6 月 21 日由川陕古道进入四川境内之筹笔驿亦即神宣驿，费时 11 日，经剑阁道，抵达成都，其所花费的时间与明朝地理学家王士性所走之苍溪、阆中、盐亭、潼川、绵阳、德阳、新都大略相同。虽然两位系相隔 200 多年后在同一道路上旅行，但在道路没有质的改善的情况下，正如法国著名诗人保尔 · 瓦雷里所说 ："拿破仑的行军速度与尤利乌斯 · 恺撒同样缓慢。"

古蜀道危险之情状，素来为人所乐道，竹添进一郎也不例外。他在用浅白文言道出此中辛苦外，不时征引古人诗文来支持此一印象，如过神宣驿之葱岭，引杜甫的"途危石滑"来加强其闻见。观千佛岩时，他在描述佛像各异之形态后，像他一贯所斥之庙宇遍地的现实一样，"愚氓喜怪，犹可恕焉；官而诱之，何与？"（6 月 22 日）

四川人“俗素信佛，挽近骎骎入于袄教，全省盖教会数十万云”（7月3日），“余初在成都，闻重庆有袄教之变，至则已平矣”（7月21日）。竹添进一郎不愧深浸儒家思想的人，不语怪力乱神，很得韩愈“谏迎佛骨表”的真谛，其对佛教乃至任何宗教没有好感，可谓一脉相承。除了对宗教的排拒有些偏执外，他认为当官的如唐代利州刺史韦杭镌佛像就是不该的行为，因为这是民脂民膏，而且不符竹添进一郎比较崇尚科学的信念。竹添对中国世风颓败、沿途见生民吸食鸦片之风，多有讥评。过上亭铺亦即琅珰驿，到七曲山，见文昌庙，他对立庙以求考学，就像今日高考去烧香进佛，颇不以为然，“正学之不讲，人心之卑污，可胜叹哉！”（6月28日）他在成都见着支矶石时，竟失望而生气，“黝然淡黑，不过一顽石也。乃相传以为天上物，立祠奉之。人情喜诞，往往乃尔”（7月5～7日）。但他遇着高兴之事，也是不惜表扬之词的，如从绵阳到罗江，“适有驱犊至者，放歌一声，响震林表，顾余而笑，岂沮溺之流欤？”（6月30日）一个放牧人无忧无虑的歌声，让他想起长沮、桀溺两位曾经规劝过孔子的隐士。

6月23日宿昭化，竹添进一郎看见昭化正在修筑道路，而且发生了一路上没有发生过的“夜有盗夺衣物去”的事，可见彼时川北民贫盗滋的情形。本来前日可以从距昭化135里的朝天镇坐船而下一日即至昭化，但竹添说“然大险矣”（6月21日），清末嘉陵江的水势之大及航道之险，由此不难想见。在昭化因雨受阻一日，想必于城内曾见龙门书院、费公祠等遗迹，至于祀丁建业、丁宝桢父子之丁公祠——丁建业曾任昭化县令，而丁宝桢则诞生于昭化——则在其路过的三年后的1879年才建，自是未及见。而丁宝桢之督四川亦是在1876年的下半年，故竹添一行与丁家竟不曾发生一点关系。从昭化下来，剑门之奇，让竹添大呼过瘾，“余自得剑山，步步呼奇叫快，不觉轿中倾轧之苦也”(6月25日)。而对剑阁县城的评价则是，“山左右合，而城适当其洼，狭而卑，其势宜攻而不宜守”(6月26日)，真可谓简洁而准确。如今新县城因官模官样的政绩工程，展迁至绵广高速公路旁，而老县城则依旧“狭而卑”地破旧不堪，好在鹤鸣山上的承隋唐佛像尚存，差堪告慰。

我们见怪不怪的事，外人倒觉新鲜，这也是异地情调的吸引作用。许多第一次从陕西入四川的人，都有特别惊叹的感受，古之杜甫等人固不免，今之贾平凹、余秋雨亦如是，对于竹添进一郎这样的域外人士，就更是如此。他到了梓潼后说，“顾望来路，惟见群山万岳翔于云际，恍然疑从九天飞下吧”(6月28日)。过魏城驿，他写道：“湿云低处一鸠鸣，十日曾无两日晴。满地桑阴深又浅，吹为绿雨到绵城”(《过魏城驿抵绵州》)，令人想起唐代诗人罗隐过魏城驿所写的“芳草有情皆碍马，好云无处不遮楼”。到罗江，“夹路秧田，方经新雨，苍翠染衣。山回溪转，松竹深窈，茅舍八九，乍见乍隐，随风摇曳”(6月30日)，好一派惬意的田园风光。抵德阳时更进一步，“自此西南广袤千里，土厚水深，真天府也”(7月1日)。南北两地人物风光之别，在秦岭的横阻之下，显得非常的特别而突兀，因之特别容易引起外来者的感慨。这感慨里面，当然有着实的成分，但也不无讶异之处。竹添说，初到西安，获稻米不易，加之蜀道虎豹出没，道途狭险，想到一路上不容易吃到大米。但出乎意料的是，进入四川，山地之间无不种植稻米与小麦，到处是鸡犬相闻，牛羊载路。“路之险者，凿而辟之，栈之危者，磴而栏之，宛为康庄，两骑联走矣。都邑则繁盛，客店则闳壮，肩舆络绎，昼夜不绝。小站亦皆炊膏粱以待客。吁！天下之事，每出意料所不及，非深于阅历者印字机可与语之哉？”(6月28日)在糟糕的专制制度之下，四川虽亦久撄贫病之苦，但因地利之馈赠，土壤之肥沃，风雨之调顺，物产之饶富，人民之勤劳，竟亦使日人乍见之下，而大兴意外之叹。

三

晚清的成都，随着近代周边场镇的兴起，货物之流通，人口之云集，而各方面都得到相应之发展，呈现出自明末清初之衰颓以来，难得的复兴景象。虽然这复兴的景象远不及唐宋时成都之繁盛，然地利并不因朝代的变迁而有大的变化，要的只是岁月静好、人物平安，统治者稍忍盘剥之巨手，那么现实的繁盛则可期而至。我认为成都从明末清初的隳败之局走出来，其复兴的标志便是，从乾隆中后期，江西旧书商到成都贩书开始。因为有口饭吃，是人生存之基本，但这不是一切。然没有这基本，就不可能衍生出对文化的热爱，命将不保，指望到处都是“一箪食，一瓢饮”的颜回，是不现实的。

1876 年 7 月初，竹添经历跋涉到了成都，就且停留几日，休憩身子。他因深谙中国传统文化，自是要到古旧书铺一观。其时，清末民初四川文化的勃兴，刚开始发芽，尊经书院因张之洞之主政四川，并延请王闿运当山长，而得以培育出许多英才。但在 1876 年，许多后来驰骋的人物，都还小，尚没有成蔚然之局。即令彼时正当年的人物如廖季平（24 岁）、顾印愚（21 岁）、杨锐（19 岁）、吴之英（19 岁）、宋育仁（19 岁）、张森楷（18 岁）、刘咸荥（18 岁）等，皆锥处囊中，竹添进一郎自是无法也不想认识他们，他认识的是名重已久的俞曲园一辈人物。但与上述同龄的人中，有一位竹添进一郎应该有机会见，但可能见了，他在书界羽翼未丰，亦未必有交道。这人便是后来名重成都士林的版本学家、旧书商周达三。周达三当时 20 岁，后来曾为张之洞、吴棠等彼时在四川的要人刊刻书籍，晚年曾任四川商会会长。学者廖季平在其殁后曾撰有《周达三先生墓志铭》。竹添进一郎不愧深爱中国文化的人，到达成都之第二日，即“过骨（古）董铺”，但“书画玩具无足者。书肆则所在布列，卧龙桥前后最多。青编缥帙纶乎庋阁间，文学之盛可知也”（7 月 3 日）。书是很多，但能入竹添法眼的好书不多，但“文学之盛”则是他从书籍的繁多里，已经窥出大概了。因为有读者，才有市场，这个推断是大致不差的。

竹添来川之前，似乎也看了不少关于四川的书籍，因此日记用一定篇幅引证四川之所以为四川的诸种成因。他认为巴蜀地区的人，“民质直而剽悍，然五方杂处，匪类亦多”（7 月 3 日）。“自入川省，每县有务政坊，每闾有节孝坊”，竹添分析说，这是因为好官太少，世风浇薄所致，“抑亦见古今世道之变也”（7 月 19 日）。但再博学，毕竟不是专门研究巴蜀的专家，因之四川之来历便弄错，而此点整理者张明杰也没有什么说明，大抵他也不清楚。“所谓四川者，盖取名于岷江、沱江、黑水、白水四大川也”（7 月 3 日），其实四川是在宋代由益州、梓州、利州、夔州为治所的“川峡四路”，简称而来。弄错了四川的来历，也不妨碍他在成都玩得尽兴。在成都时，虽然没有会到前述那些将来在四川文化界有影响的人物，但刚卸任的新繁知县、江安人陈锡鬯的来访，还是让他很高兴。陈之来，没有任何交代，不知是谁人介绍予他。竹添在书中记录了一些类同小说家言的东西，如陈给竹添言其父亲在道光末年即测知天下将大乱，并说了“不出数岁国难必起，惟楚材足以靖之”的话。这个难逃事后诸葛亮之讥的说法，善于怀疑的竹添竟深信不疑，不亦怪哉？

竹添在成都的十天里，大多为雨天，范成大谓“蜀中无梅雨”之说，他认为“未必然也”。以今日观之，其游武侯祠，无特殊可记录者，但杜甫草堂里，“祠西成渠引池，有鳖数十，浮出水面，见人无畏避之状”，今日无由得见。青羊宫里则设剧场，“商贾云集，百货山积，人雷汗雨”，说明交易之旺，气候之炎热，于竹添这样不做买卖的旅游者说，“殊为可厌”（7 月 5 ~ 7 日）。十天之后，“议买舟东下，时水大涨，江路危险，乃取陆路”（7 月 11 日），其时这个理由也未必成立，因为水路最险的路段也不是成都到重庆。早晨 6 时从成都出发，陈锡鬯送他们一行至渝，8 日即达重庆。除民俗风情外，路上所记者，竹添特为加意的是，一为井盐，二为甘蔗，竹添经世致用之心可谓厚矣。竹添在详述各种管理井盐买卖的方式后，说，“余则以为赠产盐之地，计置灶若干出盐若干，以收其税，听商民就场卖买，随便转贩，不必给引，则商民均赖其利，官亦庶免乎亏盐课之忧矣”（7 月 16 日）。他这样近乎市场经济、自由买卖的见解，高出彼时很多中国人。

四

竹添进一郎一行在重庆并没有停留，但他在日记里记叙重庆刚刚敉平的一场祆教与当地民众的冲突。祆教冲突在当时的四川此起彼伏，1873 年有遂宁之变，1876 年则有重庆江北之乱，教徒与民团之间的争斗，可谓激烈。一方面是民众焚神像，另一方面是教徒烧民居，投毒于水井。总之，扰攘不休，刚有承平之象。复次，竹添不愧有心之人，因用范成大《吴船录》来证实重庆瘴气和水井之关系，“范记云：‘盛夏无水，山水皆有瘴。’询之，曰：‘瘴气大减于昔时，但井不可食，特充洗涤之用而已’”（7 月 20 日）。

陈锡鬯因送他们至重庆，遂结下较深之感情，因此分手时，竹添进一郎写道："乃告别锡鬯，相揖而祝曰'一路平安'，盖是邦送行常语也。嗟！余自入蜀，即纳交于锡鬯，肝胆相投，呈辄咨询，依以为西道主人，锡鬯亦自任不辞。今乃遽然分袂，真所谓'别离已异域，音信若为通'者。口叙常语而诚发自中，黯然久之"（7月 22 日）。竹添游历大半个中国，也只有遇着陈锡鬯这样的一位耿直重情之人，因之走笔不免动情。"一路平安"之口语，今犹常用，百十年间，口语无有变化，但这句话见证过多少生离死别，阅历过多少沧桑巨变，阅竹添此段感慨，不免令我等后人感慨复感慨也。

甫到船上，竹添即看到船老大鞭笞拉纤者，"顷之创痕层层交背，旁观亦为酸鼻"。再者晚间歇船上，则臭虫叮咬，令人不耐，"后闻虫性怯油，寝藉油布则无患"，此等生活小窍门，今日读来，依旧感到亲切无比。舟行三峡，竹添记录之文字雅洁可喜，不让明清小品，其神情清俊，态度可爱。"抵皮石，即楚蜀过脉处。南岸有小聚，茆舍瓦屋相间，颇楚洁，可就而买醉也。舟行一转，忽得奇岩，曰铁棺峡，以形似得名。不知何物黠仙，藏体魄于绝壁，千年不朽，以云烟为墓田，猿鹤为吊客，使过者不觉仰首惊叹也"（7 月 30 日）。到得楚境，他除了论述防洪和海关问题，尚有关涉四川的数处。"过东市，川省木材多聚焉。木材之出于川省者，缚作大筏，上又构屋，资生之具皆备。多者至六七户，或有作圃种菜蔬者。候水涨顺流而下，盖东坡所谓鱼蛮子类也"（8 月 4 日）。与今日尚存之富春江上渔户生活竟有几分相似（见《历史学家茶座》2006 年 6 期有文述此）。苏东坡所谓鱼蛮子者，可用此漂泊江上，逃繁重之赋税，"人间行路难，踏地出赋租。不如鱼蛮子，驾浪浮空虚"（《鱼蛮子》）。而"武昌、汉阳一带，有川米来而价减之语，则知方今楚人皆待济于川省矣"（8 月 16 日）之记载，在今日恐怕已是陈迹。

竹添进一郎游历巴蜀，其记录可谓巨细靡遗，但我只能挑一些他人记录不详，或者他观察角度比较新鲜的地方，来加以论说。他沿途进行各地风物之比较，比如有“而后入巴蜀，饱啖荔子肉”（《南十里铺题壁》），大抵彼时荔枝产区虽不及唐宋，但可能比今日只有合江一地能产要宽广些，从中也可以看出气候变迁。到了鄂西，他记述了我们土家族的一首诗，特别感动我：“久为巴蜀客，又向楚天过。村古蚊声集，江开月色多。淫词仍陋俗，夜舫自蛮歌。搔尽星星鬓，羁愁奈汝何。”（《泊邓家沱》）虽然是百多年前的一首诗，但至今读来，仍鲜活如在目前。竹添进一郎作为一位日本人对巴蜀的观察，有助于我们更加丰富细致地认识巴蜀的历史，而不是粗枝大叶地看待我们祖先过往的生活痕迹和文化历史。

2007 年 4 月杪于成都

王闿运的四川食物

晚清著名的学者、诗人、湖南人王闿运前后在四川大学的前身尊经书院当了近八年的校长，留下了许多关于四川主要是成都的记录。王闿运在四川包括在成都的日记，历来为研究近代巴蜀文化者所忽略，这是不当有的一个缺失。就连研究成都比较好的著作——王笛的《街头文化：成都公共空间、下层民众与地方政治，1870—1930》，都没引用此种材料。事实上王笛这本著作在材料的使用上，还可以更完善。他的书有三次提到《吴虞日记》，但对《吴虞日记》里许多一望而见的材料并没有很好地运用，说不定王笛先生也不曾认真通读过《吴虞日记》亦未可知，不然无法解释他为什么不用。我无意苛求王笛先生，他的著作远胜国内这些拿民脂民膏所做的狗屁不通的巴蜀研究。但由此亦可见研究巴蜀地方文化的人，要把近现代许多能看到的东西通读过，再做研究，都不那么容易，何况尚有许多留存不易的史料有待我们去爬梳呢？我根据《湘绮楼日记》欲撰写一篇长文叫《一个湖南人在四川》，暂时大致分为九个部分：一、蜀道沿途之观察；二、王闿运的四川食物；三、王闿运的成都生活；四、晚清蜀中学风；五、几个重量级的学生（廖平、杨锐、宋育仁、严雁峰等）；六、可与周妈同论之罗妪；七、买婢置妾之记载；八、怪异与梦寐之记录；九、王闿运与丁宝桢。或许通过这九部分可以大致展示王闿运与四川的瓜葛。

王闿运的四川食物，包括水果、饮料、饮食等，其中的四川饮食并不表明就是川菜，事实上可能那个时候尚未有川菜的概念。川菜在他来成都的时候，还处于萌芽期。对川菜的发展有着很大影响的高档餐馆正兴园，他的日记中只记载了一次。“司道来催客，乃知其早饭也。席设盐署，急舁而往，则督府已至，菜用正兴园，亦尚可吃，未正散。”（1883 年十二月二十二日，日记日期为农历，下同）这个记录透露了两点信息：一是古代人一天往往只吃两顿——现在偏僻之农家尚有此俗，不才小时亦是如此粗糙地长大——早晚各一次，这早饭吃到两点钟结束。复次，这饭不是在正兴园吃的，说明那时的人们还是习惯于署中或家中喊馆子里将饭菜端来，不习惯于像今日上馆子吃饭。为什么在彼时比较有名的餐馆，王闿运很少去呢？我们不妨作两点臆测：一来他未必爱吃川人食品，二来这个餐馆主要是供清朝中上层人士食用的，老板兼主厨关正兴，便是满人后裔，所以王闿运记载不多。在官署而非饭馆请客，例证不少，如有王闿运请上面的领导来家中吃饭，准备得比较丰盛，而且餐具还是找豪奢之人借的，但王氏并不满意，看来王氏也是讲究美食必美器的。因天气太热，没有冰箱，所以有馊变之味，也只能将就了。“未刻遣约正孺来陪学督，设食甚劳，尚可吃耳，然亦有馊变，天气太热之故。唐六少爷以豪侈闻，所借器具乃甚粗俗不可用，信乎穿衣吃饭之难晓。”（1881 年闰七月十四日）并不只王氏设宴家中，其他人亦是于家中设宴待客，“谭叔裕遣要晚饭，……设食甚奢，而无越味。”（1879 年十月七日）彼时宦游到一定级别，一般都自备家厨，甚至有的是从原籍带厨子来，对当时各地的菜互相吸收融合也是有一定的作用的。在王闿运看来，湖南的家庭应吃湖南菜，浙江人自然应做浙江菜来请客，越人请客而无越味，殊可怪异，故他笔之书。不特此也，王氏日记里更有大户人家在公馆里面招待他们的记录，“与绶廷及岳生同步穿少城，至武担山看石镜，便至芮园小酌，看墨池书院。主人芮少海招余及督府诸客夜饮，会者十一人。……督府诸客艳言瑞华班之难得，因议召至唐宅演之。”（1879 年十月六日）从王氏日记里不只可知道彼时芮公馆的位置，知道武担山的石镜尚在，而且墨池书院的遗址亦尚在，但百年过后，这一切均已成为陈迹，大多数已渺不可知。就连彼时走红的瑞华班，若非专业研究川剧者，有谁人能知？人事沧桑，能不令人慨叹！

王闿运对四川的吃食一上来就被先入为主地灌输了一回，在彼时已入川两年的四川总督丁宝桢给他的第一个“教导”中亦有记载，这是王闿运到达成都的第二天。丁宝桢“又言蜀土薄，米菜俱无实味，议颇入微。”（1978 年十二月二十八日）这个丁宝桢也够“歹毒”，而王闿运的记录也似乎“别有用心”，想在关于四川的记录中可能还从来没有得到过这样的“酷评”。蜀土薄，米菜俱无实味，这个判断显然不符事实。丁是贵州人，于山东入川，似乎没有在江南宦游之经历，那么这个判断可能过于大胆，而王闿运来“议颇入微”的评价，也嫌仓促，因为他才到成都一天，而沿途经所经蜀道之饮食，也未看到他在日记中有所抱怨。这说明王闿运和许多人记日记一样，不免有率性的一面。王闿运当然不是我们想象的趋新之徒，相反他对抱守湖南的一切，有相当深的好感。有湖南人到四川久了说四川话，他就明显地露出鄙夷之色，“瞿锡三族人来，满口蜀音，不知何等冒名也。”（1880 年十一月二十六日）“坐谈半日，留饭，不能蔬食，蜀人习食软熟者，故不饱也”（1879 年二月十六日），这是他来成都尚未及两个月时得到的观察，而这样的看法想必也影响他进一步接受四川饮食。胃总是比脑袋更顽固的东西，何况二者一起作用呢？

王闿运的吃食中，有许多食山珍野味之记录。吃熊掌、娃娃鱼、野鸡、野鸭等山珍野味是常事。“与督府幕客会饮，食熊掌，殊不肥甘”（1880 年九月十九日），熊掌虽然珍贵，但王闿运还嫌这熊掌不够“肥甘”。当然他自己请别人吃了一次，那是不错的，“午后约芸阁、见郎、罗铸卿、陈小石来吃熊掌，甚鲜美，异乎平昔所尝者。”（1884 年闰五月二日）“鲁詹来食野鸭”（1879 年九月二十七日）；过两天，“孙彦臣还院，送绵州野鸡及鳝鱼”（九月二十九日）；“见郎来，留吃野鸡去。”（1884 年十月十日）可见野鸭野鸡都是款待送客佳品。“人送熊豹、刺猬、四角羊来。唯四角羊似是伪作，豹则劣于泥，非真豹也。”（1881 年六月十八日）真可谓无所不送，无所不吃。山珍海味食者众多，不敷应用，以假物应市的事也出来了。不过，华阳县顾县令请他吃的倒是真的，“夕过顾华阳饮，张华臣、金蓉洲、黄树人同坐，黄则昆伯之弟也。吃扬州肉圆，整蒸甲鱼，干蒸鸭，均佳。”（1880 年八月二十一日）

为什么有这么多人送他或者请他吃山珍海味呢？个中情形大家都已知晓，许多人是有求于他。但我还是引一段他的日记来作注：“作书复赵生树云，彼为周生介绍，希图荐馆，而送书两部，火腿四支，是货我也。”（1880 年九月十七日）王闿运不是笨人，他是明白不少人是在“货”他，四支火腿显然不够打动他，虽然那时的火腿远比今日的正宗得多，而且绝无防腐剂。山珍海味不仅不环保，而且浪费在

“食物里程”（一种食物来源越远，其耗费越高便越不经济甚至颇耗能源，此种计算如今在欧美很时新）的人力成本和生命的机会成本亦不算少，这似乎不够人道。当然你可以认为这样的想法是妇人之仁，没有人吃山珍海味，那些生活在贫瘠之地的山里人怎么为生？

王闿运收入亦较丰，因此他家中待客也曾食过鱼翅。“招王芷庭、黄曙轩饮，因及阎象雯、毛舜琴。曙轩以丧不至，芷庭早来，几两时许始得食。未上菜而鄂生来，出谈半时，家制鱼翅竟未得尝，亦异事也。厨人作菜殊未清洁。为客留城，而城门又闭，颇为惭负。”（1880年八月三日）家里面虽可办出鱼翅这样的高档菜，但并不是很满意，或许能做鱼翅的人并不很多，否则厨子有可能被开的危险。因为王闿运对厨人的要求不低，“于王处询厨人，荐一人至，重庆人也，与所言许兰伯旧厨人不雠。此人无实，不可信，已两试矣。”（1881年闰七月十一日）厨人说过给王闿运的朋友掌过勺，但查无实证，对不上号，还敢来试两次，真是胆大妄为。但是因为厨子而影响客人吃饭的心情，王闿运并不赞同。“食时未饭，至周云昆宅会饮，夏道台亦至，李、穆、黄三道府来。主人以馔具草野，大斥厨人，客皆不安，未正散。”（1884年一月二十八日）在王闿运看来，对待厨人亦应有分寸。不过学生来找校长，致使校长没能吃到鱼翅，的确应该算是奇事。今日没有哪个校长在吃鱼翅时接待学生，就算他和蔼，他也会说，有事去找秘书，没看到我正忙着接待尊贵的客人吗？尤可怪异的是，王闿运的家人和朋友，竟在他与学生谈话半小时后，风卷残云般将鱼翅吃得一点也不剩，难怪王闿运也忍不住大叹“家制鱼翅竟未得尝，亦异事也”。在美食面前难道一点节制与体面都不要了么？想想，也真是“异事”。这顿饭真是吃得不爽，城门也关了，即便不用贿赂司阍人员，对朋友们亦属不便，王闿运忍住没吃着鱼翅的“怒气”，还因为城门关闭“颇为惭负”，这对十分自负的老王来说是很不容易的事。当然大部分时候，王闿运的家宴还是比较普通的，就连女儿生日，也都只是做了二百枚包子庆生而已，“㛹女生日，为作包子二百枚。”（1880 年九月六日）

鱼翅燕窝历来被视为中国饮食中的极品，自烹鱼翅复又有友人送其一桌燕窝席，当然也是可以记录在案的。“张中丞送燕席一桌，不知何人所送，而以诒我，不可辞谢，勉强受之。方与吟梅谈宦游物候之诗，高吟欲咏，而人事相扰，有类催租也。此席拟以奠唐泽坡，盖去岁欲祭未果者，家眷既不至，故宜了些一段。梅兰香发，胧月不寒，极佳光景也。”（1884 年一月十一日）有燕窝席相佐，又与朋友吟诗作对，且在正月节中春天即将来临之时，“梅兰香发，胧月不寒，极佳光景”，如此清妙，自然难免想起自己作为游宦之人，在外地思念家乡的心情。我想他们一定会率先想起杜甫祖父杜审言的《和晋陵陆丞早春游望》，“独有宦游人，偏惊物候新”，很好地展示了出门在外的宦游之人的心情，诗评家胡应麟评其为初唐五律第一，不是没有道理的。王闿运很好地利用了这桌别人所送之席，不特与活着的朋友一同分享，还拿与它祭奠故去的朋友，让朋友在阴间也能感受到他的怀念。

出无车，食无鱼，遂有弹铗之叹。王闿运与他同时代那些湖南显贵相比，物质收入上当然差了不少，但他比冯谖要强十倍不止，出有官轿兼有马骑，且常有鱼吃。“今日食炒鱼子甚美”（1879 年三月二十六日）；“和合送扇、娃娃鱼，送我花，甚为我费”（1880 年九月二十日）；“晡与儿女餐黄花落英，甚饱且甘”（1880 年十月九日）；“夜命六云作串汤鱼片，而不知为‘串’字，曾有里语：僧与书生同游，见鱼伙水，问‘串’字作何写？书生云‘水旁作去’，遂至相打。方言凡谨过水者为篡，平声。字书无其害也。余忆袁枚食单，于篡（平声）肉字书作‘串肉’，姑依用之。至于鱼篡（平声）水去，则仍不知用何字矣。”（同上）而雅鱼系川中名品，能得食亦可一记，何况相当于学生所馈之束脩。“郭生来送雅鱼，略教以为学之意。”（1884 年月一月二十九日）

鸽子蛋价之低廉出乎王闿运的想象，“乃留子箴、崇纲食于官厅，何其好吃至此。始食新，茄一枚直八十一，豆费二千五百，与鸽卵相似。而此间鸽卵甚贱，一枚乃直七文，宾筵不用也。”（1879 年三月二十二日）至于番豆，不知是今之荷兰豆呢，还是土豆，总之他“多食番豆，腹中殊不快”（1884 年七月二十八日）。书中有关送蒸盆的事有几处，但我查阅了许多资料，至今未知蒸盆为何物，特录出来，以备研究川菜的人研究。“陈生友生送蒸盆”（1879 年六月十三日），“两监院送蒸盆，蜀人谓之鼓子”（1880 年三月十七日），“李年侄送蒸盆”（1880 年七月十九日），三者联合起来考察，亦不知是什么东西？蒸盆，我想可能与吃的东西有关，故特笔记于此。

平常的烤猪、烤鸭，王闿运亦有录入，要么是味道不错，要么是送食物或者邀食之人值得一记。“稚公送燔豚、炙凫，要廖、杨、刘、任供食。”（1879 年六月四日）有时只记录了吃烧烤，连吃烧烤的内容都省了，“驻防凤苐堂普请城中见任官，设六桌，余与芸阁陪将军歧子惠，曹、李二太尊陪余，看戏吃烧烤，至子初乃散。”（1884 年一月十二日）招饮有边吃烧烤边看戏剧、魔术者，也有因重九登高之会的招饮，把吃饭娱乐与民俗活动勾连在一起。“松翁招饮城南浙江义山旁，为登高之会，黄、毛、二刘同坐，皆江西人也。与刘庸夫俱不终席而还。”（1880 年九月九日）成都系平原，周围乏可登之山，城南何处王氏又未细指，故义山旁不知在今何处。至于有在家中食胙肉的记录，“留见郎食胙肉，因要谢世兄同饭”（1884 年八月六日)，至若“煨芋食饼”（1884 年八月十一日）的粗简。平凡若馒头，王闿运亦不乏记载，“晨未食稻，食馒头三枚”（1879 年五月十七日），如朋友“穆芸阁送馒头”（1883 年十二月二十一日），不知三天过后，他所食的川北馒头是否穆氏所送？“晡食川北馒头一枚半已饱，夜亦未食。”（1883 年十二月二十四日）王闿运下午 3 点至 5 点之间吃的馒头，居然可以不吃夜饭，可见川北馒头分量比较足，个头比较大。四川是产盐之地，尤以自贡井盐最为著名，因此“张伯圆送年礼瓢盐，云瓢盐甚难得”（1884 年一月十五日），不知其可信度有多少？

食不果腹的人，是没有机会享受各种名贵稀有水果的。“食枇杷颇有甘者，而苦核大”（1879 年三月二十二日），说明这是未经改良过的土著品种。“小睡，起，夕食蒸杏”（1879 年三月二十二日），不知蒸杏是如何做的，此种食法在成都亦未听说过，难道是湘俗么？如系湘俗，彼时王氏并未带家厨来，故存疑。“毛薆亭送云南石榴，甘津，佳品也。”（1880 年十月十二日）虽是云南之物，而王氏亦食于川中，对研究各地水果品种史未始不是一点有用之材料，故一并记载下来。云南石榴并不是王闿运吃到的唯一滇中土物，他在湖南长沙也是吃到过的，“食佛掌参，鱼肠面，滇中土物也。”（1883 年二月二十三日）或者是川东枇杷不坏，或者是王氏怜惜老者之贫苦，有次路过巫山，他竟“见老叟篮枇杷，倾筐购之”（1884 年四月九日）。至于喝茶，则屡有人送，“熊邛州送茶及薏苡为消暑饮子”（1881 年六月八日），甚至有学生把郊天之用的贡茶送予他，“陈生柄文送蒙顶石花茶叶六片，郊天所用。每进三百六十片，闰月不加，犹或不足额。用锡合，合盛三片，开其一，已霉变一叶矣。至省易银合，乃得窃二以出，然非贡吏不能得，进督、藩者皆陪茶也。余于何蝯叟诗中知之，今乃得见。”（1879 年六月二十三）如此难得一见祭天用的贡茶，王氏都有幸一得，可见其饮食之福匪小，只有何绍基的诗才有记载，别人不一定见得着，甚至连丁宝桢这样吃陪茶的总督没见过都是可能的。至于“莲弟取薛涛井水还”（1879 年一月二十日），不知作何用？取来煮饭，还是泡茶？没有明说。若是泡茶，则有可能不及河水。

王闿运数次往返川湘之间，从湖南到四川，他是坐船经过三峡到万县，再由万县陆路到成都；而从四川回湖南，则是从成都坐船直抵长沙，沿途他记录了许多人事风物，颇有可钩稽之处。旅途的饮食因诸方面限制，必不能有多讲究，但检王氏日记里的记录，亦大是趣事。在赶往成都的途中，于万县他记有“今日食二鸡卵，一锅魁，碗半饭，尽余甘蔗”（1880 年三月四日）。王氏此时 48 岁，饭量不坏，所食全系四川普通食物。到达南充地界，他透露“食素面未饱”（1880 年三月十日），大抵是素面不合王氏口味之故。至中江则“卯初起，行卅三里过观音桥，未饭，食薯粥甘蔗”（1880 年三月十三日），总之极简略。只有一次王闿运随丁宝桢到外视察，在重庆时于桂花园临江馆吃饭是旅途中比较隆重的，省部级官员到底比一个清流的校长要讲排场些。“出城至桂花园临江馆，镇、道、府公宴督府，用、舟作陪，以作为客。桂过兰香，小有幽致，房宇则未为佳。”（1883 年八月十五日）刚好中秋节，故桂香扑鼻，于此吃饭，其雅致自不必多言。

至于说对王闿运吃饭地点的探究，并非可有可无。追寻吃饭地点，可从此看出晚清亦即 19 世纪 70 年代末至 80 年代初成都的饮食地图，与近 30 年后傅崇矩在《成都通览》里的吃饭地点稍作比较，即可看出一些饮食地点与城市变迁的关系。如鲁詹等人曾在延庆寺宴请过王闿运，而且还招人来表演魔术。“竹老、元卿、鲁詹设饮于延庆寺，召幻人叶慈巴作诸杂剧。慈巴以搬运幻技，起家累千金，擅名成都，凡灯彩铺垫借办，皆取资焉。余为宾，莫、李、力田、惠庵、张玉侯皆与饮，设馔甚费，蒸豚最佳，自未至戌乃散。”（1879 年二月一日）五年过后，王氏又有到延庆寺的记载。“至延庆寺，赴金知州之招，崧翁先在，金木讷无多语，设食不恶。”（1884 年七月三日）“院生十六人新中式者公宴余于二仙庵。”（1879 年九月三十日）有到武侯祠数次，“朝食后小睡，出城至武侯祠，稚公招同莫、李两提督陪黎漕使饯席，午集申散。”（1880 年七月二十八日）“至城外关祠，魏、胡、李、范四斋长设馔，借张师爷厨人，稍精于酒馆，恐城闭，忽忽散。”（1883 年七月十八日）四位学校的后勤人员设宴款待学校校长，馔肴之丰，味之兼美，是可以想见的。关祠的厨人大抵是不行的，特地去请了有名的张师爷厨人来烹调一席，虽然比酒馆都还强，但因关城门，故不及细细品尝，也是很遗憾的。同是夏天，过三日后再至关祠游玩，衣着却是另一番情景，“午至关祠荷池看雨，甚凉，衣二袷一绵，戌初散”（七月二十一日），真可算比较怪异的天气。“申正至江南馆，顾家山设饮，朱小舟、幼耕、凤苇堂同集，甚热，亥散。”（1883 年七月二十六日）那个时候吃饭、唱戏的公共活动空间，都在会馆之中。

除了会馆、寺庙这种公共空间外，还有公园和今天意义上的风景区，如草堂与武侯祠，就属于招饮的常用之地。杜甫草堂宴饮有三次，“赴草堂竹斋陪孙编修饮……向暮散，驰还，未上镫也”（1881 年六月二日），王闿运在成都外出的时候，骑马比坐轿的次数还多，“未上镫也”，还是比较得意于骑术的。“晨未饭，舁出南门，严生饯我杜祠，丁、戴、陈陪，向暝乃还”（1881 年九月二十三日），严生即后来成都著名的藏书家严雁峰，他家是陕西大盐商，所以也是能拿得出钱来请老师吃饭的。第三次则是公宴，“霁寒，始裘。出城赴杜祠公宴，下官皆会，以余为客，巳集申散。”（1884 年九月十六日）而武侯祠亦有多次之记载，今只及一次，“朱、丁、黄、张月卿继至，王莲塘最后到，设宴荷轩，午正散”（1883年七月十一日），王氏日记里屡次提荷轩，说明武侯祠那里荷轩是吃饭的雅舍所在，或许有餐馆在此亦未可知。至于从水路朋友到外地，一般都到薛涛井和皇姑院了，“晨出书院登舟，诸生步行，余骑行，至安顺桥东登来舟，更顾拨船及小坐船从行，送者络绎。芝生设饯薛涛井，马伯楷、黄翰仙、唐六少作陪，昏散，住舟中。”（1881年十月二十日）次日，“督府幕客穆芝阁、刘虚谷、黄耀庭、陈用阶饯余皇姑院。稚公、方保卿为客。”

像王闿运这样不愁吃穿的人，吃饭更不是小道，正所谓食不厌精，脍不厌细。何况常做奇怪梦的王氏还梦着过吃东西呢。“夜无端梦食甚甘，犹恍惚，视窗光未曙。”（1884年一月二十九日）当然王氏并不是对什么吃都持赞赏态度的，“彭乃于客座吸食洋烟，余甚怒，以其窘弱，不忍责之，遂告以将出，不复与见”（1879年二月十九日），在座中吸食鸦片烟是王氏最为痛恨的。当然，他吃饭也有一次“创了纪录”：“至章宗沄处晚饭，去其肴馔甚精，殊不甘旨。卢丽生、章师爷及其兄与房主李姓同坐，江少淹为总客。人甚驳杂，又谈烟花，颇为唐突，二更乃散。余中酒，为烟薰晕绝，坐人大骇。”（1879年九月二十八日）王氏本是不胜曲蘖的人，复以烟熏，就弄出令人大骇的晕厥——如果谈烟花也算他惊厥的一个理由的话，那么他未免太道学吧，周妈、罗姬的存在如何说来——亦算是王氏吃饭的一个“花絮”吧。

2007年7月8～16日定稿

王闿运的蜀道观察

在近现代意义上的公路出现之前，古代四川与外界交通艰难，唯两条主要道路出川：一条为通往北方的川陕大道，北上陕西或者北京；二条则为峡江水道，东出夔门，前往江南地区，或者北上抵京。当然，西有通滇之南丝绸之路，往南亦有从泸州至贵州到达南方的道路，但西南两方在古代均不是文化、商旅中心，故这两条道路多为研究者所忽略，这是不应该的。但人们谈蜀道的确大多只及川陕大道、峡江水道，这是为情势所定，非人力所能左右。“势”则是川陕、峡江二道远大于其他出蜀道路之作用，“情”则是为“势”所生，“势”大则“情”之记载细密且多。关于川陕、峡江二道的沿途风物人情之记录，自古不绝，以迄于今。关于蜀道情形之记载，陆游、范成大为此中之显者，王士性、俞陛云则稍有掩忽。迨至近现代外人入蜀之记载则有竹添进一郎、山川早水、中野孤山、伊莎贝拉·伯德、古伯察，乃至公路筑通后，蜀道依旧艰于行进，抗战军兴，大批人物入川，故有黄炎培、陈衡哲、舒新城、罗常培等先生入蜀之记载，此间夹杂着一位从湖南来川执掌尊经书院的人物王闿运。他几度入蜀及返湘，进则由两湖过三峡达万县，自万县经南充、遂宁，而抵成都；出则由成都坐船过乐山、宜宾、泸州，直趋重庆，出三峡而达长沙。他几进几出四川后，对蜀道难的问题也看得比较豁达了，“往闻难而沮，今来此往过此，亦无复难，事不可惑人言，人言徒足阻气壮”（1879 年十二月七日）（所言均为农历，下同）。所以他才有重过杜甫由蜀至湘的道路时，“殊笑其不能自振”的豪迈（1879 年十二月十四日）。让我们来看看这位旧日读书人沿蜀道行进之日记里，都观察到了些什么，以便丰富我们对巴蜀文化之研究。

一

1878 年十一月九日王闿运由长沙出发至十二月二十七日抵成都，此为第一次入蜀，费时一个半月有奇，此后数次进川费时大抵相同。古之学者，行旅之中，翻读各家地理志书，以为舟行陆进，沿途观察之资，已成常态，不似今人之带去两铜圆般的眼睛，而一无所获。王氏启程即阅《水经注》，有补充，有驳难，复以实地观察，常看出与郦道元相左之意见，特举二例。“所云‘百七十里不见天日者，殊非实迹矣”（1878 年十二月一日），殆横舸其上，在昼犹昏的景象不复见之故；“船行四十里过巫山县峡，亦未见峻，石粗疏而不能生草木，所谓亏蔽曦月者，北人语耳。余所见川峡若此者不可数，无此长耳……又三十里至将军滩，疑郦注误新崩滩在此也”（1878 年十二月二日）。王氏固有异举以鸣高的脾气，但并不是每件事情都滥用意气，否则其所著之《湘军志》及一系列关于湖南的地方志，便不会引起众多史学研究者的关注。郦道元自是北人，不知是否到过三峡，“北人语耳”似有指陈郦氏未及亲见三峡之弊，不然“北人语耳”此句便没有意义。尤其是在对郦氏的驳难中，透露王氏对三峡迥异常人的看法，值得我们推敲与重视。

舟过三峡，古往今来之文人墨客，多所赞叹，可谓车载斗量，独王闿运不以为然。“晨过巴东，帆行三十里，入巫峡。山石粗恶，未尽所闻之美”（1878 年十二月一日），“山石粗恶”是他对三峡的山石的基本看法，即偶有赞美，亦不脱此评价。“晨发三十里至夔门，望峡口颇为灵秀，滟滪石正似盆中假山，但色质不润耳”（1878 年十二月五日），冬日石材色质不润当属常态，但王氏还要说出他的遗憾；用“盆中假山”来形容滟滪堆，未始不是一种赞美，但这赞美未始不包含一点批评。王氏对三峡山石之粗恶实在留有太深之印象，故记一梦来反衬其所见之属实。“夜梦舟行见一山，玲珑窟穴，其高际天，而峭薄若屏，山石质空苍，透光处如镂丝，叹为奇绝，殆瑶姬之神，故示神异，以洗粗恶之诮也。因语诸同行而记之”（1878 年十二月十二日）。刚从万县出发，便得出“山行景物，胜于在峡”（1878 年十二月十三日）的结论，于三峡之失望，情见乎辞。王氏此行为首次入蜀，于冬天逆行三峡，殊不见其好，是情理之中的事。到达成都后不久，他在给朋友的信中提及三峡，也颇多贬词，“别后惊于征途，未及笺报。久闻三峡奇秀，又加以香孙赞扬，及至其间，殊失所望，盛名难副，岂独论人？惟滟滪一孤石，差为不负此游耳”（1879 年一月三日）。后来有“轻舟已过万重山”的出峡经验，再次入蜀后还是稍有改变，“晨起入巫峡，鸟语泉流，有助灵赏，北风送帆，平泛安闲，入蜀水途，斯为最乐”（1883 年四月二十四日）。说明美景也需反复观察，才能体察入微。

奇异景色，为王闿运所乐道。“饭于孙槽，从此至梁山皆缘谷直下，余前行殊未审，山景甚奇，作诗赏之……又见民居厨下泉流出为瀑布，感新召鲍超事，戏题一绝：‘茅屋春云袅爨烟，更无人问古松年。谁知灶下残余水，流作山头百丈泉。’”（1880年三月四日）我认为此种景致实在天下一绝，半生走过许多地方，还从来没有见过如此别有洞天的厨房布局，与大自然浑然天成。要不是有这样风景殊异的美好景致，王氏一定会看到湘军干将鲍超被提拔的消息，深感自己怀才不遇，而不能以谐语出之。原以为此乃天下无二，哪知后来读黑泽明自传《蛤蟆的油》时，又遇着此种人工依托大自然的绝佳布置：“这里有一条弯弯曲曲的小溪，流水从厨房里穿过去，和村街的小河相通。据说，从前在这个厨房里抓到过鲑鱼。厨房安水闸的地方就是洗槽，鲑鱼就曾游到过这里。”（南方出版社，P90）鱼直接游到厨房之下，真让人有葛天氏之民之叹。王氏说自己“前行未审”固是事实，但时序也是大有瓜葛。前行是冬天，此时则是春天，虽是“春寒犹重”，却是“比日杜鹃声相映”（1880年三月七日），所以厨房下流泉为瀑布之景象，只有此时才能看到。在一周后的日记里，王闿运又提到气候与禽鸟之关系，亦可佐证春天万物复苏的景象远非冬日凋敝可比。“今日已食樱桃，谷雨日始闻布谷，初五日闻子规，草木之知时不如禽鸟也。”（1880年三月十四日）后来再一次由万县经过梁山的时候，王闿运发现一奇景，令其赞叹不已。“道中见溪瀑悬流，黄浪奔而下，激成白气腾而上，上下相冲，几欲相敌，生平未见之奇景也，又见小无溜奔飞，涛欲啮人，吼若雷怒，不觉心胆俱壮。惜非大景，不足赋诗，口号二绝句记之。”（1882年五月三日）王氏看来真的有点激动了，竟将此景以庐山瀑布相喻。“急溜奔涛石道寒，海飞雷吼壮奇观。何须苦向源头辨，且作庐山瀑布看。”四川令王氏心折的景观似乎不多，唯此景与嘉陵江之水得其好

评，亦可谓异也。“嘉陵江色蓝碧，余所见天下水此为最丽。”（1878年十二月二十日）

二

沿途风景固是舟行出进之人所欲关注者，但对沿途的风物民情、物产丰歉之注意，亦可从中看出彼时社会诸多风貌。盐为人类从古至今不可缺少之调味品，但古代食盐之获得较今人困难得多。王闿运虽未到过自贡，但对沿途之井盐与巴盐（俗呼盐巴）都有记载。（夔门）“稍上有盐灶，舟人云名殠盐矶，以前盐不可食，近岁有贫子得肉无盐，试濡之，咸香可食，因有煎灶也”（1878年十二月五日），得肉无盐，不能使肉味尽显，其苦可知，因之从地名而得录舟人之解释附于日记中，可见王氏对民俗风情之重视。峡中所记物产本不多，殆三峡地区大多为贫瘠之地。关于贩盐，王氏曾记大竹“道中多有牛驮运盐”（1878年十二月十七日）、“沿途盐贩不绝，道隘人众，殊不畅人意”（1878年十二月十九日）、“出西门循山陂陀途，皆担米豆上，买盐下者，米豆出广元、乐至，盐出蓬溪，小民以为生计”（1878年十二月二十日）。沿途说着贩盐的事，但只有在蓬溪才真正遇着井盐。“（蓬溪）始有盐井，从石上凿一洞，口不过径三寸，深可数十丈，浅者犹十丈许，皆以刚铁舂之，见盐而止。上施鹿庐转盘，紧篾于竿，竿及井底，则一竿通为一筒，筒可容水一桶也，向汲卤水上矣。篾长短视井深浅，井佳者日得水十许桶，少者一二桶，桶可得盐五六斤，井费百千，用功五六十日。取水时用二人，利未为厚也。舁夫云蓬、射盐不如富顺，又无火井，差促供民依食”（1878年十二月二十二日）。巴盐和井盐都为四川的发展做出了杰出的贡献，我们不能想象缺少食盐，四川的历史与文化能有曾经的这般辉煌。

另外，王氏每每从历史地名来考订物产之准确性，且有存疑之科学精神，值得称赞。他在巫峡至裴石后说，"'裴'当作'碚'，蜀中谓石入水中为碚"（1883年四月二十四日）。其所到之处，便多思考，辨证《水经注》。并于过泸州的途中，纠正徐霞客言岷江为长江正源之说，"金沙江乃真正江源正流"（1881年十一月四日）。观看山水风物，而得到关于"屈、宋"的"人文地理学"，"初月一钩，山川饶艳，初疑秭归山水陕急，何以生屈、宋，今乃知其骨秀也"（1883年四月五日）。他对物产尤多究心，"自此至云阳，汉设三橘官，今惟黄甘颇佳，未见橘也。又橘橙相类，不知其所以异"（1878年十二月六日）。提及万县物，王氏只及甘蔗，"颇饶佳蔗，紫皮，劣于广州青者"（1878年十二月十三日），看来广州甘蔗在王氏心目中具有相当之地位，但万县所产甘蔗能得王氏此评，亦属难得。但万县这地方，和许多人口多的贫瘠之地一样，山多地少，故"此间无山不被耕烧，正以山多逼人，人不能复能让之，亦失其孤高耳"（1878年十二月十四日），广种薄收，烧山伐薪，过度开垦，大自然受到不小的破坏。此种破坏，不独万县为然，中江亦乎如是。"询李眉生家，故在城郭外。中江多山童，稀垦种者"（1878年十二月二十五日），四年过后，他说"中江山则童秃如坟，过兴隆场，乃有赤山，余前有诗赏之"（1882年五月十六日）。这说明由明末清初湖广填四川的人口大迁徙，滋繁甚众，在清朝中后期，已造成四川的生存压力。

万县一地，四月较冬天路过时，更富风致。"子规绿树，犹有春光，茹卢花残，唯见刺叶"（1883年四月十八日）。紧邻万县地界，大竹一带"旁山皆种胡豆、大麦，陂陀泥滑，舁夫彳亍，行不能速"（1878年十二月十七日）。到顺庆府城外，"土多茜草，春收红花，为大利"

（1878年十二月二十日），茜草可作颜料，红花可作药用，因之得“为大利”。当然也有种烟土的，故他有题罂粟田：“玉白脂红一望妍，尽驱黄犊为耕烟。春风莫望桑麻长，更有扬州芍药田”（1880年三月六日）。种烟他还有心思咏叹，当他在丰都看到“卖鸦片者呼声甚厉，亦骇人闻”（1883年二月二十四日）。至于江津则“江岸多黄甘，弥望数十万株，李衡木奴恐不及一匹绢，盖橘利三陪甘”（1881年十一月六日）。让人想不到的是，巫山所产美柚，“地多美柚，以朱沙点者为最佳品，有朱点则肉红色，与金钱圈橙同，不与凡类也。朱点者一枚十八文，凡品十二文。半山云宣化乡中示砂点者一枚六文”（1881年十一月十四日）。其美柚价如此低廉，真令人感叹。关于蜀道沿途所见之树木花草如樱桃、枇杷、榕树、紫荆、榴花、红花、罂粟、红刺等，他在1883年四月二十四日至二十七日的日记里均有详细记载。另外在1882年五月六日于梁山道中咏蔷薇，同日他还咏了一种不知名的野花，“梁山道中，有花初夏满山谷，土人不知其名，图归以示知者，先题一绝：‘粉红圆瓣细绒鬓，欲问芳名《蜀志》无。花似剑南官样锦，画归题作野茱萸’。”反而是四川的桂花不被他欣赏，如他在内江一地，“登小楼见老桂四株，花繁而香微。蜀桂不香，亦一典故也”（1882年八月二十四日）。

尤其值得注意的是，王闿运对榕树的记载，这里面可看出明末清初“湖广填四川”的人口迁徙的影响。对客家人的生活习俗有所了解的人都应该知道，客家人有从原住之家乡带榕树苗到新聚居地的历史。我曾与美国阿肯色州立大学全球中心合作一个小型项目，便是搞“客家入蜀小史”之调查。我调查所出的第七题为“是否还带有原产植物入川种植”，受访者、作家曾伯炎先生回答道：“从梅州背着五棵黄葛树苗，在湖南夜宿，早晨动身赶路时，忘了带走。

行了二十里才想到树苗，又回头去拾到才上路。这几棵树至今仍在中江兴隆镇文家湾，已要数人合围，常引人对前辈的追怀。”曾伯炎先生所说，在王氏日记里能找到相关的旁证，把从渠县、南充、遂宁路上两日的日记联在一起来看，便能看出此中消息。“二十五里至乾霸，小歇榕树下，树垂垂有子，土人呼为黄桷树，豫章之变种也。闽、越、蜀则变，他土则否。章，美材，榕，散材，地气入界则不同，未知其由，大要土碱如此”（1878 年十二月十八日）。我不懂植物学，对土壤之使材质变异也没有研究，但王氏记录的榕树作为进入一个村庄之标记，在川东到川西的许多丘陵地带，确是事实。而且榕树作为四川村庄之标记，在明清以前的文献中似乎尚少发现，而在明清以后的文献中逐渐增多，与客家人之入蜀当有一定的关联，日本人中野孤山的《横跨中国大陆——蜀游杂俎》里专门有一节谈及“嘉定港与黄葛树”。“三十里兴隆场，蓬州地。居民多操零陵土音，云客土各分，零陵人不改乡音也。然土民实亦多永州语，妇女操作亦如永俗，盖习渐始然”（1878 年十二月十九日）。前者提及黄桷树，后面说到永州、零陵习俗，这是典型的“湖广填四川”的活历史。在梁山一带，“往湖广会馆看戏，路遇一丁姓，云常、永、宝三府公建。而自称湖北人，不知原籍何县。问其来，则雍正中”（1882 年五月五日），更是湖广填四川的又一佐证。他在读《蜀志》时进一步提到榕树，“阅《蜀志》物产叙录，甚有法。吴省钦记黄葛树，以为疑即榕树。余一见即识之，以此知博览之益。凡未见而考求者，虽是而疑非也。孔子论多识鸟兽草木之名，识鸟兽草木不难，知其异名为难。《尔雅》所称今悉在目前，但不能名耳”（1879 年一月二十六日）。关于此点，同为湘人的钟叔河先生也曾在《念楼集》中有申说。王氏提及蓬溪一带以红苕为主要食物之一，也与今日被称之为苕国的川北一带（蓬溪、盐亭、西充等地）作物种植相符。“土民乏粮，多恃薯蓣芦菔为食。至此始有橘，犹不及黄甘之多”（1878 年十二月二十一日）。四川的红苕种植，查家谱、方志系客家人从 1733 年左右带入，为繁殖因明末清初地广人稀的所缺之人口，缓解人口增长的压力，度过不测之灾荒年成——尤以道光十八年（1838 年）川中大灾后红苕的栽种面积大幅度增长——都有不可磨灭的贡献。关于红苕对四川民众相关生活，比如食物结构、川菜菜系以及气候森林诸方面的影响，我准备从细节入手，有意做个专门的个案研究《一种农作物的蝴蝶效应》。

三

旅途之行住与饮食也是过客所乐于记录的，王闿运亦不例外。关于旅途之饮食，我已在《王闿运的四川食物》里提及，此处从略。彼时外国人初入中国，对于中国旅舍不洁之印象，厕所之污秽，臭虫之多，多有记载，尤其中野孤山《横跨中国大陆——蜀游杂俎》里对此记录详细而深恶痛绝。外人看到旅舍窗明几净一定欢呼雀跃，但王闿运的“中国眼光”，让政治敏感度不够高的中国人都深感意外。“宿五龙场，店阁明净，为栈房四阿重屋，僭宫室之制”（1880 年三月十日），离南充不远的这座旅店，如果王氏有告发之心的话，肯定能够领到忠于秩序的奖赏，好在他还没有这般下作。不过他内心里对秩序的恭顺态度，真有点害了斯德哥尔摩综合征的样子，此病的源头自然要追溯到大家的老师孔子那里去。“八佾舞于庭，是可忍，孰不可忍”，这样的僭越都可以忍耐，还有什么不可以忍耐的呢？一个中国人与一位外国人对一家旅舍的态度竟可以如此不同，制度所衍生的文化观念之别之大，可不令人浩叹？

以貌取人是察言观色之辈的常态，王闿运行到中江，也遭遇了此等尴尬。“店小二处我以侧室，犹以为不配，黄翰仙来必不至此”(1880年三月十三日)。黄翰仙是王氏当官的朋友,当然“必不至此”,在这样的情形下，他还是止不住略有感慨。其实也不怪那店小二，彼时他当然还没有建立“货币面前人人平等”的经营概念，他心目中固有高低贵贱，王闿运何尝没有呢？前述旅舍“僭宫室之制”的说辞，看上去正当无比，其实在此处就被店小二的“等级制度”观念“暗算”了一回，店小二狗眼看人低，不可谓之冤枉。可惜以王氏彼时的见地，可能一辈子无法想清此一问题。

王闿运数过兴隆场，不止一次遇着赶集。“十五里兴隆场，前过时墟集，今亦以初九日过，复逢墟集，人则少矣”(1882年五月九日)，“卅里至甘草岭，有墟集，前似未见也”(1882年五月十一日)，但遗憾的是没有更多的记录，否则于研究近现代场镇的兴起是很有用的。有次在端午节路过南充，他对此细加描述道：“渡水便到顺庆府城里，街市卑陋，人甚繁庶，云方赛城隍神。自五至十五日，老妇百里来烧香，村妆竞饰，如新年也。自渠至此境，时闻书声，民气较朴”(1882年五月十日)。数次停留重庆，没有更多之记载，只一次停下来去游涂山，亦无特别的感受，倒是在重庆见月为难得之记载，“夜视江烟，似有月光，出船望之，初月正明，所泊亦尚清净”(1881年十一月七日)。而在三峡一带，他曾见过参加袍哥组织的人，“坐茶棚，见若哥会者数人，神似何人，而不能举其名，大要蜀派多如此。吾门三四十人,庶乎其免矣。蜀派初若飒爽坦率,其诈乃不穷，吾数为所误，今乃识之耳”(1882年四月二十七日)，他对袍哥组织的帮派及欺诈是着力批评的。但王闿运对四川最大胆的评价不是说蜀米无味，而是说“蜀亦外国也”。四川是外国，恐怕这是古今中国人对四川最出位的评价。王氏在长沙与家人及朋友分别时，有朋友问他，“言往俄往蜀孰利？余云蜀亦外国也。然二刘年少，当往俄以练习人事，大刘仍留乡居，打佃夫槌王匠可也。此所谓思不出位”（1880年二月三日）。将入蜀与远赴俄国同等看待，并视蜀地若外国，不亦奇哉？王闿运真可谓语不惊人死不休。

2007年9月10日定稿

重庆孤男寡女：历史上的商业双雄

我要借用作家玫瑰水手的同名网络小说，做一个扯人眼球的标题党，来表达一下我对重庆历史上两个了不起的商人的景仰之情。重庆的商业史肯定不全是由他们书写的，但没有他们，重庆商业的历史，便会黯淡无光。“寡女”可谓实至名归，其姓已佚，单名清，又因其失夫而寡，故名之曰寡妇清。这位2000多年前杰出的女商人，在彼时所做出的成就，在我们这个有着悠久的重男轻女传统、等级森严的国家，实在是个异数。“孤男”是个形容词，但也可以是个事实描述，因为像他这样的人从此再也没有了。这位“孤男”便是我所敬仰的大实业家、教育家、社会活动家卢作孚先生。大家都记得毛泽东表扬过四位不能忘记的大实业家，除了张之洞、张謇、范旭东外，便是卢作孚。与他们三位相比，卢作孚虽是晚辈，但他创获的业绩，是一点也不输于他们的。但三位前辈都比卢作孚幸运，死得恰如其分，如他的一位老朋友吴虞死在1949年这道催命符上，免去了多少无妄之灾，而卢作孚死得不是时候。张之洞在清朝覆亡前两年已归道山；状元张謇大业已就、平安故去；范旭东则看到抗战胜利，可以瞑目；独独卢作孚活到了一个不该他活的时代。他事业未竟，心存侥幸，从香港北归，在观望与徘徊中小心翼翼地迈进1949年这道历史大坎儿，结果在1952年便“自绝于人民”。

一

伟大的史学家司马迁虽然没拿企业家的润笔费，却用他那如椽巨笔为商人们争得了不朽的荣誉，这便是他那别开生面的《货殖列传》。如果我们勇于联想且稍作变通的话，几乎可以用今天的经济学术语来衡度《货殖列传》，这并非全是虚妄穿凿的文字游戏。诚如一位名叫辽西短刀的网友所分析：“故关中之地，于天下三分之一，而人众不过什三；然量其富，什居其六”之于今天的基尼系数与二八定律；“夫用贫求富，农不如工，工不如商”类同于资本流通及循环速度；“居之一岁，种之以谷；十岁，树之以木；百岁，来之以德。德者，人物之谓也”之于商业信誉与著名企业等等，不胜枚举。更为叫绝的是，“天下熙熙，皆为利来；天下攘攘，皆为利往”的名言，不仅揭示了亚当·斯密之“人是争取个人利益最大化的理性经济动物”这一伟大定律，而且还替我们“考察”了薄熙来先生当商务部部长的名分，似乎有点其来有自的“正当性”。

《货殖列传》全文约4800字，出现了52个历史人物，著名的如吕不韦、白圭等大商人，在这众多人物，只有一位著名的女商人，那就是重庆长寿的寡妇清。中国历史著名的女商人，本来就不多，尤其这位女商人还是位寡妇。虽然秦汉之际的寡妇不像宋代以后的寡妇那般倒霉，但立足于世终究少了丈夫的奥援。寡妇清在那个商业很不发达的时代，为何能博得如此大的名声，并且为司马迁写进《货殖列传》里垂诸不朽的呢？要知道，司马迁对史料和人物的裁择，在史学家中举世罕有，如果寡妇清没有其不可替代的特殊性，那么司马迁便不会将其纳入庞大的写作计划之中。

由于年湮代远，寡妇清生卒年已不详，但她所做的事业却斑斑可考。据司马迁的记载，寡妇清生活在今天的长寿、涪陵一带，其祖先因累世经营，取得了开采丹砂矿的垄断地位，在她这一代将其发扬光大，累积了无数的财富，其影响所及，遍布当时的大秦帝国。丹砂的化学名称叫硫化汞（HgS），古时产地主要在今天渝东南、鄂西、湘西、黔东、桂东北为主的武陵山脉一带，围绕着长江流域、乌江流域、清江流域、酉水流域、沅江流域分布——“巴蜀沃野，地饶栀、姜、丹砂、铜、铁、竹、木之器”（所引如不注明，皆出自《货殖列传》，下同）——是古代巴山和今天土家族的聚居地。这一带山高地险，交通不便，水陆两路都比较险恶，但至今仍是硫化汞的产地之一，地方志、族谱里都不乏此种记载。从史书上记载巴人寡妇清开矿致富始，不少史书都有巴人开采丹砂矿的历史，故东汉时期有将今之秀山、黔江、酉阳数县置丹兴县之事——《后汉书·地理志》所言，丹兴者，刘璋析涪陵所置——因丹砂矿而兴旺，故取此县名以广为招徕，且便于统一管辖。但丹砂矿中，以湖南辰州所产尤为著名，故名辰砂。丹砂出产中心清江流域、酉水流域、沅江流域，最后都通过沅江通往洞庭湖而销往广大的江南地区、华北地带、南方地区。因为是通过辰州统一转运的，要想获得统一的品牌效应，这一带所产便统一冠名如此，其实好的丹砂并非全系辰州所产，其产地应该属于今天渝、黔、湘、鄂四地交界地带亦即今之大武陵地区。

丹砂矿的用途十分广泛，可作油画颜料、印泥及朱红雕刻漆器，可用于船舶、建筑物的髹漆之用。而且从药理上看，一是有镇静、催眠和抗惊厥作用，二是具抑制生育作用，三是外用能杀灭皮肤细菌及寄生虫。换言之，丹砂在冶炼技术远不甚发达、生产落后的古代，不仅是人们生活所必需，而且是相当稀缺而紧俏的战略物资。寡妇清的丹砂不仅通过辰州远销江南及南方地区，通过长江远销江淮地区，而且还通过汉水、嘉陵江远销北方尤其是陕西省，满足首善之区人民特别是秦始皇一干人等的需要。秦始皇吞并六国以后，大兴土木，“徙天下豪富于咸阳十二万户”、“秦每破诸侯，写放其宫室，作之咸阳北阪上”（《秦始皇本纪》），这样一来，众多建筑对丹砂的使用量就急剧增加。当然这还不是秦始皇对寡妇清比较重用，将其当作上宾，在其死后“筑怀清台”加以表彰，兹以宣传的理由。秦始皇和任何独裁者一样，想让自己长生不老，于是炼丹以保生命长久，成了他比治理国家更为痴迷的爱好。

炼丹术在中国起源甚早，在秦始皇时代由于丹砂的大量生产与运用，使得他想通过炼丹而寻求长生不老的愿望愈加强烈。替秦始皇东渡日本寻求长生不老之方的徐福，有去无回，就更加深了他对炼丹术的依恋。丹砂亦即红色硫化汞经过火法（煅、炼、炙、熔、抽、飞、伏等），分离出水银，水银跟硫黄化合以后便成黑色硫化汞，一加热又可以恢复红色硫化汞的原态。古人希望通过这样的方法，造成可以延年益寿的“还丹”，而这样的“还丹”和不老术受到秦始皇的追捧是再自然不过的事。对于炼丹术的神功，东晋葛洪曾说道：“神丹既成，不但长生，又可以作黄金”（《抱朴子 · 金丹》），于是跟风影从者甚众，因此寡妇清受到相当的礼遇和重视，便是水到渠成的事。寡妇清的厉害之处，在于她并不满足于自己丹砂矿的商业优势，她也知道讨好秦始皇的妙处，如为秦始皇修万里长城捐巨款，以成就秦始皇的英名伟绩。这一招官商勾结的古老方式，早在 2000 多年前的大秦帝国就发挥了它的巨大威力，以至后世在专制制度下为商者，无不效仿。

更为叫绝的是，巴人寡妇清凭着自己的炼丹术，甚至有人揣测她是另一位巫山神女，有炼丹及长生不老的独家秘技，法术惊人，才可能让秦始皇这样的暴君如痴如醉，同时又不能将其完全制伏。事实是不是如此，我们当然不能妄下断论。但秉笔直书的司马迁为何专门记载她，恐怕不仅仅是为了表彰一个女商人那么简单。我们不要忘记司马迁在《秦始皇本纪》里记载秦始皇陵墓时曾说过的几句话："以水银为百川江河大海，相机灌输。上具天文，下具地理。"据 2003 年的考古探测，经过现代科技验证，司马迁所写完全属实，秦始皇陵地下水银保守估计有 100 吨左右，用水银的目的一是为防盗墓，二是他至死相信水银及丹砂的伟大力量。这么多水银哪里来的呢？所有史料都指向寡妇清这里，这便是司马迁一定要记载寡妇清的一个明显理由。

一个乡间寡妇，能够礼抗万乘，养兵万千，势逼君主，名显天下，其原因何在？司马迁一言以蔽之：不就是因为她太有钱了吗？有钱是一个原因，也许她所致富的丹砂在那个时代的神秘力量，才是帮助她成就不朽商业奇迹的一个根本而隐秘的原因。一个商人而且是一个女商人，在中国历史上，截至目前，其成就可谓空前绝后。

二

2000 多年后的 19 世纪末、20 世纪初，历来两江交汇、比较繁荣的重庆，也伴随中国“三千年未有之大变局”，走上了被迫打开国门、寻找现代化的道路。打开国门，对重庆来说，就是繁忙的重庆水上运输迎来了它的外国船只。此前的水上运输虽有竞争，但竞争的强度与力度，都不能跟现代化的外国船只相比。在我们 20 世纪上半叶重庆水上运输的主角卢作孚先生尚未出世的前两年，亦即 1891 年 3 月 1 日重庆海关正式成立（关于重庆海关成立起的资料，请见周勇等译《近代重庆经济与社会发展（1876—1949）》），标志着重庆正式开埠，城市的近代化进程由此拉开序幕。十年过后的 1901 年，重庆拥有了 12 个同业公会、9 个会馆与各式商会行帮组织，特别是 1904 年 10 月 18 日重庆总商会成为中国较早成立的总商会之一，南帮票号的巨头、云南人李耀庭任第一任商会会长，与此同时，以生产和经营桐君阁起家的本地商人许建安也随之崛起。但这些风光的篇章，很快便会被一个叫卢作孚的人翻过。他的光芒不仅盖过所有重庆商人，而且即便是 20 世纪的中国也罕有其匹。其事迹举其大端，亦可以令人叹为观止。他对乡村自治及其建设的实验、北碚图书馆的建设、西部科学院和地质调查所的建立、办兼善亦即今之合川中学、博物馆、动物园、公园、电影院、运动场、游泳池等，与各个领域堪称一时之选的人物多有往还，处理周全，他对整个战时运输、生产、生活等方面的战略性贡献，为抗战的最后胜利，可谓居功至伟。其中关于民生公司职工培训及管理，包括其公司每周三的周会，请马寅初、郭沫若、茅盾、黄炎培、胡焕庸、左舜生、杨森、魏时珍、梁寒操、王道之等人的演讲，都是极好的企业文化建设之范例（详见拙文《民生公司职员六十年前的日记》）。

卢作孚先生的商业贡献，已为世所公认。以 1947 年民生公司的鼎盛时期为例，拥有各种轮船 120 艘（此中尚不包括未交货的 7 艘“门字号”轮船），驳船 33 艘，总吨位 58000 余吨，职工 89000 余人，航线遍及长江各大口岸、香港、澳门、台湾、日本及东南亚，并相继在有些地方设立了办事处，于是我们不难想见民生公司在运输行业实力之一斑。其于社会诸方面之努力，文化建设、乡村自治等，已昭然于世。中国不缺乏能挣钱的人，今天亦夫如是。然像卢作孚以黎民苍生为念，以社会进步为己任，以文化传承赓续为重心，以教育发展为依归，以医治“五鬼闹中华”（贫穷、疾病、愚昧、贪污、扰乱）为职志的企业家,在中国可谓并不多见。单以目前所公布的《卢作孚书信》1226 封为例（据主编者黄立人所言，已发现卢作孚书信2000 多封，希望将来能做卢作孚书信续集，凡是能找到手便收入进来，以备研究卢作孚及民国相关人事者参考。编注者辛苦，但注亦有不少疏漏，例如民国川大代校长张颐错成张灏，即属不当。另外书名应《卢作孚往来书信集》才准确，因为这里面别人写给他的信亦是不少的，受者和写者的身份都应该得到突出与尊敬)，与其有通信之联络者，举其重要者来言说。这是一笔多么巨大的财富，有不少人的文集或者全集里漏缺的书信于此所在多有：

文化教育界人士：蔡元培、张伯苓、陶行知、胡庶华、张颐、晏阳初、顾毓琇、陶亢德、邓少琴、王星拱、张君劢、邹韬奋、梁漱溟、黄炎培、邓季惺；

科技界人士：秉志、胡先骕、任鸿隽、王琎、竺可桢、周太玄、黄汲清、侯德榜；

商业金融界人士：康心如、康心之、刘航琛、张嘉璈、范旭东；

军政界人士：蒋介石、张学良、杨森、刘湘、贺国光、翁文灏、钱昌照、何北衡、张澜、康泽、刘文辉、张群、白崇禧、蓝文彬、吕超、罗泽洲、李家钰、何应钦、孔祥熙、王瓒绪、何廉、陈立夫、周佛海、邹琳、孙越崎、沈宗瀚、谷正纲、胡子昂、冯玉祥、朱家骅、宋子文、孙震、汤恩伯、吴铁城。

我们都知道1938年10月，沦陷区工厂内迁的各种机器部件约10万吨，群集在宜昌两岸，等待迁至重庆，避免日寇的毁灭性轰炸，以给抗战留下能够抵抗的生活与发展之资，急需赶在枯水季节和日寇轰炸前迁到安全地带。但由于所涉单位过多，利益纷争，人员混杂，致使搬迁无法理出头绪。蒋介石命卢作孚以交通部次长的身份来指挥这次大拆迁，终于在12月枯水期来临的时候完成整体搬迁的壮举，这便是被著名教育家晏阳初先生称之为"中国的敦刻尔克"的大拆迁。如果没有这次成功的大转移，那么中国的抗战能够坚持多久，最后胜利仍需多长时间，都是个未知数。作为以运输为主业的民生轮船公司，在国家危急时刻，当然不只是搬迁机器，运输人员，其中学校图书、文物仪器等的搬迁，尤为感人至深。涉及诸种搬迁的故事非常多，兹以《卢作孚书信集》里涉及武汉大学搬迁的事，他与武汉大学校长王星拱1938年7月往来信函，略去一些前后的客套语及称呼，以从中窥探一斑。

王星拱致卢作孚："作孚先生次长勋鉴：……刻下战局紧张，运输尤为重要，先生靖恭劳尽，倍蓰逾常，敬惟恢复健康起居安迪，至为颂祝。兹敬启者。敝校迁移嘉定，运转繁难，辱承先生厚爱，嘱托民生公司照护敝校，嘉惠实多，师生同人均深感荷。今尚有工农学院仪器、机器约二百五十箱未曾运毕，按嘉定敝校开课业已多时，亟需上项仪器以供实验，而刻下吨位拥挤，不易寻觅，敬祈先生特予荫拂，电致宜昌民生公司早日设法惠运，使敝校学业不至损伤，则高惠所及，更深且远。临颖不胜企祷之至。专此奉恳。"

当时战局逼近武汉，各方面要运输的东西可谓至为繁难，但有涉及学校及国家教育的事，卢作孚无不马上办理。他回复道："星拱先生大鉴：日前枉驾，失迎，歉甚。贵校滞宜工农学院仪器机器约二百五十箱，嘱为电宜民生公司设法运输。顷已由弟电宜民生公司李经理肇基兄相助设法运出。附上原电一件，敬希察阅为幸。"其所附致李肇基的信为："肇基兄：武汉大学滞宜农工学院仪器、机器约二百五十箱，请设法分批由宜转出为盼。"要知道，以商业起家的人，素以利益为第一要务，大多会视此种费力不讨好、利润不厚之运输为鸡肋。何况彼时货多船少，运送能挣钱的紧俏物资是许多轮船公司求之不得的事，而卢作孚却以战时的国家利益和文化传承赓续为重，他这不全是大公无私，但这样的境界远非普通商人能比。

运这些费力不讨好的图书及文物，不仅得不着比较丰厚的利润，而且危险系数大，损失的概率也大为增加。1940 年中央史语所的图书文物从昆明迁宜宾李庄，11 月 12 日满载史语所 140 箱公物的船只在由泸洲运宜宾的装卸中倾覆，不慎落入水中，经紧急打捞，全部救起。然书籍文物，历来怕兵厄、怕虫蠹，怕火怕水，偏偏让其遇到了倾覆浸水之灾。11 月 13 日在重庆的傅斯年闻听此不幸之消息，气急败坏，其致电李方桂、石璋如说道："王崇武全批，晨在宜宾落水，经捞起拓本善本粘滞成饼……"，"趸船失事，弟当即速电前往迅速开翻晒开，不能揭者，徐图蒸治"。自从此事发生后，傅斯年频繁与李庄的董作宾商谈沉船事件对策及赔偿事宜。1941 年 3 月 25 日他又致信董作宾："顷与民生公司商定，双方封条之箱先打开再晒，免再受损失，将来以原签文件为凭即足，又落水照相图器及重损书原价，请即开示。"这些与民生运输图书文物有关的往来书信，在欧阳哲生所编的《傅斯年全集》（湖南教育出版社）里均未载，我是从岱峻兄所写的《发现李庄》直接抄录出来的，也不难见出民生公司在战时运送图书文物困难之一斑。

一篇《卢作孚与他的长江船队》文章写道："卢作孚是一个没有受过正规学校教育的学者，一个没有现代个人享受要求的现代企业家，一个没有钱的大亨。"（孙恩山译自美国《亚洲与美洲》）的确如此，比卢作孚能挣钱的人，在当今中国不知凡几，但像卢作孚一样有人格、通文化、有作为、识大体的企业家，而今安在哉？面对扰攘纷争、道德隳颓、制度腐败的时代，我们不得不痛心地说：中国已无卢作孚！

2007 年 5 月 24 ~ 26 日于成都

康有为的四川学生

作为清末民初的风云人物，康有为的学生遍布全国，不知凡几，盛名如梁启超者，其声名甚至盖过老师。学生一多，不可能都如梁任公一样叱咤风云，籍籍名者肯定不少。但即便多有籍籍无名者，康有为的成都学生恐怕也不多。这倒不是成都人不想跟大名鼎鼎的康南海取经问学，而是因为他足履所到之地，离成都始终有相当的距离，要想亲承謦欬，在交通不便的年代，自然远非易事。康有为的成都学生本来就稀有，能留下名声，并让我们今天有机会来说道一番的,就可以称之为罕有了,这罕有的人中就有成都温江人官道尊。

官道尊今天能作为康有为的成都学生，被我们提及，并不是他多么有名。事实上，如果不是我们施展一点福尔摩斯的打捞功夫，他一样有可能消息于天壤间，而不能被发掘出土。关于官道尊的生平事迹，翻查《温江县志》等相关书籍并及网络搜索，不得要领，未见半字。倒是在网上一篇题为《钓鱼城摩岩题词及名人题记》的文章里，说《春日登钓鱼城怀古》（二首）系官道尊民国时期游钓鱼城题诗并隶书刻石。诗二首内容倒是一般，隶书想必应有几分功力，因为官道尊的文章里常提到他为寺院题诗书联之类的事情。

经我阅读手中的线装书《西湖消夏录》，大致可以理出：官道尊（1897 ~ 1968），本名官俊，字梦兰，四川温江人，曾在军中做事，后从文，其间跟康有为问学。据《西湖消夏录》扉页广告“励志斋丛书目录”十五种，均系自撰自印书籍，其目录如次：《弱冠掷埴集》（四卷）、《励志斋随笔》（四卷）、《读汉隋书笔》（六卷）、《励志斋藏书目录解题》（四卷）、《励志斋书牍》（四卷）、《励志斋友朋书问》（六卷）、《芝兰室唱和集》（二卷）、《武经补注》（十卷）、《军学常识》（四卷）、《军队教育程序谈》（二卷）、《妙香斋诗集》（二卷）、《蜀治刍荛录》（四卷）、《政治方针》（四卷）、《诸葛心书集注》（二卷）、《西湖消夏录》（一卷）。这只是 1928 年前官道尊开列的自印书目，此后还有没有新书出笼，因没有找到可靠的史料，不得而知。但仅从《西湖消夏录》里就可以看出他还有其他著作，如“予注《心书》，尹硕权已序成，请亮集刻之也”。（7 月 4 日）但作者的书留传下来的似乎并不多，也没有引起研究近现代四川文化者的注意。

官道尊的《西湖消夏录》（1928 年 5 月励志斋自印），是一本十六开的线装铅活字本，40 叶 80 页，十年前花 50 元钱得于淘书斋。是书用日记体的形式记录了作者在 1922 年农历六月初二日至十一月初七日五个月内，住在西湖龙井寺读书，以及到康有为在西湖的别墅康庄里问学的情形。作者彼时是个军人——“南海师所赐予玉印一方，付镌。文云：‘戎马书生官俊’”（8 月 3 日），但后来弃戎而从文，因为在《西湖消夏录》里他曾说“今日始悔在杀场上”——因此与四川多位军人包括尹昌衡（硕权），乃至与著名的军阀吴佩孚均有往来，也算是个在民国有点影响的人。若是后来留有回忆录之类的东西，对研究民国四川史定能有所助益。

为什么 1922 年的读书及问学日记，要到 1928 年才印出呢？作者在自序里说道："予也何人，敢云立说？又讵敢以此居诸笔记而问于世耶？复思南中讲学，为予弃戎衣而就道之上元纪念。既得南海先生诱掖，诲以天人之智，书绅可慕，述记奚忘？爰以岁月之蹉跎，略记当时之演说。先生之政事难议矣，先生之学问文章则无论海内外识与不识，亦莫不钦服，仰企靡已也。今先生逝矣，缅怀遗范，慨痛何如，则予之此记，胡可以不曝于世，而为研究先生学问文章之一助！予虽获庸识之诮，不恤也。"出书纪念康有为并且作为对研究他之一助，这说法当然正确无比，但未始不曾藏一点生以师传之类"皮袍下面的小"吧。倒是自序里接下来的一段话更加纯粹："惟予刊此记而有恨焉者三：论学问难逢南海其师，论读书则难逢西湖其地，论遨游则难逢清净其时。今泰山崩颓于前，而江浙兵燹之余，疮痍满目，每开斯卷，不禁今昔之感矣。"官道尊的"三恨"实在是"三美"集于一身的"盛事"，人生得此一遭，亦算不枉来世间一趟吧。

从《西湖消夏录》中得知，官道尊善书好作楹联亦作诗，书法未曾见过，但联和诗均属一般。官道尊虽爱读书——如 7 月 23 日"南海师至寺中用早膳毕，予陪游风篁岭上，谈甚久。予请以近人谓《礼运》一篇系出于老家（《吴虞文录》）。师曰：此朱子之说也。"彼时《吴虞文录》才出，官道尊即已读过，不可谓不好学也——但读书似乎得法时不多，虽有"吾每读书注意之余，半夜思及而惧遗忘，即起识之者甚夥"（8 月 26 日）之法，但总体来说不算得法，见解亦不太高明（如其曾说读经救国云云）。但对一位 25 岁的年轻军人来说，如此酷爱读书，也算是难能可贵的了。

官道尊在西湖龙井寺里读书，除了见其师康有为外，还会过不少人，如遇到过曾宦蜀十二年的孙锵。“晤孙玉仙先生锵，先生今年六十有七，精神矍铄，潜修内典。清季曾官吾蜀十二年，其治越嶲也，政通人和，民歌麦穗。又手纂修《越嶲厅志》，迄今见重于蜀，称为良史。先生博极群书，富藏篇帙，手不释卷，无间寒暑。谈次始知其戊戌之际，曾助吾师南海先生变法维新。”（7 月 28 日）研究吾蜀历史文化，像孙锵这样的人岂能忘记不提？官道尊在勤读的同时，闲时曾“作白话体文一篇，投稿于杭报，题为《越俎代庖》”（8 月 14 日），涉及 1922 年浙江大水。官道尊偶作白话，这就像终身写文言文，却在 1921 年也学着写两首白话诗的吴虞一样，说明彼时学写白话文（诗）是一种时代潮流。而这潮流，在 1922 年教育部济南会议定下中小学教材改为白话文后，就更是如此。

官道尊不仅在西湖读康有为的力作《孟子微》，也问康有为许多问题，其中康有为两次说到基督教教义来自佛经，不特此也，还说耶稣曾读过佛经。腹俭如我未曾听闻过这样的说法，但甚有趣，兹录一次。“予请师以耶苏与佛教何如？师曰：耶苏全出佛教之天道一部，予游印度时，考佛典及耶苏所出地，始知耶苏曾读佛经，多不知也。”（7 月 26 日）我虽然对佛教和基督教都没有较深的研究，但我想这种说法恐怕于理无据，只有像电影《这个男人来自地球》里才有这样的“创作”。问学之余，官道尊也参与了康有为的人际交往。“下午赴康庄，侍南海师游谈，值送菊花于省长公署，代拟一启云：‘菊花之隐逸者也，时维九月，序属三秋，敝园百花盛开，惟菊差悦目，我念君子亦同好之欤？兹特饬园丁赠八盆，以供彭泽公余之一醉，谨启’。”（9 月 23 日）康有为这样从波峰浪谷“隐居”到康庄的“隐逸者”，用菊花这样的“隐逸者”，来作为与达官贵人往还的赠物，总免不了让人感到有一点淡淡的讽刺意味在里面。

虽说官道尊是康有为的四川学生，但使康有为暴得大名的《新学伪经考》、《孔子改制考》在一定程度上受四川学者廖平《辟刘篇》、《知圣篇》的启发，是毋庸置疑的。这种启发之深，甚至聚讼成康有为抄袭廖平的说法在坊间流传——著名学者钱穆《中国近三百年学术史》一书中也说康抄廖——但是深入研究二人的学说，还是有不少差别，廖平亦曾亲自否认康有为的抄袭。1913年廖平《与康长素书》里对康有为极尽推崇之能事："忆昔广雅过从，谈言微中，把臂入林。弹指之顷，七级宝塔，法相庄严，得未曾有。巍然大国，逼压弹丸，鄙人志欲图存，别构营垒，太岁再周，学途四变。"去掉书信里免不了的客套，要是康有为真是抄袭廖说而不承认，那么廖平即便坚持"君子绝交不出恶声"，也犯不着给他戴如此空前绝后的高帽。顺言之，官道尊受惠于康有为，但也受惠于清末民初的蜀学，其源头当然是开创清末民初蜀学风气的湘中学者、诗人王闿运，他在四川的行迹，那就是另外的故事了。

2010年10月11～13日于成都

民国四川“女武训”

20多年以来，成都旧书市场几经变化迁徙，但每个星期天的早晨，我大多会到旧书市场搜书。搜旧书所得多少，固与书缘有关，但更与自己的识见和视野有涉。我常以能在众人废弃不取的烂书堆里，梳爬出让人惊羡的资料和变废为宝的东西自娱，从而为己所用。不夸张地说，在这方面，我是有几分才能的。

这不，前两天在旧书摊中花两元钱买到了一个打印本。这个打印本名为《一生献给盲聋哑教育事业——罗蜀芳回忆录》(是书9章，前有“致读者的信”，16开，共104页)，由罗蜀芳的学生王茂华、礼广贵整理。打印本系普通白纸本，过了20多年，纸已发旧变脆，用透明塑料夹着阅读尚可。打印本本来不多，过了20年尚能存世，因为没正式出版过——其间除少部分内容刊于1992年的成都文史资料上，大部分不为人所知晓——必定更为稀见。整理罗蜀芳回忆录的两个学生既是老革命，也是老教师，退休后还能回到成都来给自己曾经的校长和老师整理回忆录，在如今世风浇薄的年代，没有深情厚谊和价值观上的认同，是断难有如此举动的。人生一世，不管是谁，大多为生计所迫，为世情所扰，谁不愿在年老之时，多一事不如少一事呢？如是观之，正可以见出罗蜀芳非同寻常的魅力来。

罗蜀芳是谁？虽然在下读书不少，但请恕我腹俭，此前未曾注意到过——有人会说，你既不知晓罗蜀芳是谁，却为什么拿到她的回忆录就觉得是个宝呢？那是因为在下长期关注教育，且对此薄有研究之故——虽是客居成都的外乡人，但自信于成都的历史与现状，巨细靡遗，了如指掌。但即便如此，还是有漏网之鱼，罗蜀芳的事迹，于我就是漏掉的一条“大鱼”。此“鱼”当然是相对于我这种胸无大志的人而言，对于那些动辄不想扫一屋，却时常想扫天下的人来说，这算哪门子的“大鱼”呢？不就是个校长教书匠，不就是个孩子王，而且还是个聋哑盲的孩子王吗？有何等勋劳让人觉得了不起？这对习惯于成王败寇的势利国人来说，绝对觉得不可思议。

罗蜀芳于1906年出生于成都城守街一个木质镜匣手工作坊主家庭，家里不算富有，但罗蜀芳非常幸运，其母在父亲去世后送她进私塾和新式小学就读。其间停学后，她干脆找朋友借了10元钱，进传教士办的华英小学就读（此前她读过明德小学，亦属教会学校），后来受洗信教。而她所上的有着“中国盲聋哑之祖”之称的烟台启音学校，亦是由成都基督教浸礼会资助200元，而得以成行，故终其一生是个基督徒。她曾任过中西慈善团盲哑学校的教师（该校会计为考古学家葛维汉）、兼任过成都市基督教盲哑学校校长。她的事迹，对于研究基督教在西南地区的传播和贡献，是个极好的样本，恐怕对基督教于西南地区的传播有深入研究的秦和平教授也未必注意到此点。由于二哥轻信媒婆之言，罗蜀芳曾有过极短暂的不幸婚姻，后没有再婚亦没有子嗣，故她以终生奉献给盲聋哑教育为乐。她的二哥曾与人经营过成都启明电灯公司之后的第二家电灯厂，并在城守街经营过成都第一家上演有声片的新民电影院，其后还在西御街建中央电影院，正是二哥的实力——也许还有造成她不幸婚姻的内疚——给她创办盲聋哑学校不少的支持。

特殊学校教育，一直不为人所重视，政府机构亦如此。即令是非常重视普通教育的人，也未尝分助一点精力于此的亦大有人在，如著名教育家晏阳初、陶行知诸先生。这不是苛责，而是说清楚此一窘迫的事实。因为社会分工，晏阳初、陶行知等教育家用力于普通之平民教育和师范教育，自然是可以理解的。同理，着墨民国普通教育的研究者不少，但特殊教育的关注者偏少，而四川地区包括对成都特殊教育历史的关注者，就少之又少。据我有限所知，只有陈建华、潘玉虹的《民国时期四川特殊教育的实践与探索》一篇文章和谢新农的硕士论文《民国成都盲聋哑特殊教育》，这证明此种情形在今天也没有多少实质性的改善，每忆及此，无不令人浩叹再三。

聋人教育专家戴目在其编著的《百年沧桑话聋人》一书里，将罗蜀芳作为成都明声聋哑学校创始人，与南通狼山盲哑学校的创始人张謇、上海傅兰雅聋哑学校的创始人傅兰雅、上海市聋哑青年技术学校的创始人陈鹤琴相提并论——在搞盲聋哑教育之前，罗蜀芳本可以继续读朝阳大学而成为法官，其间亦可至日本留学，但因盲聋哑教育事业而脱不开身——但在她的故乡成都，除了少数人外，大部分人毫无所知，这不能不说是一种遗憾。当然这样的遗忘，也不只是针对她一个人，而是近乎一种集体遗忘。与晏阳初、陶行知一样有名于时，并先后同学于美国，毕业于康奈尔大学的乡村教育学博士，出生于成都华阳傅家坝的教育家傅葆琛又有几人知晓呢？作为有历史癖的后来者，应该对前辈们筚路蓝缕的开创之功心怀感恩，揭示出来，让更多的人去缅怀且学习他们的懿德风范。

截至 1949 年，在开展特殊教育教学和创办特殊教育学校的 17 年中，罗蜀芳能坚持下来并使自己主政的盲聋哑学校有所壮大，其间自然少不了许多热心人的襄助。除了燕京大学、齐鲁大学学生来盲聋哑学校实习、调查、研究外，有名的帮助者如宋霭龄、张澜、邵明叔（成都五老七贤之一）及彼时成都市市长、书法家余中英的夫人等。抗战胜利前夕，生活艰窘，百物腾贵，由中国盲民福利会总干事江鸿起带罗蜀芳面见中国盲民福利会会长宋霭龄，宋霭龄接见约 10 分钟后，送上请批救济米的公函，并知会粮食部长徐湛，使得缺粮事情顺利解决。不甚有名者如校董明德馨、重庆护士学校校长汤其渊均每月捐 20 元，这在战前是笔不小的数字。更令我感慨万千的是，我的乡贤、酉阳人蔡朴的鼎力资助——1945 年华阳县中本应迁回梨花街，但却看中了明声盲聋哑学校在何公巷的校址，省教育厅着令其搬迁，两家打起官司来。“我坚决顶着不迁，好在后来酉阳县的绅士蔡朴先生申明了明声聋哑学校的校址及房舍是他的私产，并把房地契及营业证正式捐赠给明声聋哑学校，这场官司才算打完。”（P49）有这样热心助学的乡贤，我亦与有荣焉。

德国谚语说：任何比喻都是蹩脚的。虽然经历 20 世纪 50 年代的大批判，“文革”中的掘墓游行，但武训是谁，恐怕稍微读点书的人，都曾听说过。他以乞丐之身，终生艰苦兴义学的壮举，不仅打动了当时风雨飘摇的清廷，也感动了后来许多知识分子，如教育家陶行知等人就对其赞赏备至。武训坚毅办学的精神自然激励着罗蜀芳，虽然说罗蜀芳未曾乞讨过，但其时或过着借贷的生活，到处“化缘”，仍办学不止的精神，与武训的兴学精神可谓一脉相承。她提及武训，想起自己时便说：“为了学生，也差不多是到处‘磕头作揖’，为学生的生活出路，以及深造寻找机会。对于贫寒的学生和孤儿，我竭尽可能来接济他们，对于有才华的学生，我想方设法送他们到高一级学校去深造。”（P90）单是抗战时期 1937 ~ 1941 年的五年间，成都明声聋哑学校“五次迁校、四次搬迁，备尝艰辛，可以说我在这期间，不断地找房子、购建材、雇工匠、修烂房……倘若我稍有怠惰或者灰心动摇，我的理想马上就会变成泡影，我的学校早就夭折了”（P34）。有这样的精神与毅力、慈悲和爱心，与武训相比，对教育的执著，可谓巾帼不让须眉，何况其所坚持的是比普通教育更加冷门、常人更难以维持的特殊教育呢？

1949 年后，罗蜀芳所为不多，其间原因，不用多说，诸位亦会明白。但即便只有 17 年创办盲聋哑学校的艰苦经历和不凡业绩，亦可令她不朽于人世。1994 年，她以米寿之龄在故乡回归天堂，让我们记住并赞美她带给人世间的慈爱。

2010 年 11 月 9 ~ 15 日，成都至酉阳，再从酉阳至成都，开母校酉阳二中百周年校庆的间隙和路途中断续写就

物理学家撰写的文学史

物理学家而写文学史，在中国目下这种非常工具主义的应试教育之下，你会视为不可能的“天方夜谭”。可这在民国乃至清末，却并不鲜见，如物理学家丁西林写有不少戏剧、地质学家丁文江写不错的政论和游记等。大名鼎鼎的军事专家蒋百里与学者梁启超一同赴欧洲考察，蒋著《欧洲文艺复兴史》一书后，请梁为其序，梁的序最终写成了《清代学术概论》一书以应。这说明社会分工并没有让大家各自抱残守缺，而株守知识的一隅，而是在知识的海洋里联动遨游。更有进者，民国有名的法学家吴经熊先生，别说在法学上的贡献有目共睹，单是他一小册《唐诗四季》，其对唐代诗歌的细部理解和整体把握，可以让许多专门吃文学研究这碗饭的人歇菜。王维诗中的韵味和灵魂，阐释者何止万千，但均没有吴经熊先生说王维“有一颗天蓝色的心”来得更加令人震撼，正点而到位。

这位撰写文学史的物理学家名叫郑宾于，是中国固体物理的先驱、天线理论方面的专家。他出生在浙江乐清一个贫困的家庭，与著名数学家苏步青同学于浙江艺文中学，并于16岁时考取官费留日生，留日12年取得东京帝国大学物理学硕士。本来应著名物理学家施士元（居里夫人为中国培养的唯一博士）之请准备到中央大学物理系教书的，后来携妻一行入川旅游，被时任成都大学的校长张澜强留下来，遂成为成都大学、四川大学等大学的物理学教授。对物理学教授郑宾于在专业方面的具体成就，我不甚了然，也没有相应的知识能够了然，但对于他的“旁门左道”却算是略知一二。大抵郑宾于在日本学习物理学的同时，也热爱中国传统学问，以我有限所见，曾于1926年《北大国学月刊》见到他两篇关于《诗经》的探讨文章，其一为《论三百篇后的风诗问题》，其二为《诗问题之后》。此间他还曾向史学大家陈垣先生请教谚语“赵老送灯台”的问题，陈垣在1925年的《北京大学研究所国学门周刊》专门作文“答郑宾于”。对于郑宾于的学问与成就，其浙江前辈蔡元培也不吝鼓励，曾集欧阳修句赠送他：“高文落笔妙天下，清论挥犀服坐中。”

查诸种资料，更加令人吃惊的是北新书局1930年至1933年陆续出版了署名郑宾于的《中国文学流变史》三卷（是书曾于1938年重版），在20世纪文学史的写作与研究中占有一席之地。但由于我没有读过《中国文学流变史》一书，无法完全证实其书中有多少创获，但从间接所知其为薛涛翻案来看，也算自成一说。别的且不说，单从写作和出版时间来看，其引领文学史写作和研究的新潮是可以想见的。就我粗略所知，在郑著前面出版的，也就曾毅《中国文学史》（泰东图书局1915年）、谢无量《中国大文学史》（中华书局1918年）、范烟桥《中国小说史》（苏州秋叶社1927年）、谭正璧《中国文学进化史》（光明书局1929年）等少数几种，而胡云翼《新著中国文学史》（北新书局1932年）、郑振铎《插图本中国文学史》（北平朴社1932年）、钱基博《现代中国文学史》（世界书局 1933 年）、刘大杰《中国文学发展史》（中华书局 1941 年）等诸种享有大名的文学史，则在时间上瞠乎其后。

有人会说，你既然没看到过这部《中国文学流变史》，却又来说他写的一部文学史，那不是无中生有么？我多年搜旧书的经历中，有许多意外的收获，8 年前我于旧书摊以 10 元之价得一册石印线装《中国文学史大纲》，13 叶 26 页（成都中南大街复兴公司代印），署名郑宾于著。此书是为浦澄中学所编的讲义——浦澄中学即为军阀刘湘所办，如建国中学为邓锡侯所办一样，彼时四川军阀在辟公园、修公路、办教育三件事上还是颇热心的——大学老师兼中学的课在民国时非常普遍，彼时成都石室中学的师资就比如今许多大学都还要强。《中国文学史大纲》内容只有第一编《叙论》，内容由“引言”“文学史是否科学？”“何谓文学？”“文学之起源”“文学史之定义”“本书之作意”六部分组成。此书开篇辟首第一句即出人意表：“四千余年来，我国学者在学术上共同努力之总成绩，除了‘七乱八糟的一团’而外，再也别无其他长物，可以值得表彰者！”对科学的信仰加上激进主义风气传染，得出这样的结论，并不令人吃惊。

我手中的《中国文学史大纲》是作者的一个自留校改本——即书出后作者自行修订，以便下次重版时拿出来订正的作者自留本——满本是作者红笔的校正和添加，连“叙论”写竟的日子 1933 年 3 月 29 日都是红笔添加上去的。如果北新书局所出的《中国文学流变史》系同一个郑宾于所为的话，那么这个《叙论》或许是从该书省编而成。郑宾于对日本用“支那学”来称呼中国学深致不满，留日多年的他对日本文化充满一些不冷静的态度，甚至不惜逸出正文来一段“爱国教育”：“且夫既为中华国民，要必自尽其天职！秉笔之士，既不克执干戈以卫社稷，如能举其固有之文化，以求发扬光大于世界，不亦尽其爱国之责欤？”（P11 ~ 12）不是说这段话不好，不是说它无意义，这在寇氛日深的年月非常让人理解。从另一个侧面亦可以看出，郑宾于虽然是一位科学家，但其情感之喷发于一般文士也不遑多让。

《中国文学史大纲》虽然只有薄薄26页，但内容却并不单薄。他非常提倡用科学的方法研究和撰写文学史，对历来的经史子集分类法极尽痛诋之能事。“夫经史子集，原非科学之专名，仅止著述之例类，国人安于所习，蔽所希闻，未尝睹科学之条贯，妄谓其研求为已足。怀‘抱残守缺’之志，存‘狭恐见破’之心，遂自以为可以振兴学术，发扬文化，多见其不自量也！”（P2）郑宾于用培根和冯特对于科学的分类及阐释，来做“科学分类表”和“东西方文学之质量表”,这在彼时所撰的文学史中可算是别出心裁的。并说“各种科学之特殊性质虽不同，然皆有其共通之目的。一切科学，皆系将多数人之‘经验’与‘事实’,凭借知识的构造用极‘精准’‘简单’与切实之文字记述者也。而此精确之记述，皆以表明各种事物互相关联之法则为归宿，故必对于种种事物，加以精密之观察与深刻研究，然后乃可发现其自然之法则，而为最有效力之思想者焉”。(P11)此种对科学与相关学科关系的精准论述，恐非他这样的科学家不能道出。

他在探讨文学史、文学的定义时，从章太炎、胡适、谢无量、梁启超、圣伯夫，到《古史辨》，旁征博引，联袂演出。但在阐述本书主旨时，却也非常清醒地意识到：“矧以本书之作，原为讲习之应用，尤非专门之著述，故于渊源流别之外，尤应注意其材料之征引也。谨悬此旨，以为之鹄。倘若不幸而获世之诟厉，则犹庶几可存作者一家之言也。”（P13）对于一个科学家来说，于文学能有这样较深的研究已属难得，但这样的成就却非幸致。抗战时郑宾于家住华西坝，其往来密切者均系出名的艺术家，如庞薰琹、吴作人、叶浅予、戴爱莲、李有行、沈福文、马思聪等，此前老同事吴虞在日记里亦记述过与郑宾于同赏京剧的雅事：“闻郑宾于与女生陈俊修来访，即往宾于处，听留声梅兰芳《祭塔》、程砚秋《玉堂春》、徐碧云《女起解》三折。”（《吴虞日记》1931 年 2 月 24 日）物理学家而风雅若此，大概只有善拉小提琴的爱因斯坦、著有《眼睛看不见的东西》的汤川秀树可以媲美了。

2010 年 12 月 23 日刚出院三日，于病痛恢复中草就于成都

史学家周一良的岳父

周一良先生在史学特别是魏晋南北朝史的研究上，比较有成就。这些成就多是在1949年以前和1979年以后取得的。明眼人一看就有疑惑，那么他1949年至1979年这30年在干什么呢？自然他也没闲着。举其大者，比如奉命批判老师辈的胡适先生，在“文革”后期参加“梁效（两校）写作组”等。这30年间所做的事，虽然说不上有什么成就，但名声并没有减少，特别是参加“梁效写作组”影响深远，这些事在周一良所著的《毕竟是书生》和《钻石婚杂忆》里都有记载，大家可以自己找来看。周先生的史学成就和其中所蕴含的奥义，自然有许多人愿意去发覆。本着“不贤识其小”的古训，今天我来八卦一下周先生的岳父。之所以名之曰八卦，不是说我关于周先生岳父的事，充斥着风花雪月，史料没有来历，而是说人人都有了解名人未知家乘的癖好，而许多人又不知周先生的岳父为谁。

周一良先生岳父邓镕（1872 ～？），成都人，律师、诗人，寒斋藏有其所著线装《荃察余斋诗存》（收诗从1903 ～ 1918年）、《荃察余斋诗续存》（收诗 1919 ～ 1926 年，此书为史学家李思莼旧藏）。后一种诗集印于 1927 年春，周一良在《钻石婚杂忆》里说他 1933 年春在燕京大学开始与同学邓懿往来，得知其父邓镕已去世，故其卒年当在 1927 ～ 1932 年间，但未得其卒年确期，故从疑阙如。据从舍侄们所购藏的邓镕 1897 年丁酉科优贡朱卷来看，他原籍湖广永州府东安县人，其始祖邓义物康熙六年（亦即 1666 年）自楚入蜀，到他已历九世。父名邓友智、母为金堂饶氏，老师中著名者有王闿运学生宋育仁。1897 年会考优贡他考取第二名，由学政吴树棻拟取，巡抚鹿传霖会取。优贡虽只相当于举人副榜，但在重中举的时代也算是一种难得的荣耀，否则就没有作为“四川优贡朱卷”传布的必要。会考题为《由也千乘之国可使治其赋也》，一上来就谈变法，自然是切合彼时世情，从代圣立言的角度看是出色的。因此会考的批语为：“援据经义，诂题既确；驱遣乙部，树论亦伟；经文渊懿，策对明通。”虽属套话，但“驱遣乙部”的能力，自然不只在邓镕的考试中能看到，在诸多诗作中，我们也能看到他对二十四史（咏史、怀古之作不少，对此易顺鼎有“金狄铜驼写泪痕”之赞）的熟悉程度。

优贡考试后，邓镕的科举道路有何等经历，我并不知晓，只知其 1905 年与吴虞一起于日本短期同学政法。吴虞在《荃察余斋诗存》的序中说他自己习政法，但后来所讲学术却与之“划然悬绝”。而邓镕以后则以律师为业，算是“专业对口”。但专业对口又没有操成大律师，家中生齿日繁，故生计亦靠吃瓦片（做房东）之助。几乎在给邓镕写序的同时，《吴虞日记》里记载了一条相当有趣且可以佐证其“吃瓦片”的证据：“守瑕买一大房，一万二千元，准于四、五月迁入。此君爱钱成癖，致与少夫人、公子反目，朋友因此亦与不协。此寒士起家现象，不足怪也。”（1919 年 3 月 27 日）若邓镕买房诸多不协，是“寒士起家现象”，且在堂弟吴君毅写信透露邓镕将邀其至彼家参观新居时，吴虞在日记中写道：“邓守瑕请君毅夫妇二十二日往瞻新居，盖以为宗族交游光宠也”（1919 年 10 月 30 日），不知熟读《吴虞日记》的人做何感想？吴虞多年积累，中年买房后，以此傲人，并在日记里多年记录买房纪念日，其情状与邓镕相比，恐有过之而无不及。

如果“一万二千元”（或许是“一千二百元”之误）买一大房之说属实的话，那么这一大房绝对足够大。1921 年的《吴虞日记》记载了史学家朱希祖花 2200 元买下 20 余间房，其他史料载同年鲁迅和周作人两兄弟花 4000 余元买了 24 间房。我曾在拙著《吴虞和他生活的民国时代》（山东人民出版社 2009 年版）里面说，115 万字的《吴虞日记》里，因为要找被他人批评和社会压力的心理平衡，几乎无一例外地记载了所有人包括好友的不堪事。那么这条关于邓镕买房因致“少夫人、公子反目，朋友因此亦不协”的记载，是否如此，恐怕不能轻信。少夫人是不是邓懿的母亲孙娟则难以确定，“反目”的公子里大概应包括嫡出长公子邓宝名。据周一良的《钻石婚杂忆》里说，邓宝名及其家人在邓镕去世后依旧以“吃瓦片”为生，可以反过来证明邓镕所置房产之大，有不小的养家能力。

邓镕并非幼抱捷才，早享诗名，正如他《荃察余斋诗存》自序里自谦道：“其不知者，直以为项籍足记名姓，萧公可作骑兵；即相识者，亦但称李悝能造法经，蒯彻号为辩士，盖未有以能文相许者，余以不敢以文自见也。”邓镕的朋友多记其剧谈好辩，与其律师职业也是相称的。虽然开始不敢以诗文示人，但与其多有诗文往还或给其诗集题词者亦有不少彼时名人：樊增祥、陈衍、陈宝琛、林纾、罗瘿公、江翰、黄秋岳、易顺鼎、乔树枏、徐树铮、劳乃宣、吴昌绶、傅增湘、姚茫父、罗纶、吴虞等。易顺鼎盛赞邓镕的诗：“蜀才惟我独能言，垂老惊君峡浪翻”，而以收杨锐、刘光第之尸而义动天下的乡贤华阳人乔树枬（书家、词家乔大壮之祖父）也有推托不过的褒扬：“才分甚高，读书亦当。出蜀以后，尤多杰作。工部所云‘庾信文章老更成’也。作者既周知当世之务，近益潜心内典，知其所造者远，诗其余事也。老病手僵，妄加各签，皆口授孙辈所书，聊供一笑粲耳。”孙辈所书，或为乔大壮先生手笔，只怕早已消息于天壤间。

与邓镕相交较深且时间较久的，至今亦能找到不少史料的，非“只手打孔家店”的老英雄吴虞莫属。吴虞除给邓镕诗作序外，还给其《灯赋》写序，并寄刊于彼时成都颇有影响的《娱闲录》上。吴虞所出诗集《秋水集》曾寄多部与邓镕（所编之《西川道文牍要刊》、《骈文读本》等亦时寄其阅读）让其送予京城名流。与此同时，邓镕寄《荃察余斋诗存》40部给吴虞，以分赠友好。由于邓镕热衷内典——他对内典之热爱到了不避战乱的地步：“邓守瑕来信（八月九日发），言北京七月十三日段芝泉檄三路国军入都讨逆，张勋踞守天坛、天安门等处，自早三时开始攻击，枪炮声不绝，流弹蔽空如飞蝗。守瑕竟未避地，照常趺坐持咒。”（1917年8月28日）——曾寄《起信论直解》、《华严原人论》、《佛教初学课本》多部予吴虞并让其捐赠佛学社、寄赠译印之《入阿毗达磨论通解》60部分赠宝光寺、龙藏寺、草堂寺、志古堂等处，充分表现了老友之间的频繁交往。

但诸位须知吴虞之做人，当面和背后是颇有不同的，尤其是对别人超过他的地方，颇为贬抑。在1921～1925年于北大教书的四年间，吴虞常参加在京四川同乡会的活动，但他因遭受四川守旧势力的打压，颇看不惯四川人的保守，自然连累到对彼时可能在当议员的邓镕的评价。“守瑕虚骄之气太重，盖承旧历史富贵贫贱之观念，而又混沌于官僚已久，宜其然也。予每值四川大会，必有一种特别臭味之感触，今日亦然。”（1921 年 10 月 12 日）以至于后来老友身处危局，亦仅是一句不痛不痒之记载，其寡情也如此。“今日当局大捕贿选议员，已被捕者，有陈家鼎十余人，如此则刘甫周危矣。邓守瑕未知何如耳？凡侥幸不义之事，不可妄作，皆类此也。”（1924 年 11 月 30 日）

吴虞与邓镕均好诗，且写作不辍，互相间自然有诗作酬和。邓镕在吴虞于成都颇受打压时，不弃老友，常有诗作和书信往来，如 1914 年 8 月 25 日《答邓寿遐》中前四句，就反衬了邓对吴虞的“力挺”：“孔雀文章毒有余，终知腐鼠愧鹓雏（寿遐昔年曾余诗有“衔来腐鼠休相吓，知尔鹓雏已早翔”之句）。歌呼杨恽方行乐，诗案苏髯竟被诬。”诗中含《庄子》典和李义山《安定城楼》意，对那些毁谤与打压他的人极尽嘲讽和愤怒之能事。而邓镕最值得说的是一首《老友吴幼陵女（若膺、辟畺）游学至京赋寄幼陵》前四句：“贱息舒祺恐不堪，多君弱女胜强男。纵饶长命阿迁在（幼陵诗有“阿迁长命未曾镌”,盖 20 年前悼殇之作也），未必真能预太玄。”吴虞一生唯一的儿子阿迁在他 20 岁时死于缺医少药的乡下，故没有儿子延续香火是吴虞一生的痛。1920 年初，吴虞的女儿吴楷、吴桓，正准备一留法一留美，在京城请胡适等人做担保、写介绍信，自然也见到了父执邓镕。邓镕深知吴虞心病，故有此宽慰劝解诗。但在香火心旺盛的吴虞看来，这诗固然夸奖了自己的女儿，但女儿在他眼中只不过是“赔钱货”，因此他一定不买“纵饶长命阿迁在，未必真能预太玄”的账。即便阿迁真的不能“预太玄”，在吴虞看来，一个长命而平庸的阿迁在，能续香火，也胜过两位出国留学的“赔钱货”啊。

2011 年 1 月 19 ~ 20 日重感冒及腰椎间盘突出双重困扰下于成都

后 记

古今八卦中的巴蜀

我常常觉得自古以来的中国史书，大言玄玄的东西太多，官家历史固然是帝王起居注的表演、断烂朝报的展览，相对民间化的历史记录似乎染上了大而全的“毛病”。他们刻意记录每一次官方旌表——男子的功名、贵妇的诰封、烈女的贞节等——却比较忽略他们自己的日常生活，这都是对个体之不尊重的历史观念作祟的结果。日常生活中的吃喝拉撒、玩乐休闲，或许在他们看来俗气不堪，但在我看来这是人之所为人，人之所生龙活虎，不可缺少的组成部分。不是每个人都可以靠餐风饮露、辟谷打卦、装神弄鬼就能活下来的。大家都去装神弄鬼，所有的人都活不了命。有少部分人靠装神弄鬼能活下来，是因人的有限性和自身黯昧造成的。为什么大家都想忽略我们祖先过去的日常生活呢？我想有这么几点：一是官私历史记录本身的忽略；二是自我轻贱，不屑记录；三是我们缺少记录历史的眼光；四是我们后辈发掘祖先“八卦”的能力比较低下。

四个原因中的前三个毋须多作说明，读者诸君已然明了，倒是第四点我必须饶舌一番。八卦仿佛是大众的麦当劳、肯德基，偶尔吃一下也未必不是人生的佐料，兼可娱乐身心。但热衷于吃麦当劳、肯德基，而把自己的肠胃搞成垃圾和废品回收站，品不出其他美食之高妙，甚至拒绝其他美食，就不能不说是一种遗憾了。现代人喜欢看八卦，其中蕴藏着巨大的市场，所以狗仔队挖空心思满足大家的要求。人同此心，心同此理，古人也是喜欢看八卦的。但为什么历史上的八卦保留下来的并不多呢？一是古代八卦能保留下来，都是少数文化人的记录，假充正神的文化人是不屑记录的，认为这是不值得为之留意着力的小道。再者，书写、印刷、留传都不像今日这样便易。三是有许多八卦类的野史笔记只留存于正史的缝隙，抑或在一些人们不经意翻阅的类书之中，不易找寻，使得后人知之不易。

那么哪些东西是历史上的八卦呢？官家历史自然是要排除在外的，他们或许因为造假而没有趣味，尽管有些帝王好像来路不正，比如殷契、刘邦的母亲怀孕方式比较离谱，但考虑到他们是为了搞君权神授，不是为了取悦我们细民百姓，无法让我们老百姓更好地娱乐，故只好暂时把这列入装神弄鬼的行列。

我认为在地方志、家谱、民间故事、故老轶闻、墓志铭、日记、书信、游记、戏曲、说书等半民间记载里，一定埋藏着许多可供补充历史的细节与素材。但八卦与历史相混杂的丰富宝库莫过于历史留存下来的史料笔记，知名的如《世说新语》、《阅微草堂笔记》等。如果将现存的史料笔记，一个专题一个专题地梳理出来，我想它们一定是特别有生活情趣的东西。存世的史料笔记，可以说有许多是有趣且可靠的，有相当的史料价值，没有《癸辛杂识》、《东京梦华录》等书，谢和耐《蒙元入侵前夜的中国日常生活》根本就写不出来。

许多人写的史料笔记，都很谦虚，只有宋代的张端义《贵耳录》不谦虚。别人把耳食之言都看成微不足道的东西，独独他把书命名为“论八卦的重大意义”，比如他记载周邦彦的《少年游·并刀如水》就“有力地证明”了宋徽宗、周邦彦、李师师的三角恋八卦。对此我们不必完全相信，但我们可以用一种比较合理的、有人性的态度去理解所发生的一切。

不过，我看古今八卦中的巴蜀，绝不是戏说，更不是毫无根由的乱发挥。而是根据历代野史笔记，参以正史，辅以诗文，记录下巴蜀过往有趣好玩、悲痛辛酸的事，以便从那些不被正史注意的细节里，侦知先民们怎样过日子——如他们怎样解决消防、如何掏下水道、如何宵夜、如何游玩等等——与现在的巴蜀又是如何勾连在一起的。

拙著《每个人的故乡都在沦陷》虽然未必每篇都充满八卦精神，甚至有言辞尖锐的批判，但其中对故土风物的爱意却是不绝的。在此感谢我的家人及朋友们对我多年来的关爱，特别是催生本书的董曦阳、贝为任二兄。内文中所精选的长江三峡系列图片和封面图片，均来自我的好友颜长江兄，特此表示感谢。

2014 年 9 月写就

图书在版编目（CIP）数据

每个人的故乡都在沦陷 / 冉云飞著. — 厦门：鹭江出版社，2015.1（2015.7重印）

ISBN 978-7-5459-0855-8

Ⅰ. ①每… Ⅱ. ①冉… Ⅲ. ①散文集—中国—当代 Ⅳ. ①I267

中国版本图书馆CIP数据核字（2014）第264772号

MEIGEREN DE GUXIANG DOUZAI LUNXIAN

每个人的故乡都在沦陷

冉云飞　著

出版发行：海峡出版发行集团
鹭　江　出　版　社

地　　址：厦门市湖明路22号　　**邮政编码**：361004

印　　刷：北京兴湘印务有限公司

地　　址：北京市大兴区黄村镇埝坛村村委会西100米　　**邮政编码**：102611

开　　本：880mm × 1230mm　1/32

插　　页：2

印　　张：9

字　　数：210千字

版　　次：2015年1月第1版　2015年7月第7次印刷

书　　号：ISBN 978-7-5459-0855-8

定　　价：36.00元